JN197287

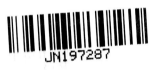

鈴木雅子 編著

山東京伝 善玉悪玉心学早染草 本文と総索引

港の人

目次

山東京伝 善玉悪玉心学早染草 本文と総索引

まえがき ——解説をかねて

黄表紙『心学早染草』は山東京伝の作である。黄表紙や山東京伝については、翻刻書の解説や文学辞典、多くの研究書等にくわしい説明があるので、ここで事新しく詳述することはさし控え、概略に留める。

黄表紙は草双紙の一種。中本《ちゅうほん》型（縦約十九センチ、横約十三センチ）で一冊五枚から成り、二、三冊で一部とするもの。洒落、滑稽、風刺を織りまぜた大人向きの絵入り短篇小説というべきものである。代表的な作者として恋川春町、山東京伝らがあげられる。

初期の草双紙は幼少の子供向けの絵入り本で、表紙が赤いことから赤本とよばれた。その後、表紙の色の変化から青本とよばれるものが生まれ、少し年長の子供向けの内容のものが出てくる。そして安永期に入ると、大人向けの遊里などの題材が取り上げられるようになり、いわば大人が楽しんで読む絵入りの読みもの、絵と文とは一体となり、現代のコミックに通じるものに変貌。これを黄表紙とよぶようになったのである。

作者山東京伝は江戸後期の戯作者。宝暦十一年（一七六一）江戸深川木場で生まれ、文化十三年（一八一六）没、享年五十六。

本名岩瀬醒《さむる》。通称伝蔵。父岩瀬伝左衛門は深川の質屋、伊勢屋の養子。安永二年（一七七三）紅葉山の東にあたる京橋銀座一丁目に移転、そこに住む伝蔵の意で、山東京伝の戯号を用いる。他に醒斎、菊亭主人などの号あり、狂歌では身軽《みがる》の織《おり》（折）輔《すけ》の号を用いる。早く北尾重政に浮世絵を学び、北尾政演《まさのぶ》としても活躍、黄表紙の画工もつとめている。

寛政改革時に、遊廓を描いて時の風俗を害したとして筆禍を蒙り入牢、手鎖五十日の刑。これを転換期として改革路線に添い、流行している心学をとり入れた『心学早染草』は大好評だった。その後京橋に紙煙草入れの京屋伝蔵店を開業。店の経営は父伝左衛門に任せ、京伝は煙管や煙草入れの意匠を考案し、作品の中で「御贔屓希上候」と店を宣伝し、二足のわらじをはいて著述に専念。朋誠堂《ほうせいどう》喜三二《きさんじ》、恋川春町、唐来参和《とうらいさんな》ら武家作家たちは一線を退いていったが、町人作家として多くの黄表紙、滑稽本、読本を出版。戯作者としての第一人者となる。代表作は黄表紙『江《え》戸生艶気樺焼《どうまれうわきのかばやき》』、洒落本『通言総籬《つうげんそうまがき》』、読本『桜姫全伝《さくらひめぜんでん》曙《あけぼの》草紙《ぞうし》』など。晩年は考証随筆に好著『骨董集《こっとうしゅう》』を残す。山東京山は実弟。

現在翻刻され、目にしやすい『心学早染草』は「日本古典文学大系59」「日本古典文学全集79」「山東京伝全集二巻」等で、「大極上　請合売」の角《つの》書きがある寛政二年（一七九〇）刊、北尾政美《まさよし》（のちの鍬形蕙斎《けいさい》）画のものである。「早染草」とは当時江戸で売り出されていた染料の名で、これにちなんで、この大極上最高級の染料で着物をきれいに染め上げるように、この本を読めば当時流行の心学の教えに心身が染まって立派な人になると請けあう、というほどの意をこめ、染料の宣伝も兼ねた名付け、もじりの名付けである。

内容はあらすじ参照。主人公理太郎の心中の葛藤——その善悪二つの魂を擬人化し、丸の中に善、悪と書いて顔にした、ふんどし一つの裸の男の趣向が好評で、善玉・悪玉の語は当時大いに流行し、現在に至るまで用いられている。善玉乳酸菌、悪玉コレステロールなど、近頃よく耳にする語の源はここにあるのである。

理屈くさいのを嫌う黄表紙に、わざと理屈くさいことを趣向としたと言明し、当時流行の心学と、心学者中沢道二に擬した道理先生とをとりこみ、心学の教えによって、追い剥ぎにまで落ち、勘当された理太郎が立ちなおる。これもひとえに道理先生の仁徳のおかげであると結ぶ。時流に乗って教訓物としても読まれ、しかも滑稽味があって読みやすいことから、この作品は大当たりをとり、他の作家にも大きな影響を与えた。

以下、中山右尚氏他の論考（参考資料二八二ページ）を参考として述べると、寛政三年以降、好評により再板を重ねるが、板木の磨滅がはげしく、京伝は再刻用稿本を作るよう蔦屋重三郎から依頼された。おそらく寛政七年から八年（一七九六）にかけてその稿本は完成したが、京伝は板行を許さなかった。というのは早染草の趣向が好評で、ことに悪玉が人気となり、若者たちが悪玉提灯と名付けた提灯を持ち歩き騒ぎ立てたりしたので、風紀を乱すとして禁止のお触れが出された。そこで京伝はその悪影響をおそれ、その再板を許さず、これを筐底ふかくしまいこんだ。

天保七年（一八三六）に至り曝書のため弟の山東京山がこの箱を開き、しまいこんであったこの草稿を発見し、後世の為にとその由来を示し、綴じて一冊とした。

この草稿（中山氏のいう再板稿本）は東京都立中央図書館・加賀文庫にある。本書に取り上げたのはこの草稿である。比べてみると、初刻板本は角書き「大極上請合売」、これは「善玉悪玉」。前者の絵は北尾政美（おわりに政よし画と記す）。後者は画工の署名はない。京山は「画人北尾重政に」書かせたと記し、中山氏も「重政風と見る」とこれに同調。話の筋立てはほとんど変りはないが、幾つか稿本の成立年代を暗示させるような本文、挿絵の違いがある。これについては校異と注とを参照されたい。もう一つは本文の表記の違いで、これについては後述する。

なおこの稿本の欄外上部余白に書入れと付箋による書入れがある。その書入れの大半は彫師への指示で、挿絵の理太郎の鬢の先の割り毛（生え際）の彫り方に対する指示と思われるもの。付箋は本文に増補する文を記して貼付されているもので、これはそのまま挿絵近くに記入（六ウ）されている。これらの書入れは参考のため注のところに記した。

次に表記に見られる特色について述べる。この稿本の本文は大部分が平仮名で書かれ漢字は少ない。そのことは影印をざっと見ただけで納得できるであろうが、まさしく大人の「絵本」である。索引で（　）に入れた漢字のみが本文で用いられている漢字で、その数一七四。本文を単語で区切り、助詞、助動詞等もそれぞれを一語として数え、見出し語として立てたものは約九〇〇語。そこに含まれる全語彙は約二四〇〇余。（慣用句なども見出し語としてあり、重複する語もあるので概算である。）この中で使用された漢字が一七四字に過ぎないのである。漢字の多くは固有名詞と漢語。あとは主として一、二……百、万のような数を表す文字や、御、右、左、大、今、月、日、人、子、男、女、思、中等の誰でも読めるような漢字である。

平仮名表記（漢字の振り仮名を含む）は次の三つに分けられる。

（イ）歴史的仮名遣い表記と同じもの

（ロ）現代仮名遣い表記と同じもの

（ハ）歴史的仮名遣いとも現代仮名遣いとも異なるもの

きちんと数をかぞえ統計をとることまではしなかったので、概観であるが、（イ）歴史的仮名遣い表記と同じものは、ハ行活用の語の場合を見ると、当時の発音はア行かワ行だが、

　うばはれ、おこなはれ、かまはず、給はん、かたらひ、まよひ、わらひける、いふ、思ふ、いへども、引とらへ、つけねらへども

などのように歴史的仮名遣いで表記されている例が比較的多い。語中語尾のア、ワ行音の場合も、

　あはれみ、おはしまし、ことかはり、きはまり、なは（縄）、ものぐるひ、ちがひなし、あまつさへ、まへ（前）、おほく、にほひ

のような表記が多く、ハ行以外でも

　あづけて、いづく、四五日づつ、しばゐ、ゐかき、けふ（今日）、しうさい（秀才）、しやうき（正気）、ひやうばん、らうか（廊下）、画草紙《ゑざうし》、趣向《しゆかう》、天竺《てんぢく》、方便《はうべん》

等々の例があり、昔からの仮名遣いにならって、それを規範として書いているもの

のように思われる。

その一方で（ロ）現代仮名遣いと同じ表音的な表記も多い。「を」を「お」とした

おさなき、おつと、おどり、おり（折）

を初めとして

…だろう（だらう）、ひたい（ひたひ）、まいり（まゐり）、よい（宵《よひ》）

どぞう（土蔵《ザウ》）、とうじ（当《タウ》時）、とうぞく（盗《タウ》賊）、どうり（道《ダウ》理）、ほんもう（本望《マウ》）、幼童《ようどう》（エウ…）

等の例。

歴史的仮名遣いとも現代仮名遣いとも異なる（ハ）の例もまた相当多い。

ウ音便――…といふて、つかふた

形容詞――おもしろひ、よひきび、わるひぞや

助詞――おれだは、そこだへ

等の他に

かひて（書）、ほへる（吠）、みへざる（見）

等は、（イ）の逆で、ア行音のものはハ行で表記するものというような思いこみが幾らか働いているのか。他に

おゐら（おいら）、たましゐ（…ひ）、ときをゑて（得《え》）、ゑり（衿《えり》）、なをさら（なほさら）

等も。また漢字音の仮名書きでは、

あさくさくわんをん（…オン）、くはんおん（クワン…）、きやうくん（教《ケウ》訓）、さうをう（相応《オウ》）、おしせうさん（師匠《シヤウ》）、せうばい（商《シヤウ》売）、ちうぎ（忠《チユウ》義）、まふねん（妄《マウ》念）、りやうけん（料《レウ》簡）

等々が（イ）（ロ）どちらにも属さない例である。

なお少し横道にそれるが、拗長音の場合を現代仮名遣いと比べると、

（本文の仮名遣い）　（現代仮名遣い）
ぎやうぎ　ぎょうぎ
じやうるり　じょうるり
せいちやう　せいちょう
かいてう（開帳《チヤウ》）　かいちょう
ちうぎ（忠《チユウ》義）　ちゅうぎ
ちうう（中《チユウ》有）　ちゅうう
しうさい（秀《シウ》才）　しゅうさい

のように表記し、「—よう」「—ゆう」のように表記した例がない。

京伝の他の黄表紙の例でも『京伝《きやうでん》憂世《うきよ》之《の》酔醒《ゑひさめ》』『京伝《きやうでん》主《す》十六《じふろく》利《り》鑑《かん》』のように京伝自身が「きやうでん」と自覚して書いていると認められるし、他にも 二人の衆《しう》（シユウ）、ぢうばこ（重《ヂユウ》箱）、りうぐう（龍《リユウ》宮）のような例もある。（ただ「女房」に関しては『化物和本草』に「にやうぼう」もあるが「にようぼう」の例も一、二まじっており、「—よう」の数少ない例かと思われる。）

以上のような傾向は京伝に限らず、当時の他の文献でも言えるようで、例えば「饅頭《ヂユウ》」は（私の目にしたものは）みな「まんぢう」と表記し「まんぢゆう」の例は今の所未見である。この点については今後の課題としておく。

次に、底本とした「善玉悪玉」の稿本と寛政二年刊の「大極上請合売」の本文との仮名遣い表記の違いを見てみよう。本文は大筋の所は同じだが、多少の文章の違いがある。そして仮名遣いは同じ著者ながらずいぶん違っていて興味深いのである。この違いについては校異を付しておいたので参考とされたい。試みに「魂」という語の表記がどのようになっているか比べてみると、底本とした稿本では五五例あり、すべて平仮名表記で次の通りである。

たましゐ——一九　　たましひ——一
よきたましゐ——一二　　わるきたましゐ——二
あくたましゐ——八　　わるたましゐ——九

あくたましゐども——二　　わるたましゐども——二

「たましひ」一例以外はすべて「たましゐ」である。

これに対し、寛政二刊本は本文の違いから五七例であるが、

魂——三　　たましひ——一

たましゐ——一二　　たましい——五

よきたましゐ——六　　よきたましい——六

わるきたましゐ——一　　わるきたましい——二

あくたましゐ——五　　あくたましい——三

わるたましゐ——三　　わるたましい——五

あくたましゐども——二

わるたましゐども——二　　わるたましいども——一

「たましひ」は一例で同じだが、あとは「たましゐ」三一例、「たましい」二二例、漢字も三例あるという多様さである。

この他、校異を見て頂くと分かるように、寛政二刊本も（イ）（ロ）（ハ）が入りまじり、

いいぶん、したがい、たまい（給）、つきそい、あわれなり、いとおしみ、おわしまし、きわまり、しばい、なわ（縄）

のように、稿本とは異なる現代仮名遣いと同じ例（ロ）があるかと思えば、一方で
どざう（土蔵）、だうり（道理）、御れうけん（料簡）
のように歴史的仮名遣い（イ）であるのもあるし、
しゆつせう（出生）、せいてう（成長）、かふ（斯《かう》）、…だらふ（…だらう）、…やふだ（…やうだ）
のような例（ハ）もある。というように、こちらも稿本とはまた違った奔放さである。

　以上概観してみて言えることは、とにかくどちらも、自由に、その時その時に読めればよし、といった感じで、読者もまた挿絵と一体でこれを理解できたのであろう。まだ結論を出せる段階とは言えないが、著者も読者も、この点に関してはまことに大らかな時代だったのでは、と思われたことである。

　当時好評で、翻刻本も多く出ているのに、殊更この稿本を底本に選んだのは、一つには翻刻されたものが目にふれやすい形で出ていないと思われるからであり、一つには作製年代が少しあとのものなので、表記の面で何らかの考え方の違いが読みとれるのではないかと思ったからである。そのため校異を付けて両本の違いを明らかにしたのだが、今の所表記の違いには、前述したように作者京伝に特別の考えがあったからとも思われないようである。しかしとりあえず、課題を残しながらも一

応まとめることが出来たので、一まずこの形でこれを世に問うこととした。

最後に、稿本の印行を御許し下さった東京都立中央図書館に深く感謝し御礼申し上げる。

まえがきや注で引用した文献については、巻末にその一覧を載せたので参考とされたい。

第一部

『善玉悪玉心学早染草』影印本文

影印本文は、東京都立中央図書館特別文庫室加賀文庫蔵本『善玉悪玉心学早染草写本』です。

印行に際しては東京都立中央図書館にご配慮をいただき、厚くお礼申し上げます。

心學早染草寫本　全

913
W S
16

49
5

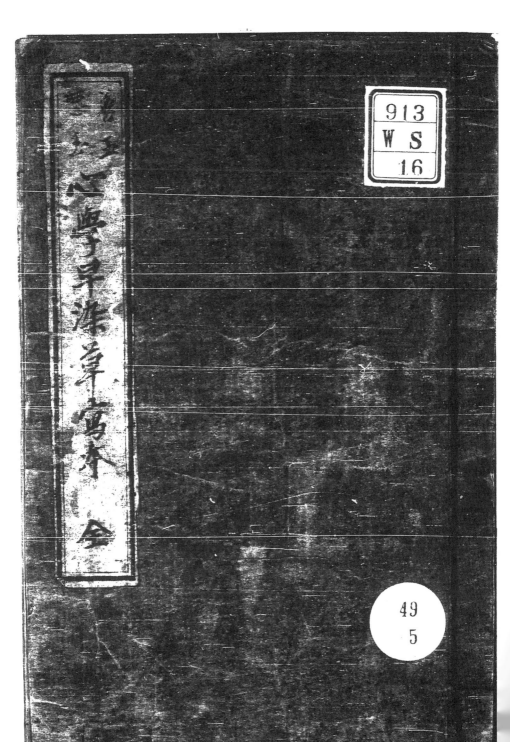

東京都立日比谷圖書館
昭和 28.1.10
104825

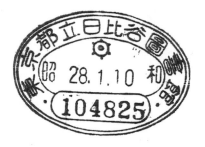

亡兄《ばうけい》醒《せい》斎《さい》京伝先生天明二年寅の歳廿二歳にて稗史の作者新編《しんへん》の上梓《かん》多く世に行はる書肆《ほんや》競《きそひ》て編筆を乞《こ》ひ年々歳々需《ひく》に応じて不絶事《たえずことを》既《すで》に三十余年閲《よみ》して京伝の名海内《よのなか》に布《しき》て王公妾婦乳母《うば》馬走も是を名を知ざるなし此書ハ天明五年乙巳廿四歳の時通油町耕書《かうしよ》堂《だう》蔦屋重三郎より与へたる作也外題《げだい》ハ心学《しんがく》早染草《はやそめぐさ》と呼《よ》べり此比京の人にて道二《だうに》といひし者江戸へ来り心学を唱《となへ》て諸人を教導《けうだう》す俗輩《ぞくはい》是を聞て

心学ハ学ブ人者千ハひて教へ心学の教《きやう》道《だう》ニテ名付ル雷同《らいどう》す
[illegible]其響《そのひびき》ニ應《おう》じて其作あり手事ニ道《だう》理《り》先生と称《しよう》ハ
道ニ於《い》云人也其書も市郡中ニ雷《らい》同《どう》して七千余部を
售《う》り梓板《はん》磨《ま》滅《めつ》して再板《さいはん》し書賈《ほんや》利《り》を得《え》て其《その》屋《おく》
残闕し再板《さいはん》又滅《めつ》して再々板《さい〱はん》成易《えらう》んとして原本《もとのほん》の
画入北尾重政《しげまさ》ニ其挿《さう》画《ぐわ》しむ時ニ本所回向院ニ
於《おい》て清涼寺の如来の開帳して人群《にんぐん》をなし或朝《あるあさ》
参《まゐ》りと称して夜《よ》を侵《をか》して群《ぐん》行《かう》す家作《かさく》ニ係諸職《しよしよく》

の悪少年等《ら》竿頭《さをのさき》に球燈《まるぢやうちん》を鉦鼓して悪の一字を大
書しるし旗を捧《さゝげ》隊を為して毎晩《まいあさ》群行《ぐんかう》せしむる
公より是《これ》を禁《きん》ぜられし令《おきて》文に近来悪玉提灯《てうちん》と唱《となへ》小
児の遊びとなし且子共等右提灯《てうちん》を相用町人迄猥りに
夜行いたしける趣相聞ゆと云〻件《くだん》の事有《あり》しに聞て云兄
公令を書掲《つるし》して悪玉の樽丈の舟ゝ枝を許《ゆる》ず甘書戊
秘《ひ》笈《きう》に蔵しある事既《すで》に五十余年頃《このごろ》書肆《かし》に贈す
為《ため》に云児が遺《ゆゐ》笈《ぞう》開《ひら》き書中《ぶんのうち》に挟《はさんで》有物在を

視ざれバ則《すなはち》此巻《このかん》ニ將是《まさにこれ》天下一本の書《しよ》豈《あに》容易《たやすく》
見べけんや敢《あへて》手自《てづから》冊《さつ》となし姑《しばらく》此書《このしよ》の来由を記《しる》して
家蔵《いへのもの》となし以《もつ》て後来《のちのひと》に示《しめ》す
于時《ときに》天保七年丙申仲夏二日筆識
燈《ともしびの》下《もと》ニ操《と》觚

山東庵京山

画《ゑ》草《さう》紙《し》ハ理《り》屈《くつ》臭《くさ》きを嫌《きら》ふといへども。今《いま》
まくつ臭《くさ》きをもつとも一趣向《ひとしゆかう》となし。三冊
に述《のべ》て幼《よう》童《どう》に授《さづ》く。もし其の理《り》を
得《う》るときハ。天《てん》竺《ぢく》乃親《おや》分《ぶん》も方《はう》便《べん》銭
懐《ふところ》にして退《しりぞ》き魯《ろ》國《こく》の伯父《おぢい》も天命《てんめい》と
袖《そで》にして去《さ》るべし。然るハ我《わが》國《くに》の嬶子《かゝど》
なんとも。清《きよ》く浄《いさぎよ》しとしあん哉

天明五年乙巳

廿五歳 京傳述

春新板

一（一オ）

二（二ウ）

三（二オ）

四（二ウ）

五　（三才）

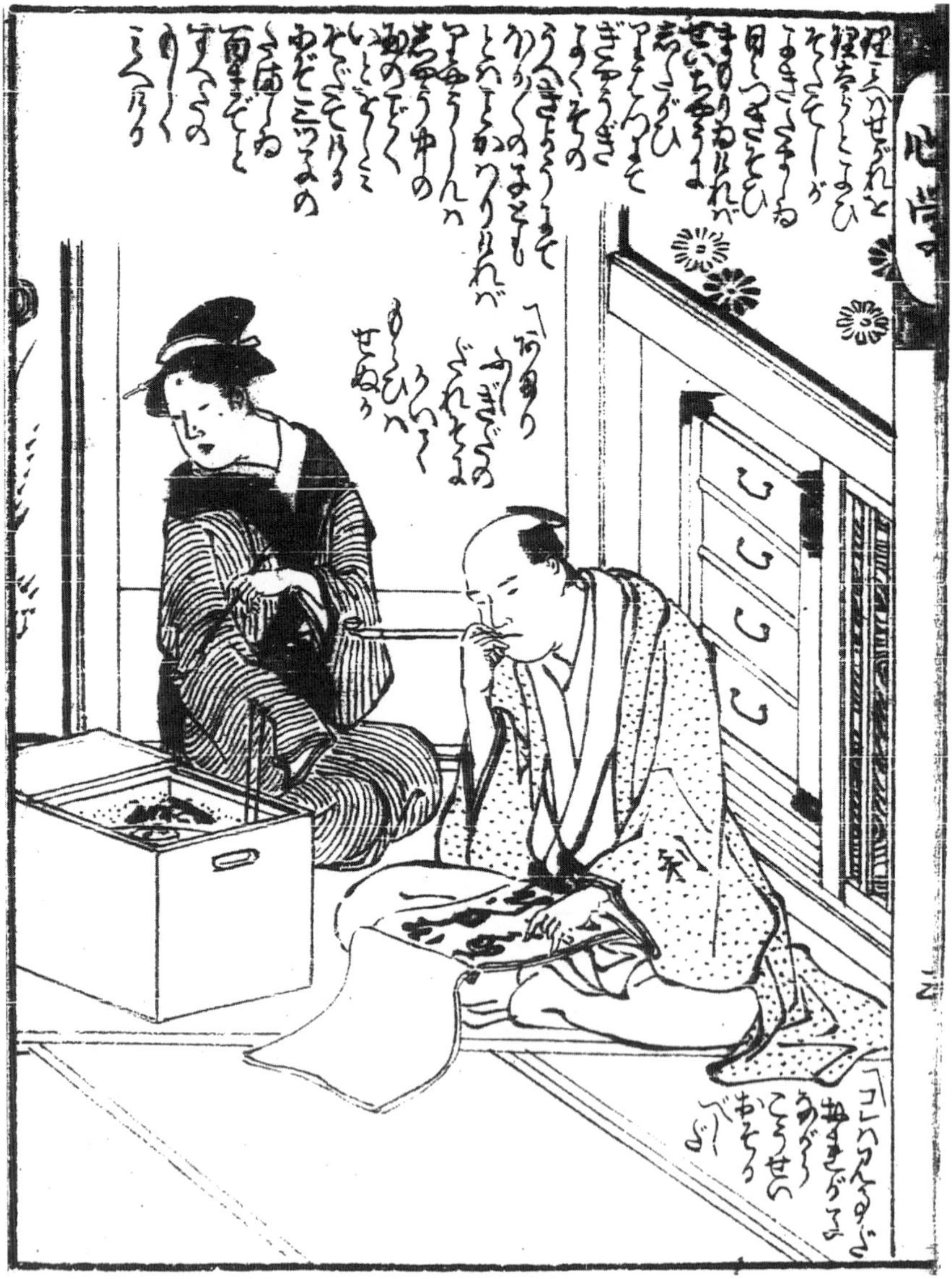
心学

七（四オ）

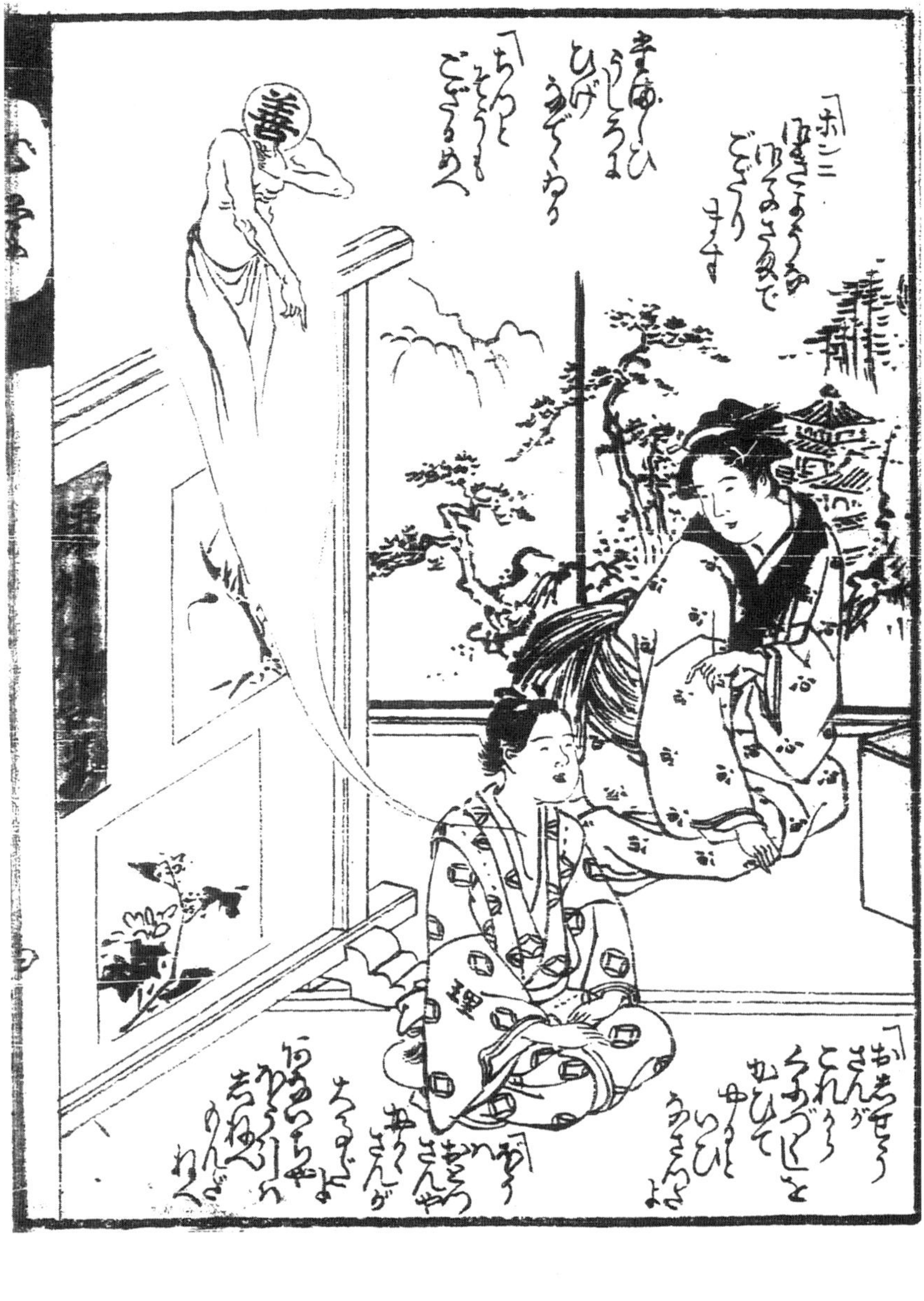

八（四ウ）

九（五オ）

一〇（五ウ）

一一（六オ）

二二（六ウ）

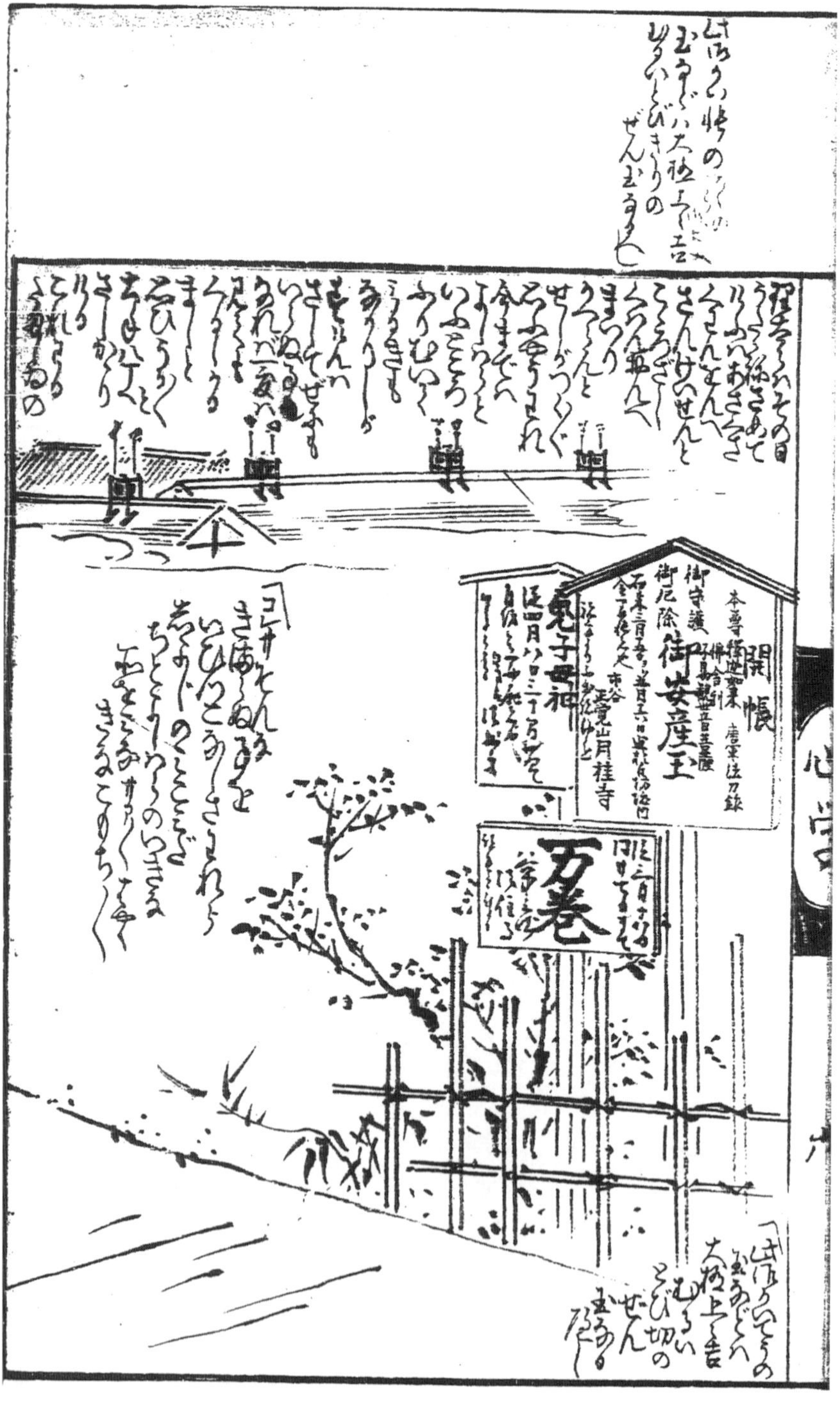

一三（七オ）

一四（七ウ）

一五（八オ）

一六（八ウ）

一七（九オ）

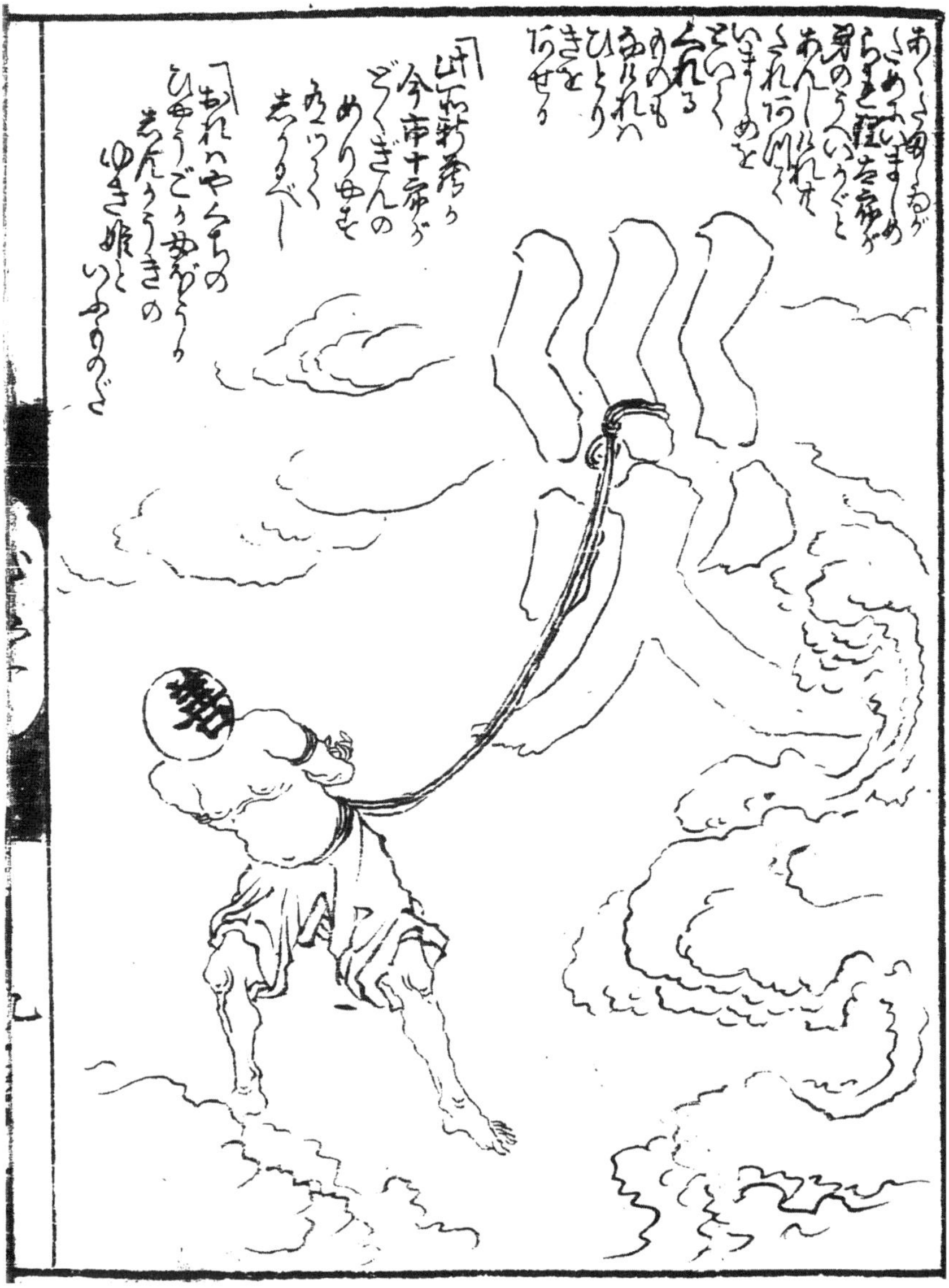

一八（九ウ）

一九（十オ）

二〇（十ウ）

二一　（十一オ）

二三（十一ウ）

二三　（十二オ）

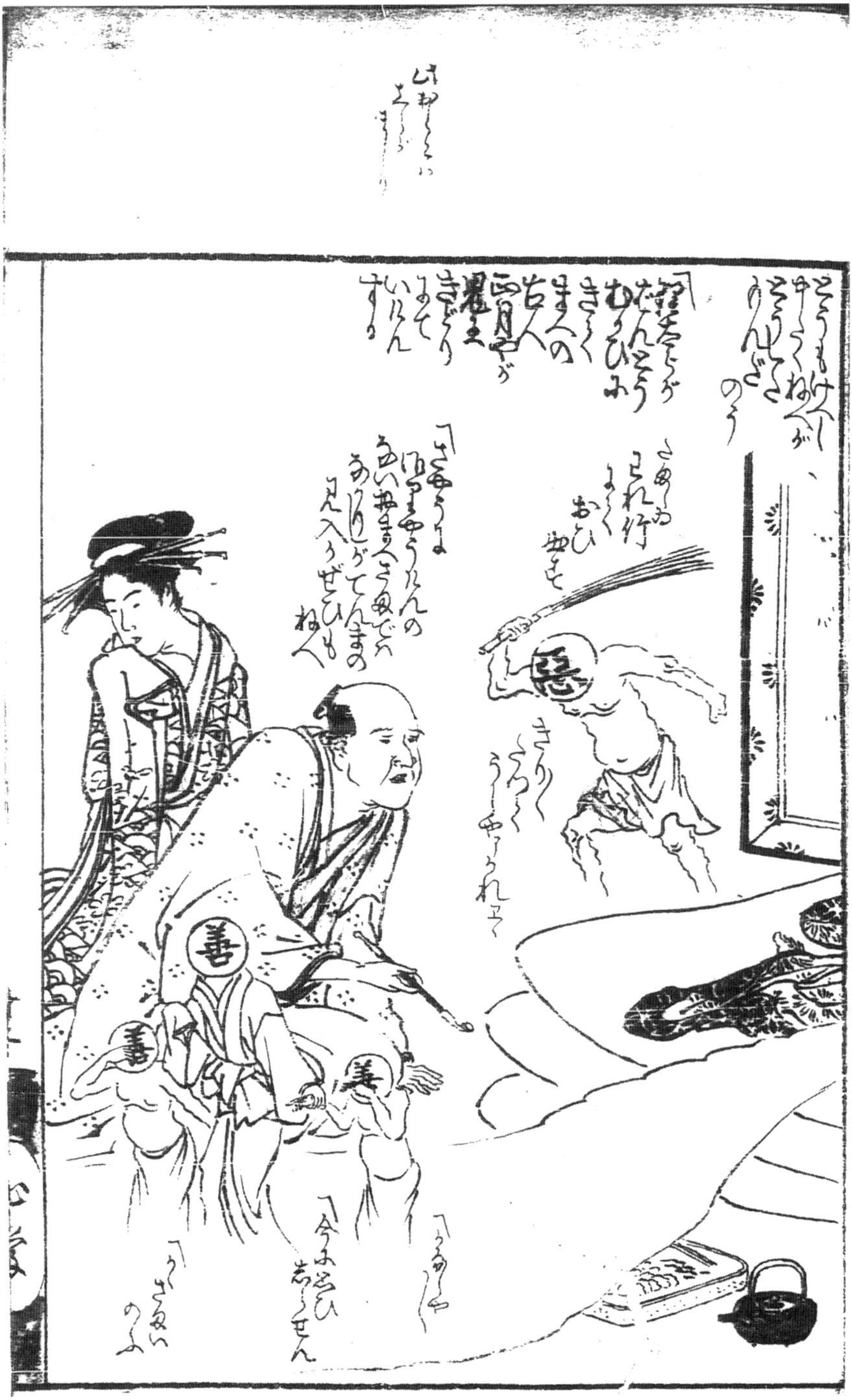

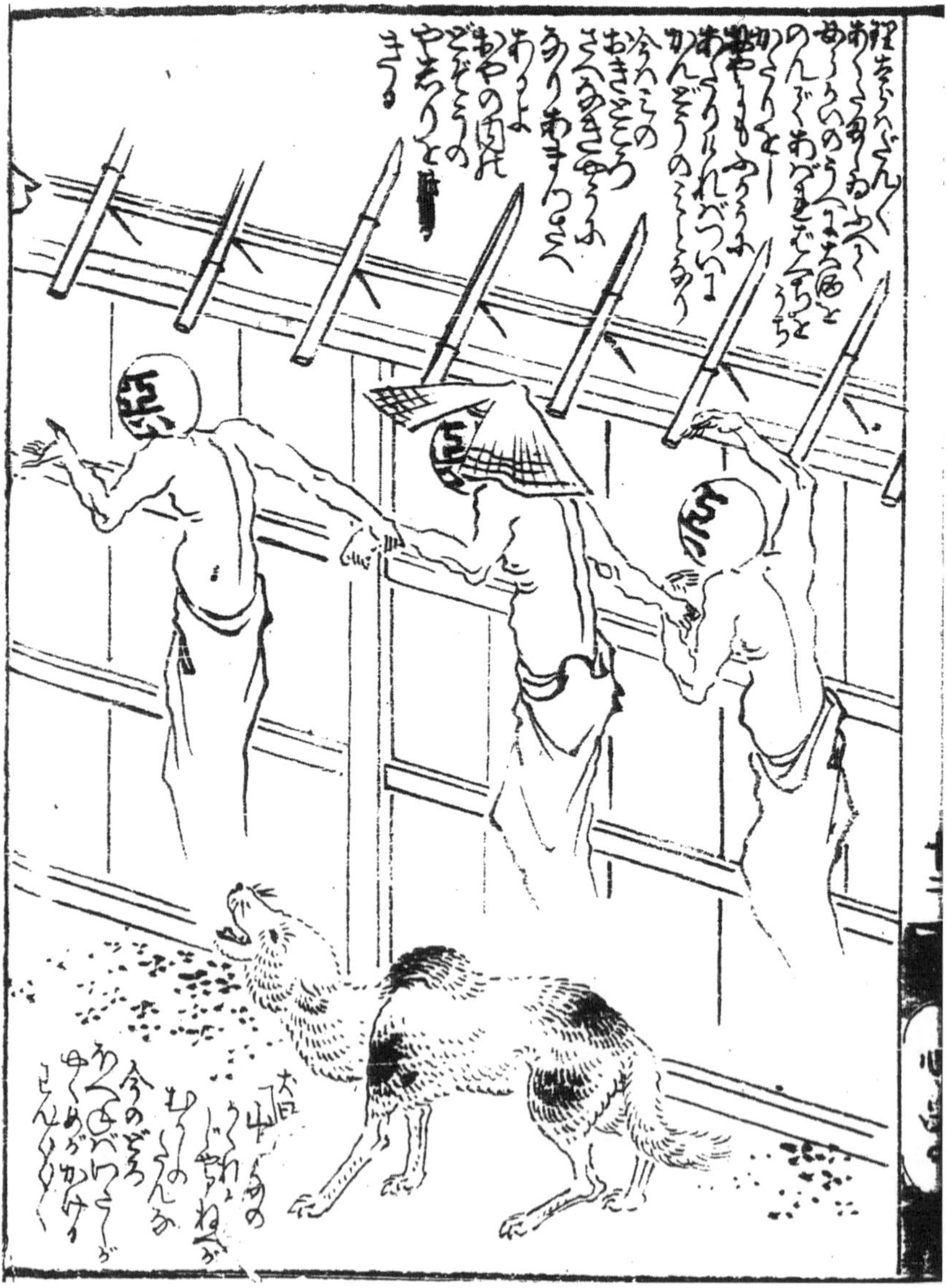

二五（十三オ）

二六（十三ウ）

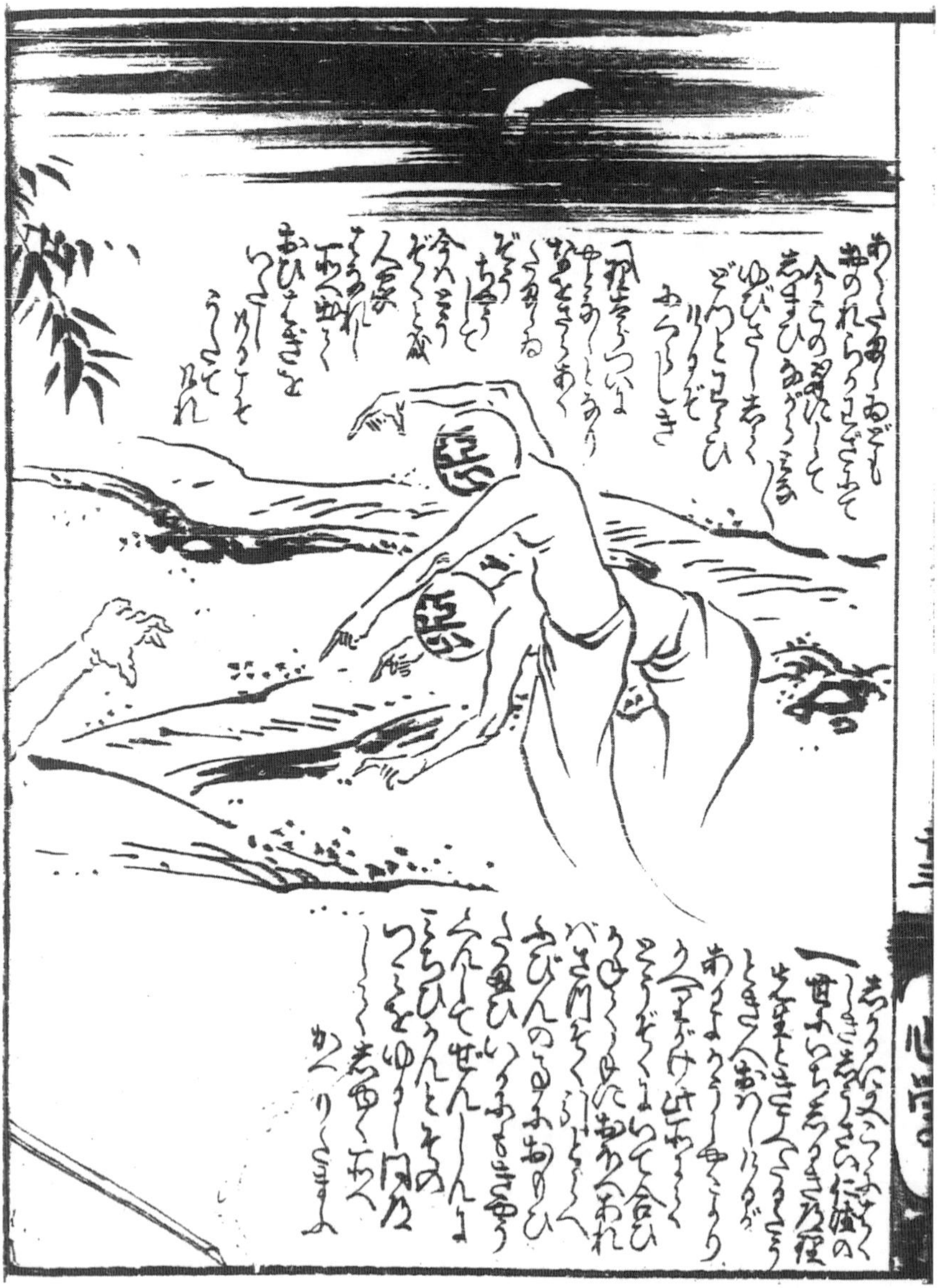

二七（十四才）

二八（十四ウ）

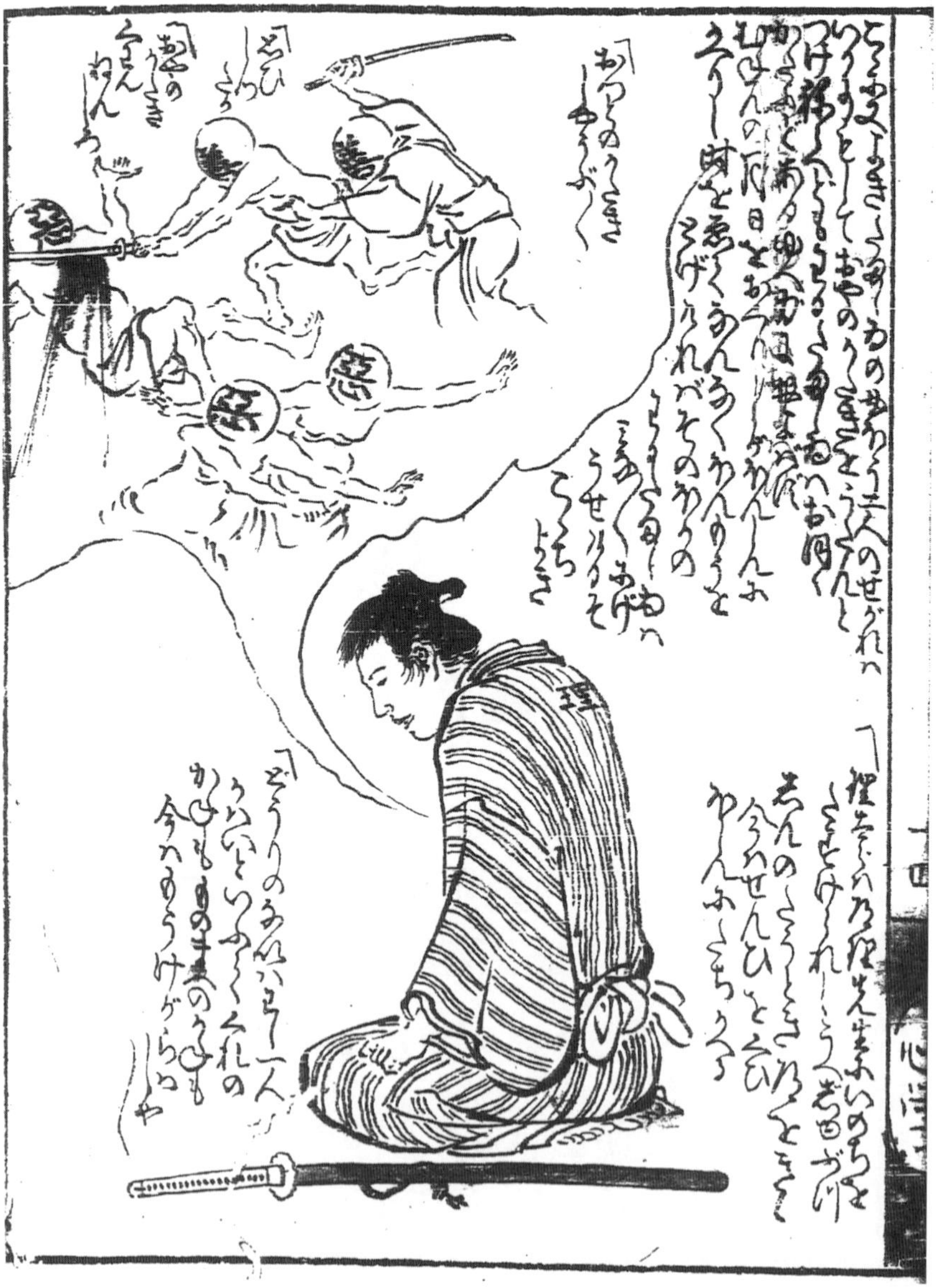

二九（十五オ）

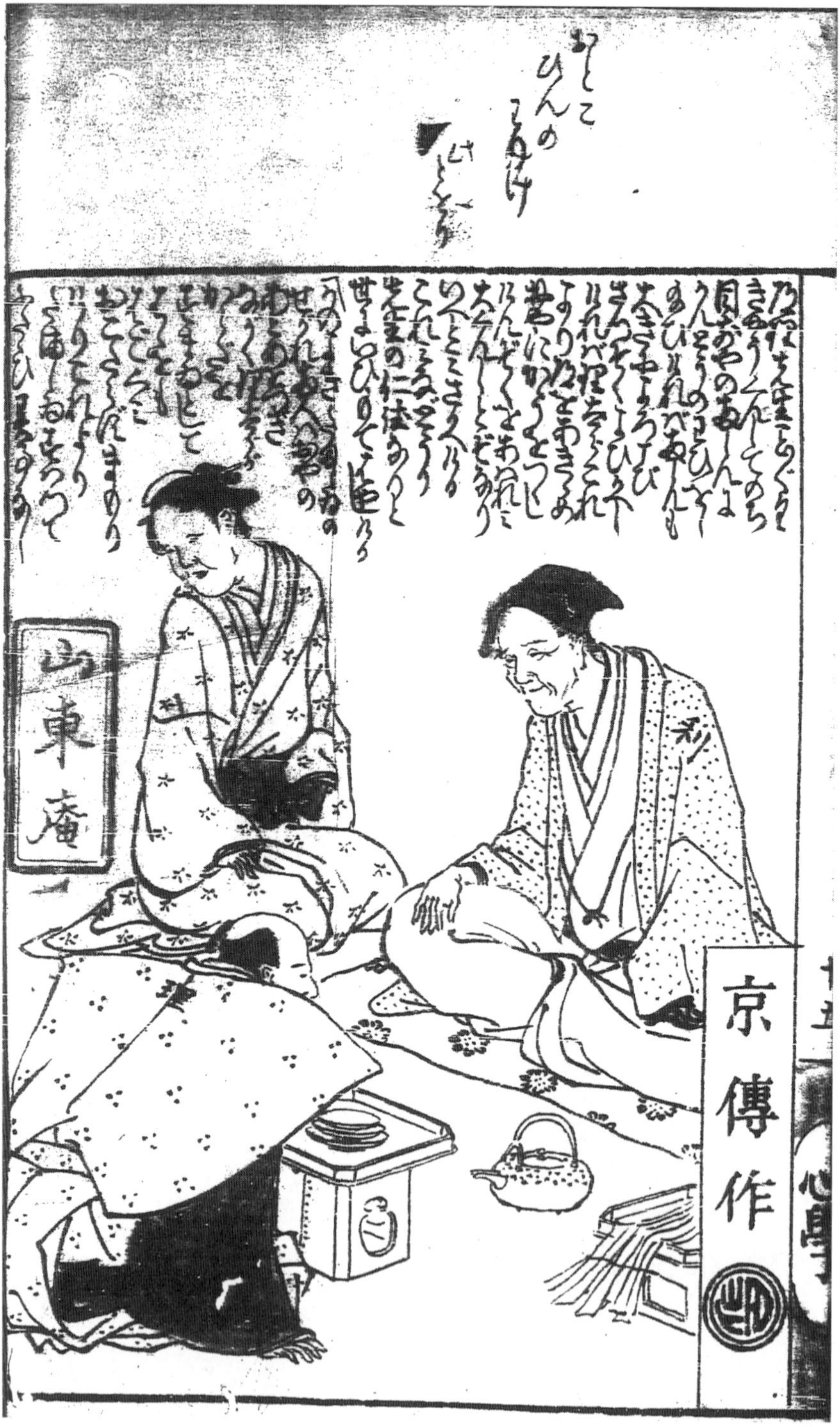
山東庵
京傳作

第二部　『善玉悪玉心学早染草』翻刻本文・あらすじ

凡例

一　底本は東京都立中央図書館特別文庫室加賀文庫蔵本『善玉悪玉心学早染草写本』であ
　る。(注)

　　(注)　これについては中山右尚「加賀文庫蔵『善玉悪玉心学早染草』考
　　　──成立期と京山追記について──」に詳しいので参考とさせて頂いた。
　　現在翻刻されて読まれているものは、寛政二年の刊本『大極上請合売心学早
　　染草』であり、対してこの稿本は出版されなかったものなので、黄表紙や山東
　　京伝の作品集には入れられていない。(ぺりかん社の「山東京伝全集」の十九巻
　　に収録予定というが、現在未刊である。)
　　板本とこの稿本とを比べてみると、多少の内容・文章の違いばかりでなく、
　　同じ著者のものながら、しかも数年後の作であるにもかかわらず、その仮名遣
　　い等の表記がずいぶん違っていて、その点に興味がひかれたこともあり、あえ
　　てこの稿本を底本として選んだのである。(参考のために板本との校異を付し
　　た。)

二　底本は、はじめに山東京山の追記二丁。『心学早染草』(板下用稿本) 十五丁。
　右底本のうち、欄外上部余白の書入れと、挿絵に描かれた画中の文字とを除き、
　巻頭の山東京山追記、山東京伝の序文、『心学早染草』の文章のすべてを翻刻す
　る。(この中、山東京山の追記以外の本文、即ち山東京伝による本文の全語彙の
　索引を作製する。)

三　索引作成のために、序文に一、それに続く本文には、各丁の表裏それぞれに、二～三〇まで漢数字で番号を付した。

四　黄表紙は、挿絵を中央に描き、それをとり囲むように余白に文章をつづったものである。各丁の裏と次の丁の表との見開きが一つの場面として、その裏表にまたがって一場面の挿絵が描かれていることも多く、主として挿絵上部余白に、右から左へ地の文（話の筋、説明の文）が書きこまれ、挿絵の中に適宜短い説明文や人物（擬人化した魂、犬を含む）の詞（会話）が点在する。本文は、この地の文と、挿絵の中の幾つかの短文とから成る。

1　主として上部に書かれた地の文には、各丁に1から順に行番号を洋数字で付した。この中には、一行三十字前後のものもあれば、又その書きこめる場の空き具合によって、一行に五、六字位から、短く二字、一字と、切れ切れに続けている箇所もある。底本影印と比較しやすいように、これらはすべて底本通りに行替えを行って翻字した。（翻刻文　二）

2　挿絵余白部分の短文は、大部分は登場人物（描かれた人物）の近くに書かれた言葉（会話——芝居の台詞。漫画なら吹き出しに当たる）であるが、説明文もまじる。話者の描かれた位置により、その記される場所がおのずと決まったもの、また発言の順序とは関係なく、あいた所に適宜書きこまれたものもある。そこで、上部の地の文以外に点在する文を、概ね上から中、下の場所、且つそれぞれ右から左へと順序づけて、一続きの文をそれぞれ「あ、い、う、え…」

と分け、その各々にも「あ1、2…」「い1…」のように行番号を付した。

3　右の「あ、い、う…」のように記した語群は、その置かれた位置による区別であって、話の流れの順序によるものではない。これをただ、機械的に続けて読んだだけでは、前後の関係が分かりにくく、この作品を正しく読みとり理解することはむつかしい。絵と詞とを見てその順序を考え、会話文を地の文の中に組み入れ、状況にあうと思われる順に文を並べることで、完成した作品として読めるようになるのである。そこでまず右の趣旨によった翻刻文（山東京山の文は除く）を一、として示した。現代とは異なる仮名遣いも多いので、理解しやすいように、この一、には右傍に漢字を（　）に入れて示すなどの工夫をした。翻刻文二、は索引と照合する場合のために、影印とつき合わせて分かりやすいように、行・文字数など、すべて原本通りとし、また見開きの裏（ウ）と表（オ）にわたる文章のつながりの関係を　↑　↓　の印によって示しておいた。

五　翻字に当たっては、漢字、平仮名、片仮名の表記は、すべて底本通りとした。

1　本文は仮名書きが主で、漢字の使用は少ないが、原則として漢字は常用漢字を用いた。

傳→伝　氣→気　國→国

2　漢字の古体字、異体字、特殊な草体などは、現在通行の文字に改めた。

艸→草　䰟→魂　哥→歌　卩→部　吴→異

→給　→也

3　変体仮名、合字などは現行の字体に改めた。

〓↓さ　〓↓た　〓↓に　〓↓ほ

と↓ことと

4　片仮名書きのものは片仮名のままとする。

コレサ　ハイ〳〵　一ツ　シヤボン

右のうち小字で右寄せにするものがあるが、これも底本通りに小文字、右寄せとする。（但しこれは本文のみとし、索引では用いない。）

三ンかく　左リ　上ゲて　わつちやァ

5　「は」「み」には片仮名ともとれる字が多く使われているが、これは平仮名とした。

おれハ　けがらハしや　むくのミ　すミか　いとをしミそだてける

6　なお現代では拗音と促音「つ」は小さく書くが、この当時は特に小字とはしない。この点は心にとめておいて頂きたい。

六　底本では、濁音と思われる語には大体濁点があるが、中には付けていない語もあるので、編者の判断で必要と思われる語には付し、疑問のものはそのままとした。半濁点は底本には見られないが、右に準じ、次の四例を半濁音とした。

二26　魂魄《こんはく》↓こんぱく　二あ3　日本↓につぽん

一九16　引はられ↓引ぱられ　二八16　せんひ↓せんぴ

七　反復記号は底本通りとする。

仮名表記のものはそのまま用いた。

ヽ　ウヽ〳〵　ヱヽ

ゝ　うたゝね　なでゝゐる　ゐつゞけ

〳〵　ヨイ〳〵　われ〳〵　つく〴〵

漢字の畳字は々とする。

〻　日〻→日々

八　言葉（台詞、吹き出しに当たる）のはじめにある〽印。一部の段落部分のはじめにも付けてあるが、この印はそのまま残す。

九　振り仮名は底本のままとした。但し、本文右傍に（　）に入れた漢字や現代仮名遣いによる振り仮名は、理解しやすいように編者が入れたものである。

十　読みやすいように適宜句読点を施した。

十一　明らかな誤り、（誤刻・脱字と思われるもの）は、これを正して注記した。
二八17 ほしんにたちかへる↓ほんしんにたちかへる

十二　理解しやすいように注を加えた。煩雑になるので印は付けず、その部分の語句を抜き出して注を記した。
なお欄外の書入れは、注のあとに入れて、これがあることを示した。

十三　最後に、寛政二年・大和田安兵衛版『大極上請合売心学早染草』（都立中央図書館蔵本）との異同を示した。（本文に＊印）。同文であっても、漢字表記と平仮名表記による異同等もすべて示した。

一、翻刻本文

一

善玉悪玉心学早染草写本　全

一（一オ）

画草紙《ゑざうし》は理屈臭《りくつくさ》きを嫌《きら》ふといへども、今《いま》りくつ臭《くさ》きをもて一趣向《ひとしゆかう》となし、三冊に述《のべ》て幼童《ようどう》に授《さづ》く。もしその理《り》を得《う》ることあらば、天竺《てんぢく》の親分《おやぶん》も方便《はうべん》を懐《ふところ》にして退《しりぞ》き、魯国《ろこく》の伯父《おぢい》も天命《てんめい》を袖《そで》にして去《さ》るべし。然《しか》らば我国《わがくに》の姉子《あねご》なんども、清《きよ》く浄《いさぎよ》しとし給はん哉《か》。

京伝述　㊞

二（一ウ）～三（二オ）

人間にたましゐといふもの有。いかなるものぞといふに、男のたましゐはつるぎなるべし。またひめ小松のじやうるり、しゆんくわん《（俊寛）》がいひぶんをきけば、女のたましゐはかゞみにきはまりたり。又しばゐのたましゐは、あかがねにあかきかみをはるものなりと。そんなろん《（論）》は、みなわきへのけておくがよし。つるぎとかゞみ也といふはみなたとへなり。又年代記のはしをみるに、たましゐをしる歌とて〽木九《（きく）》からに火三ツ《（ひみつ）》の山に土一ツ七ツは金と五水りやう《（ごすいりやう）》あれ　とあれども、是はこじつけなり。壱つより外はなきもの也。これを、いける《（生）》時は精気《せいき》といひ、死す時は魂魄《こんぱく》といふ。又心神《（しんしん）》ともいふて、人間の大切なるは是にすぐるものなし。そのたましゐといふもの、いづくよりきたるぞと思へば、天よりさづかるなり。

そも〱天上に天帝《てい》と申すたうとき神おはしまして、つねにちやわんのやうなものへ、むく《（椋）》のみ《（実）》のうはかはのやうなものを水にてとき、竹のくだをひたして、たましゐをふき出し給ふ。そのりかた《（理方）》、子どものもてあそぶシヤボンのごとし。吹出し給ふときはこと〲く丸く、まつたきたましゐなれども、まふねん《（妄念）》・まうざう《（妄想）》の風にふかれて、中にはいびつになり、あるひは三ンかく四角になつてとび行くもあるなり。

「おれがなりには、ゐかきもこまるだろう。けふのなりは、日本にかぎる天ていだ。ほかのくにへはさたなし〱《（さたなし）》」

「ひやうばん〱〱」魔醯首羅《まけいしゅら》「イヨ玉屋〱」とほめ申す。

四（二ウ）～五（三オ）

こゝに、江戸日本ばしのほとりに、目前や理兵へ《（もくぜん屋理兵衛）》といふうとく《（有徳）》なるあき人《（あきんど）》ありけるが、つま《（妻）》みごもりて、あたる十月キめといふに、しゆつさん《（出産）》して、玉のごとくのなんし《（男子）》をまふけければ、かない《（家内）》祝詞《しうし》をのべてさゞめきける。

おさなきは、白きいとのごとく、いかやうにもそまるものなりとはむべなるかな。理兵へがせがれしゆつしやう《（出生）》するとひとしく、かのいびつなるわるたましゐ、ひにく《（皮肉）》へわけ入らんとするところを、てんてい《（天帝）》あらはれ出給ひ、わるたましゐが手をねぢ上給ひ、まつたく丸きよきたましゐを入給ふ。これ　おや理兵へが、つねに一心のおさめよきゆへ、てんていめぐみをたれ給ふゆへなり。されども、ぼんぶ《凡夫》の目にはすこしもみへざるこそあさましけれ。

「こゝかまはずとはやく行け」「ハア」

チヨン〳〵〳〵と、ひやうしまく《拍子幕》といふところなり。

六（三ウ）～七（四オ）

理兵へはせがれを理太郎とよびそだてしが、よきたましゐ日々つきそひまもりゐければ、せいちやうにしたがひ、りはつ《利発》にてぎやうぎ《行儀》よく、そのうへきよう《器用》にて、ほか〳〵の子どもとはことかはりければ、りやうしんはしやう《掌》中の玉のごとくいとをしみそだてけるにぞ、三ツ子のたましゐ百までと、すへたのもしくみへける。

「コレは見事だ。おれが子ながらこうせい《後生》おそるべしだ」「あまりふしぎだの。だれぞにかいてもらひはせぬか」「ホンニ御きような御子さまでござります」

たましひうしろに、ひげなでてゐる。「ちつとそうもござるめへ」

「おしせう《師匠》さんが、これからくにづくし《国尽》をかひ《書》てやるといひなさつたよ」「ぼう《坊》は、おとつさんやおかゝさんが大事だよ。あないち《穴一》やほう引《宝引》は、しねへもんだねへ」

八（四ウ）～九（五オ）

かのわるたましゐは、理太郎がからだへはいらんとせしを、てんていにけちをつけられてより、み《（身）》のおき所なく、さうをう《（相応）》のからだもあらばはいらんと思へども、とうじ《（当時）》はじゆ《（儒）》・ぶつ《（仏）》・しん《（神）》のたうとき道しきりにおこなはれて、人みなわるき心をもたざれば、たち入るべきところなく、ちう《（宙）》にぶら〳〵していたりけるが、おりもあらば理太郎がからだのよきたましゐをなきものにして、われ〳〵ながく理太郎がひにく《（皮肉）》の内をすみかにせんとたくみける。

「イ、からだのかぶ《（株）》をかひ《（買）》たひものだ」「此ごろは心がく《（心学）》とやらがはやるから、おゐらがすまゐ《（住居）》をするやうなふらちもの《（不埒者）》のないにはこまる」「かうならんだ所は、なにかはじまるやうだ。じゆず《（珠数）》をわすれた百まんべんのば《（場）》もある」

おのれ〳〵がふしよぞん《（不所存）》よりみ《（身）》をはたしたるもの丶、わるたましゐども、ちうう《（中有）》にまよつてゐる。

一〇（五ウ）

今ははや理太郎も十六才になりければ、げんぶく《（元服）》をさせけるに、生れ付もよく、よい男となり、さて見世のせうばいむき《（商売向）》、あらましあづけてさせければ、かたのごとくりちぎもの《（律義者）》ゆへ、あさもはやくおき、夕部《（べ）》もおそくいねて、ずいぶんばんじに心をくばり、けんやくをもととして、おやにかう《（孝）》をつくし、けらいにあはれみをかけ、そろばんをつねにはなさず、内外《（うちと）》をまもりければ、そのきんべん《（近辺）》にひやうばんのむすことなりけり。

「ひたいはぬかぬがよい。人がらがわるひぞや」「ハイ〳〵」「よくおにあひなされます」

一一（六オ）

人のねたる時は、たましゐがあそびに出るといふ事ちがひなし。理太郎十八のとし、ある日帳合につかれてうたゝねしける。かのたましゐ、日々わるきたましゐをちかづけまじとまもりゐる事ゆへ、すこしくたびれて、理太郎がうたゝねをさいわひ、そこらへあそびに出しが、れいのあくたましゐは、よきをりからと、なかまをかたらひきたり、よきたましゐをしばりおき、あとのからだへはいりける。

「ヱ、ざんねんな」「よひきび〳〵《（よひきび）》」

一二（六ウ）～一三（七オ）

理太郎はその日うたゝねさめて、けふはあさくさくわんをん《（浅草観音）》へさんけいせんとこゝろざし、くはんおん《（観音）》へまいり、かへらんとせしが、つく〳〵思ふやう、われ今までよしはら《(吉原)》といふところ、ふりむいてみるき《(気)》もなかりしが、すけん《(素見)》はさしてぜ《(銭)》にもいらぬ事なれば、一度は見てもくるしかるまじと思ひ、うか〳〵と土手八丁へさしかゝりける。これわるたましゐのひにくへわけいりしゆへなり。

イヤ〳〵行かふとは思つたが、内であんじるだろうか。しかし、とてもこゝまできたから、ちよつと見て行かふか。たゞしかへらふか、といろ〳〵まよつて、土手を行たりもどつたりする。これあくたましゐのしよい《(所為)》なり。

「コレサ、そんなきまらぬ事をいひつこなしさ。われらしよじ《(諸事)》のみこみだ。ちとよしはらのいきな所をみな。サア〳〵はやくきなこもち〳〵《(きなこもち)》」「おれはおひはぎにあつたやど引といふみ《(身)》だ」「ウ、〳〵〳〵しめたぞ〳〵。ウ、〳〵〳〵そこだへ〳〵。おいらがみは人間のくるまをひくやうだ」

此御かいてう《(開帳)》の玉などは、大極上々吉、むるい《(無類)》とび切のぜん玉なるべし。

一四（七ウ）～一五（八オ）

理太郎はわるきたましゐにいざなはれ、よしはらへ来り、すけんぶつ《(素見物)》にてかへらんと思ひしが、中の町の夕げしきを見てより、いよ〳〵わるたましゐにきをうばゝれ、とあるちや屋をたのみて、三うらやのあやしのといふ女郎を上げてあそびけるが、たちまちたましゐてんじやう《(天上)》へとんで、かへる事をわすれ、さらにしやうきはなかりけり。

「さけにあかさぬものぐるひ、それがこうじたものぐるひ」

たましゐちう《宙》にとんでおどりをおどる。

「そつこでせい」「ヨイ〳〵」「アリヤ〳〵」

「ア、いゝにほひだ。下村か松本のとなりにいるやうだ」「ア、おもしろひ〳〵。

こんなおもしろひ事をいま迄しらずにいた。ざんねん」

一六（八ウ）〜一七（九オ）

かくてとこ《床》おさまり、ほどなく女郎きたりければ、かのわるたましゐどもは、女郎の手をとつて理太郎がおびをとき、はだとはだをひつたりといだかせ、又理太郎が手を取て女郎のゑりの下へぐつとさしこむ。このとき理太郎はそう身がとけるやうにて有しかども。

「もつとこつちへおよんなんし。ヲ、つめてへ」「がつてんだ〳〵」「内をかぶつたらどうするもんだ」

「マヅこんばんはこれぎり」ドン〳〵〳〵〳〵。

　理太郎がからだをすみかとしてちうぎ《忠義》をつくしたるよきたましゐ、このたびふりよ《不慮》にあくたましゐがためにいまし《縛》められ、理太郎が身のうへいかゞとあんじけれ共《ども》、たれあつていましめをといてくれるものもなければ、ひとりき《気》をあせる。

此所、新蔵か今市十郎がどくぎん《独吟》のめりやす有つてしかるべし。

「おれはやぐち《矢口》のひやうご《兵庫》が女ぼうか、しんかうき《信仰記》のゆき姫といふものだ」

一八（九ウ）～一九（十オ）

わるたましゐはよい《宵》からおどりくたびれて、女郎のふところへはいり、すや〳〵ねいるとひとしく、理太郎はしきりに内の事がき《気》にかゝり、おれはどうしてこゝへはなぜきた事ぞ。なぜこんなき《気》にはなつた事ぞと、ゆめのさめたる心ちして、ものもいはずたちかへらんとせしが、此さはぎにあくたましゐ目をさまして、かへしてはならじと、さつそく理太郎がからだへとびこみければ、又心かはり、ついにゐつゞけときまりし所へ、かのよきたましゐ、いましめのなは《縄》をやう〳〵引きり、一つさ《一散》んにかけきたり、手をとつてつれかへらんとする。あくたましゐはかへすまじと引とめる。

理太郎左リへ引るゝ時は、ア、いつそゐつゞけやうといひ、右へ引ぱられるときは、いや〳〵はやくかへらふといふて、らうか《廊下》を行つかへりつ、しあんまち〳〵なり。たましゐのすがたぼんぶ《凡夫》の目にはいつかうみへぬゆへ、ちや屋の男は、けしからぬみぶりをするきやく人だと思ふ。

「おかへりなんすともゐなんすとも、しなんしな。ばからしいよ」「井戸がへといふみ《（身）》だ。コレへ《（屁）》をひらつしやるな」「ヨイサアく／＼く／＼」

二〇（十ウ）～二一（十一オ）

理太郎はもとのごとく、よきたましゐ又はいりけるゆへ、この間の女郎かいの事はゆめのやうな心にて、思ひ出すもけがらはしく、帳合ばかりしていたりしが、かのあやしのがところからこんたん《（魂胆）》のふみきたりしを、なに心なくひらきければ、又わるたましゐ此文《（ふみ）》の中へはいりきたり、とりつく。

茶や男「しよくわい《（初会）》からおふみのまいると申事は、神代にもない事でござります」

よきたましゐ、文をみせじときをもむ。

理太郎はあやしのが手をつくしたるこんたんの文をみしより、またく／＼心まよひ、おれがしんしやう《（身上）》で一年に三百や四百の金つかふたとて、さのみいたみにもならぬ事、千年万年いきる身ではなし、死ねばぜに《（銭）》六文《（もん）》より外はいらぬものを、今まではむやく《（無益）》のけんやくをした事ぞ。なんぞ燭《しよく》を秉《（とり）》てあそばざらんと、古詩をもつて手まへがつてなるたとへに引き、あくねん《（悪念）》しきりにきざしける。

理太郎あくねんきざしければ、此ときをゑ《（得）》て、あくたましゐ、よきたましゐをきりころし、日ごろのねん《（念）》をたち《（断）》ける。

「かくご《（覚悟）》ひろげ」「むねん〱」

二二（十一ウ）～二三（十二オ）

あくたましゐどもつゐに理太郎がひにく《（皮肉）》へわけ入、よきたましゐの女ぼう、二人の男子をおひ出しければ、三人手を引合て、とし久しくすみなれしからだをたちのくこそあはれなり。これより理太郎は大のどらものとなり、四五日づつゐつゞけする。

たましゐわれ竹にておひ出す。「きり〱たつてうしやアがれヱ、」

「かなしや〱」「今に思ひしらせん」「かゝさまいのふ」

たましゐ「ア、ゑいざまだ」

たましゐ「これからおいらがせかいだ」

理太郎がばんとうむかひにきて、まへの古人正月やが鬼王きどりにていけんする。

「コレサそんなやぼをいふな。どんな事があつても、かへる事はいやだのすしだ」

「さやうに御りやうけん《（料簡）》のないおまへさまではなかりしが、てんま《（天魔）》の見入か、ぜひもねへ」

女郎も理太郎があまりながくゐるゆへ、神がつてことばをにごす。

「ほんに、おとつさんおかゝさんがおあん《（案）》じなんすだろうねへ。わつちやアどうもけへ《（帰）》し申たくねへが、どうしたもんだのう」

二四（十二ウ）～二五（一三オ）

理太郎はだん〱あくたましゐふへて、女郎かいのうへに大酒をのんであばれ、ばくちをうち、かたり《騙》をし、おやにもふかうにあたりければ、ついにかんどう《勘当》のみとなり、今はみのおきどころさへなきやうになり、あまつさへ、あるよ《夜》、おやの内のどぞう《土蔵》のやじり《家尻》をきる。

犬曰「山しなのかくれがじやァねへが、むかしのだんな《旦那》今のどろ《泥》。ほへねばわたしがやくめがかける。わん〱〱〱」「ぶちよ、おれだは。ほへるな〱。くわうじん《荒神》さまのほへるなはどうだ」

二六（十三ウ）（二七は挿絵のみ）

理太郎ついにやどなしとなり、なをさらあくたましゐぞうちやう《増長》して、今はとうぞく《盗賊》と成《なり》、人家はなれし所へ出て、おひはぎ《追剥》をいたしけるこそうたてけれ。あくたましゐども、おのれらがわざにて、今この身にしてしまひながら、みな〱ゆびさしして、どつとわらひけるぞにくらしき。

しかるに又こゝに、はくしきしうさい《博識秀才》、仁徳の世にいちじるき道理先生ときこへたるたうとき人おはしけるが、あるよ《夜》かうしやく《講釈》よりかへりがけ、此所にてとうぞく《盗賊》にいで合ひ、かねて手におぼへあれば、さつそく引とらへ、ふびんの事におもひたまひ、いかにもきやうくん《教訓》してぜんしん《善心》にみちびかんと、そのつみをゆるし、同道してしゆく所へかへりたまふ。

二八（十四ウ）〜二九（十五オ）

理太郎は道理先生にいのちをたすけられしうへ、じゆ《儒》・ぶつ《仏》・しん《神》のたうとき道をきゝ、今はせんぴ《先非》をく《悔》ひ、ほんしん《本心》にたちかへる。

こゝに又、よきたましゐの女ぼう、二人のせがれは、いかにもしておやのかたきをうたんとつけねらへども、わるたましゐはおほくかたふど《方人》あるゆへ力におよばず、むねんの月日をおくりしが、ほんしんにかへりし時をゑて、なん《難》なくほんもう《本望》をとげければ、そのほかのわるたましゐはみな〳〵にげうせけるぞこゝちよき。

「おつとのかたき、しやうぶ〳〵」「思ひしつたか」「おやのかたき、くわんねん《観念》しろ」

「人間万事大せつなるは一ツ心ンなり。みなおのれが心より出て、おのれがみ《身》をくるしむる。その心はすなはちたましゐじや。こゝのどうり《道理》をとくとがてん《合点》せねばならぬ」「どうりのないはわし一人、かはいといふてくれのかね《鐘》も、ものまへ《物前》のか《金》ねも、今はもうけがらはしや〳〵」

「此ついでにこのほん《本》のさくしやをもきめねばならぬ。だいぶふらち《不埒》じやさふな」

三〇（十五ウ）

道理先生こと〴〵くきやうくん《（教訓）》してのち、目前やの両しんにかんどう《（勘当）》のわびをし給ひければ、両しんも大きによろこび、さつそくよびかへしければ、理太郎これより道をあきら《（明）》め、おやにかうをつくし、けんぞく《（眷族）》をあはれみ、大くんし《（君子）》とぞなり、いへとみさかへける。これみなどうり先生の仁徳なりと、世にいひもてはやしける。

かのよきたましゐのせがれ両人は、おやのあとめ《（跡目）》をつぎ、ながく理太郎がからだをすまゐとして、はゝをもはごく《（育）》み、おこたらずまもりけり。これよりたましゐすはつて、ふたゝび異事なし。

山東庵　京伝作　㊞

二、あらすじ

一（一オ）

画草紙は理屈くさいのを嫌うというが、今ことさら理屈くさいのを趣向として黄表紙三冊を著わした。その意をよく理解するならば、印度の釈迦も人々を教え導くよい方法だと、これを自分のものにして退き、魯の国の孔子も天から命じられた使命、儒教の教えももはや必要でないと、立ち去るであろう。そうならば我が日本の天照大神、即ち神道も、この仏教や儒教にも劣らぬこの事を、清く浄く立派だと褒め給うであろうよ。京伝　述

二（一ウ）～三（二オ）

人間にとって最も大切なものは魂《たましい》である。魂とはどんなものかというと、男の魂は剣《つるぎ》、女の魂は鏡とかいろいろいうが、これらはみな譬《たと》えであるから一まずよけておく。魂というものは、天上においでになる天帝が、子供のもてあそぶシャボン玉のように吹き出し給うもので、吹き出された初めはみんな真ん丸の善い魂なのだが、中には妄念・妄想の風に吹かれていびつになったり三角や四角になったり、悪い魂となってしまうのもあるのだ。

四（二ウ）～五（三オ）

これから話す主人公の理太郎は、江戸日本橋のほとりの目前《もくぜん》屋《や》理《り》兵衛《へえ》という裕福で心がけもよい商人の子供で、生まれた時に例のいびつな悪魂《わるたましい》が、その身体に入りこもうとしたが、天帝がすぐにその悪魂を追い出して丸いよい魂をお入れ下さった。ただし、こういういきさつや善い魂・悪い魂の姿などが普通の人間の目には見えないことなのは、何とも言いようのないことである。

六（三ウ）～七（四オ）

理太郎は善い魂に守られて、利発で行儀もよく、何でも器用にこなし、よその子とは格段にすぐれた子供に成長したので、両親は掌中の玉のように大切に育て、将来を楽しみに暮らしていた。善魂《よきたましい》「どんなもんだい」と得意げな様子。

八（四ウ）～九（五オ）

一方、天帝に追い出されて行き場のなくなった悪魂は、どこか入りこめる身体はないものかと思ったが、この当時、儒仏神の尊い教えが世に行われ、ことに心学という教えがはやり、その為入りこむすきもなく、仕方なく空中にぶらぶらしながらすきがあったら理太郎の身体に入りこもうとねらっていた。

一〇（五ウ）

理太郎は十六歳になり、元服してよい男となり、律儀者なので商売の方もまかせたところ、よくつとめ、親にも孝を尽くし家来にもあわれみをかけ、その近辺に評判の、よい息子となった。

一一（六才）

理太郎が十八歳のある日、ちょっと疲れてうたたねをしていた折、善魂も、いつも気を張って理太郎を守っていたので少しくたびれ、気ばらしに遊びに出かけた。

悪魂はよい機会がきたと、悪い仲間と共に善魂を縛って、あいた理太郎の身体に入りこんだ。

一二（六ウ）〜一三（七オ）

理太郎は目がさめてから浅草観音にお参りし、そのまま帰ろうとしたが、ふと思うには、自分は今まで吉原という遊廓に興味はなく行く気もなかったが、見るだけなら銭もかからないし、一度くらい見てみようかと、身体の中に入った悪魂に誘われ、ついふらふらと土手八丁へ行きかかったが、いややはりよそうかと又戻り、でも折角ここまで来たのだからと又行きかけたり、迷っている。

一四（七ウ）〜一五（八オ）

結局理太郎は悪魂の誘いに負けて吉原に来てしまい、三浦屋のあやしのという女郎を呼んで遊んでしまうが、帰るのも忘れるほど夢中になり、まるで正気がなくなってしまった。悪魂は得意になって踊りまくり、理太郎はこんな面白いことを今まで知らずにいた、残念。という思い。

一六（八ウ）〜一七（九オ）

理太郎はまるで身体中がとろけるようで、悪魂の思うがままになっていたが、一方、悪魂に縛られてしまった善魂は、理太郎がどうなってしまったか心配するけれども誰も縄をといてくれるものがいないのであせるばかりであった。

一八（九ウ）〜一九（十オ）

悪魂は踊りくたびれて女郎のふところに入り寝入ってしまう。と同時に理太郎は、おれはどうして此処に来てしまったのか、なぜこんな気になったのかと夢からさめたような気がして内へ帰ろうとしたが、その心の中の葛藤《かっとう》に悪魂が目を覚まし、すぐ又理太郎の身体にとびこんだので、又心が変わり、居続けようと決めた所に、善魂がやっとのことで縄を引き切り一っさんにかけてきて理太郎を連れ帰ろうとする。悪魂は帰すものかと引きとめる。理太郎は善魂と悪魂の両方から引っぱられて廊下を行ったり戻ったりしているのを、この理太郎の心の中の魂の姿は人間の目には見えないから、茶屋男はおかしな客だな、と思って見ている。

二〇（十ウ）～二一（十一オ）

理太郎は又もと通りに善魂が身体の中に入ったので、この間の女郎買いのことは思い出すのもけがらわしく、又店のことに精を出す毎日だったが、あのあやしのから手紙が来たので何心なく見てみると、悪魂がこの手紙の中に入ってきて理太郎にとりつく。善魂は手紙を見せまいと気をもむが、理太郎はこの手紙を見て又々心が迷い、死んだ時には三途の川を渡る為の六文あればよいのだから、一年に三百や四百位の金を女郎買いに使ったとしても大したことはないのだ。どうして燭《ともしび》を照らして夜を日につぎ遊ばないのだ、楽しみを求めるなら今の機会を逃さぬようにせよ、と古詩もいうではないかと自分勝手な解釈をして、悪念しきりにきざしたのを、よい機会だと悪魂は善魂を切り殺した。

二二（十一ウ）～二三（十二オ）

悪魂どもは又理太郎の身体に入りこみ、善魂の妻と二人の息子を割れ竹でもって追い出し、三人は悲しや悲しやと手を取り合い、無念の気持ちをおさえて出ていったのは実にあわれなことであった。この後理太郎は吉原に居続けし、店の番頭が迎えに来て異見してもきかず、悪魂の思うがまま。これからはおいらの世界だと悪魂はいばっている。

二四（十二ウ）～二五（十三オ）

理太郎はだんだん悪魂がふえて、女郎買いばかりでなく、大酒をのんであばれ、ばくちをうち、騙《かた》りをし、ついに勘当の身となり、とうとう或る夜親の内に泥棒に入った。番犬が、昔の旦那だが今は泥棒だとワンワンほえるのに、しゃれで返して恥じない有様。落ちる所まで落ちてしまったものである。

二六（十三ウ）（二七は挿絵のみ）

悪魂どもはこれを見てあざけり笑うという憎たらしさ。とうとう理太郎は宿なしとなり、盗賊、追い剥ぎにまで身をおとす。ところが或る夜、世に有名な、仁徳ある道理先生を襲い、かえってとらえられてしまうが先生はその罪を許し、教訓して善心に立ち返らせてやろうと宿所へ連れていった。

二八（十四ウ）～二九（十五オ）

人間に大切なのは一ッ心、すなわち魂である。このことをよく合点するように、との道理先生の教えに教化され、今までのことを反省して先生の前にうなだれる理太郎。命を助けられた上、儒仏神のとうとい道をきき、先非を悔い、やっと本心に立ち返った。一方、善魂の女房と二人の遺児は親の敵《かたき》を討とうとずっとつけねらっていたが力及ばず、無念の月日を送るうち、理太郎が本心を取り戻したこの絶好の機会をとらえて本望をとげ、悪魂どもを追い払うことができた。夫の敵《かたき》、親の敵と、理太郎の身体から悪魂どもを追い出す善魂の妻子。悪魂どもは皆ばらばらと逃げてゆく。

三〇（十五ウ）

道理先生が目前屋の両親に勘当の詫《わ》びをして下さったので、両親も喜んで理太郎を許し、これより理太郎は心学を勉強して道を明らかにし、親に孝を尽くし、一家一門の人々をあわれみ、立派な人間となって家は富み栄えた。善魂の息子達も親の跡を継いでずっと理太郎の身体に住み、理太郎を守ったのでこの後わるい事はおこらなかった。これは皆道理先生の仁徳のおかげだと世間では評判した。

三、翻刻本文　二　注釈と校異

亡兄醒斎《ばうけいせいさい》京伝先生、天明二年歳廿二、始て稗史《ゐさうし》の作有り。新編《しんへん》の上梓《ほん》、大に世に行れ、書肆競《ほんやきそふ》て編筆《さく》を乞《こ》ひ、年々歳々霏々《ひゝ》として不絶事既《たえざることすで》に三十余年。固《よつ》て以《もつて》京伝の名海内《よのなか》に布《し》き、王公《とのさまがた》、妾婦《おてかけしゆ》、牛童《うしかひ》、馬走《むまかた》も其名を知れり。そも〱此書は、天明五年亡兄廿四歳の時、通油町耕書堂《かうしよだう》蔦屋重三郎に与《あた》へたる作也。外題《げだい》を心学《しんがく》早染草《はやそめくさ》と呼《よ》べり。此頃京の人とて道二《だうに》といひし者江戸に来り、心学と唱《とな》えて諸人を教導《きやうだう》し、俗輩《ぞくはい》其門に入りて、心学を学ぶ者千を以て数へ、心学の教《をしへ》、道二《だうに》が名、江戸に雷同《らいどう》す。亡兄其響《ばうけいそのひゞき》に応《おう》じて此作あり。書中に道理《だうり》先生と称《しよう》するは道二を云《い》ふ也。此書も亦都下に雷同《らいどう》して七千余部を售《う》り、梓板磨滅《はんまめつ》して再板《さいはん》し、書賈利《ほんやり》を得《え》て其屋《そのおく》を潤《うるほ》し、再板《さいはん》又滅《めつ》して再々板《さいくはん》を量《はから》んとして、原本《もとのほん》の画人《ゐかき》北尾重政《しげまさ》に此冊《さつ》を書《かゝ》しむ。時に本所回向院に於て、清涼寺の如来を開帳して人群《ひとぐん》をなし、或《あるひは》朝参《まゐ》りと称《しよう》して、夜《よ》を侵《をか》して群行《くんかう》す。家作《かさく》に係《かゝ》る諸職《しよしよく》の悪少年等《わかいものら》、竿頭《さほのさき》に球燈《まるてうちん》を紅彩《あかくいろどり》して悪の一字を大書したるを捧《さゝげ》、隊《くみく》を為《な》して毎暁群行《まいあさくんかう》せしゆゐ、公《かみ》より是《これ》を禁《きん》ぜられし令文《おふれ》に、近来悪玉提灯《てうちん》と唱《とな》え、小児の手遊にいたし、且亦此節右提《てう》灯《ちん》を相用、町人共猥《みだ》りに夜行いたし候趣、相聞候云々。件《くだん》の事存《あり》しに固《より》て、亡兄《ばうけい》公令《おふれ》を粛慎《つゝしみ》して悪玉の稗史《ゐざうし》の再々板を許《ゆるさ》ず。此書を秘笈《ひきう》に蔵しし事既《すで》に五十余年。頃書《このごろほん》を晒《ほ》す為《ため》に亡兄が遺笈《ほんばこ》を開《ひら》き、書中《ほんのなか》に箝物《はさんであるもの》在を視れば、則此書《すなはちこのほん》也。将是《まさにこれ》天下一本の書《しよ》、豈容易《あにすておく》すべけんや。故手自冊《ゆゐにてづからとじほん》となし、姑此書《しばらくこのしよ》の来由《わけ》を記《しる》して家《いへの》蔵《もの》とし、以《もつ》て後来《のちのひと》に示《しめ》す。
干時《ときに》天保七年丙申仲夏二日、筆を
燈下《ともしびのもと》に操《と》る

山東庵京山　㊞

一（一オ）

1　画草紙《ゑざうし》は理屈臭《りくつくさ》きを嫌《きら》ふといへども、今《いま》
2　*りくつ臭《くさ》きをもて*一趣向《ひとしゆかう》となし、三冊
3　に述《のべ》て幼童《ようどう》に授《さづ》く。もしその理《り》を
4　得《う》ることあらば、天竺《てんぢく》の親分《おやぶん》も方《はう》便《べん》を
5　懐《ふところ》にして退《しりぞ》き、魯国《ろこく》の伯父《おぢい》も天命《てんめい》を
6　袖《そで》にして去《さ》るべし。*然《しか》らば我国《わがくに》の姉子《あねご》を
7　なんども、清《きよ》く浄《いさぎよ》しとし給*はん哉《か》。
8　京伝述　㊞

[注]

一1**理屈臭き**　理屈くさい教訓や道理を茶化すのが黄表紙の常套的なやり方だった。

一3**幼童**　初期の草双紙は本来子供向けのものだったが、安永期になって遊里などの題材が取り上げられるようになり、成人の読み物となってゆく。

一4**天竺**　インドの古称。「天竺の親分」とは、釈迦を冗談ぽく滑稽に言ったもの。仏教をさす。以下、魯国・我国とも同じ趣向。（『根無草後編』自序でも「唐《から》の親父《おやぢ》は天徳を予《われ》に生《な》せりと理屈臭ひ玉味噌を上れば、天竺の謊《うそ》つきは唯我獨尊と頭がちの脳味噌を上」など記す例がある。）

一4**方便**　仏教で、仏が衆生を真実の教えに導くために、仮に用いる便宜的な方法。

一5**懐にして**　自分のものにする。の意。

一5**魯国**　中国・春秋時代の国の一。前二四九年、楚に滅ぼされた。「魯国のおじい」は孔子。儒教をさす。

一5**天命**　天から与えられた使命。天道。『論語・為政篇』「五十にして天命を知る（この世を救う使命を天から与えられたことを自覚した。）」

一6**袖にして**　物事を重んじないで、おろそかにする。のけものにする。「懐にして退く」と対句にした技巧。

一6**我国の姉子**　天照大神。神道をさす。

一7**清く浄し**　神道においての理想の境地。婦人の守るべき六つの徳目として、柔順・清潔・不妬・倹約・恭謹・勤労（六徳《りく(ろく)とく》）がある。その一つ。

[校異]（本文ニハ＊印ヲ付ス）

●板本ハ一～一〇ヲ上巻トスル

一2　「その」ガ入ル
一2　一ト趣向《しゆかう》
一6　しからば
一7　給ん

二

● 二1〜28→三1〜18→二あ→二い→三あ

二（一ウ）

1 人間に*たましゐといふもの*有。
2 いかなるものぞといふに、男の
3 たましゐはつるぎなるべし。*また
4 ひめ小松のじやうるり、しゆん《（俊》
5 くわん《寛）》がい*ひぶんをきけば、女の
6 たましゐ*はかゞみにき*はまりた
り。
7 又しば*ゐのたましゐは、あかがね
に
8 あかきかみをはるものなりと。
9 そんなろん《（論）》は、
10 みなわきへ
11 のけて
12 おくが
13 よし。
14 つるぎと
15 かゞみ*也
16 といふは
17 みなたとへ
18 なり。又
19 年代記のはしをみるに、
20 たましゐをしる歌とて、
21 〽木九《（きく）》からに火三ツ《（ひみつ）》の
22 山に土*一ツ七ツは
23 金と五水りやう《（ごすいりよう）》
24 あれ　とあれども、
25 *是はこじつけなり。壱つより外は
なきもの*也。
26 これを、いけ《（生）》る*時は精気《せいき》といひ、
死す*時は魂魄《こんぱく》といふ。
27 又心神《（しんしん）》ともいふて、人*間の大切な
るは*是に
28 すぐるものなし。そのたましゐと
いふもの、いづくより（↓三1）

二あ（↑三18）

1 〽おれがなりには、ゐかき
2 もこまる*だろう。
3 けふのなりは、日本*に
4 かぎる天ていだ。
5 ほかの*くにへは
6 さたなし〳〵《（さたなし）》。（↓二い）

二い（↑二あ）

1 〽ひやうばん
2 〳〵。（↓三あ）

［注］

二4 **ひめ小松のじやうるり**　宝暦七年（一七五七）、大坂竹本座初演の浄瑠璃『姫小松子日遊』五段。近松門左衛門『平家女護島』に拠るところが大きい作で、特に中心となる三段目の、洞が嶽の隠れ家で、山中の庵主来現《らいげん》、実は俊寛《しゆんかん》が、鬼

界が島の物語をする所は、その二段目の書きかえとも見られる。この三段目は頻繁に上演された。

二4 **しゅんくわん**　平安末期の真言宗の僧、法性寺の俊寛僧都《しゅんかんそうず》。鹿ヶ谷《ししがたに》の山荘で藤原成親父子・平康頼らと平家討伐の陰謀を企て、発覚して鬼界が島に流されそこで没した。『姫小松子日遊』では、島からぬけだし、来現と名乗って洞が嶽に隠れ住む。その三段目に、鏡台の二面の鏡をもってお安（俊寛に仕えた亀王の妻）が、「鏡は神の御末《みすゑ》。…即ちコレ女の魂ひ。賎しけれどもわたしも武士の妻。…曇らぬ心の金打《きんちやう》」と振り上げるを俊寛が留めて「天晴《あつぱ》れ〳〵、鏡を以て金打とは、ひづまぬ心の武士の妻。女の生粋《きつすゐ》天下一」という場面がある。（金打とは誓いの印として、武士は刀の刃か鍔《つば》、女子は鏡等を打ち合わせた）

二7 **しばゐのたましゐ**　芝居の舞台で、人魂などに用いる小道具。上からつるして空中をさまよい飛行させる。「あかがね」は銅。

二19 **年代記**　大阪一枚刷り又は小冊子ようのものに、歴代天皇や将軍の略伝、有名武将、高僧等を年代順に列挙。その他、九族の図、月の出・潮のさし引き、日本の略図（国名入り）等の常識的な、日常に知っていると便利な事柄を簡単に記す。各年の事項は小さく区切って簡略に記してあり、例えば寛政二年は「中ずしんち取はらひ　大川すじ川さらへ　八月大かぜ　りうきう人来る」同三年「八月六日　九月八日大風大雨　所々つなみ　浅草寺かいてう」同五年「正月大ぢしん　十月江戸大火　さかい丁ふきや丁しばゐ名代かはる」といった具合。一年の事項を要領よくまとめてある便利なもの。

二21 **木九からに**　五行《ごぎよう》説の木火土金水の性による魂の数を示し、順序を覚えやすいように「聞くからに秘密の…御推量あれ」と歌によみこんだもの。「五行」とは古代中国の思想で、万物を生じ、万象を変化させるという木火…水の五つの元素をいう。五行説は、自然も人間・社会も、この五つの元素の一定の循環法則に従って変化するという説。この歌は現代教養文庫本の注に、多く年代重宝記などと題する一枚刷りの裏面中に見られると記すが、私の見た（文化十四、文政十二年）のものにはなく、未見。

二26 **これを**　「これ」は魂をさす。

二あ1 **ゑかきも**　画工も、宇宙をつかさどる天帝の姿をどのように描けばよいのか困るだろうから、今日はとりあえず日本の姿をした天帝にしておく、と軽く冗談ぽく言ったもの。

二あ3 **日本**　古くから「にほん」「にっぽん」と両様に読まれてきている。京伝の黄表紙『五体和合談』に「につぽん」と平仮名書きした例（「ほ」に半濁点あり）が二例あるので、ここは一応「にっぽん」と読んでおく。

二あ6**さたなし**　他に知らせないこと。黙っていること。内緒。秘密。

二い1**ひやうばん〱**「評判」は噂の高いこと。有名なこと。見世物などの呼び声で、「ひょうばん〱」とはやしたて、人を呼びこんだ。『評判記』の結びの詞にも多用されている。

『根無草笔芿』「ひやうばん〱、子のいんぐわがおやにむくいました。…かしらはばけ、尾はむすめ、あし手はほし大根のごとくにて、…ひやうばん〱」

しゃぼん玉屋も「評判の玉屋〱」などと呼んで歩いた。三7「シャボン」の注『続飛鳥川』の例参照。

［校異］

二1　魂

二1　あり

二3　又

二5　いゝぶん

二6　たましい

二6　きわまり

二7　しばい

二15　なり

二22　ひとつ

二25　これ

二25　なり

二26　とき

二26　とき

二27　人間《けん》

二27　これ

二28　魂

二あ2　だらう

二あ3　日ほん

二あ5　国

三

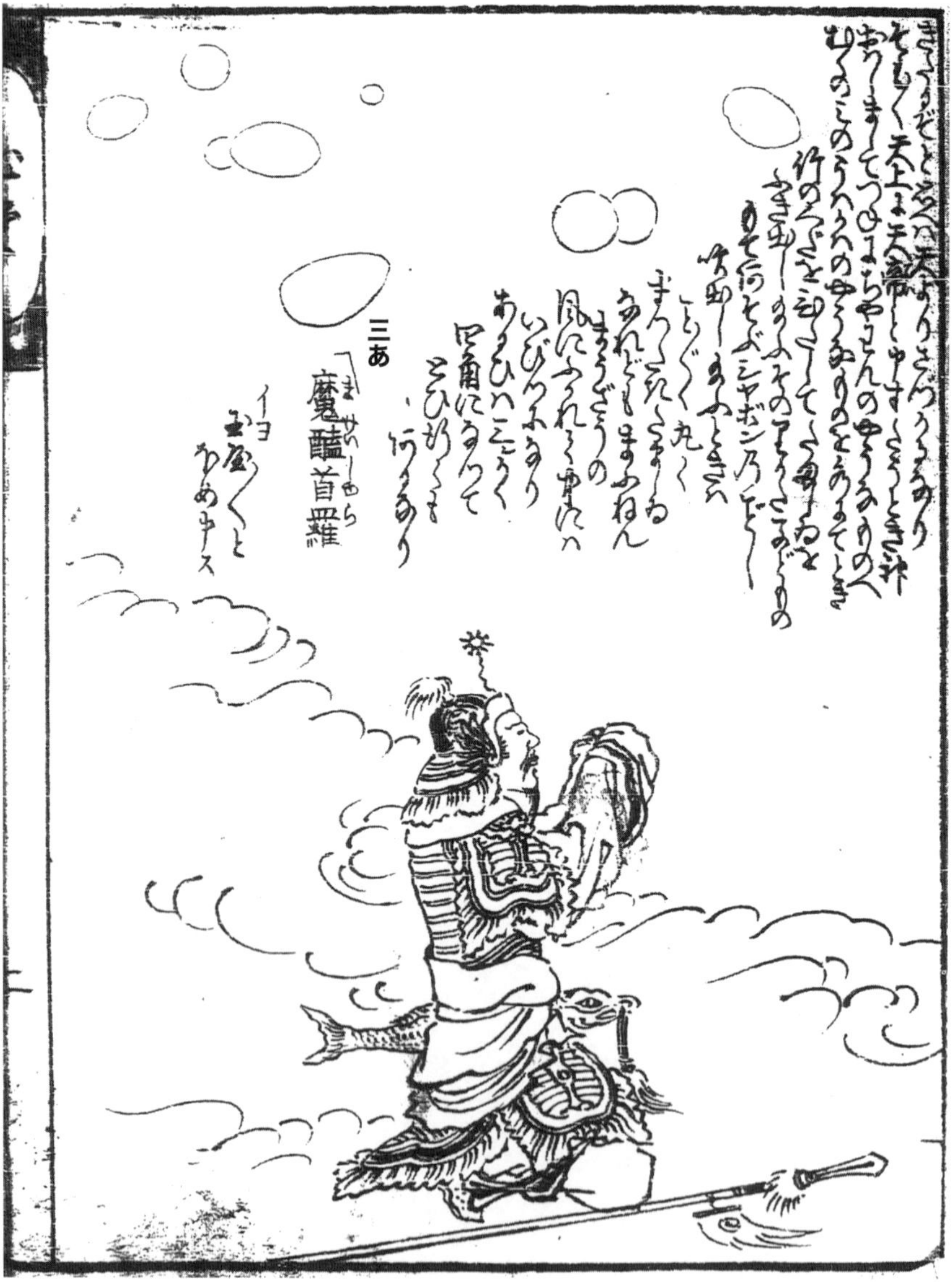

三（二オ）（↑二28）
1 きたるぞと*思へば、天よりさづか
るなり。
2 そも〳〵天上に天*帝《てい》と申すたうと
き神
3 お*はしまして、つねにちやわんの
や*うなものへ、
4 むく《（椋）》のみ《（実）》の*うはかはのや*うなもの
を水にてとき、
5 竹のくだをひたして、たましゐを
6 ふき出し給ふ。そのりかた《（理方）》、子ど
もの
7 もてあそぶシヤボンのごとし。
8 *吹出し給ふときは
9 こと〴〵く*丸く、
10 まつたきたましゐ
11 なれども、*まふねん《（妄念）》、
12 まうざう《（妄想）》の
13 風にふかれて、*中には
14 いびつになり、
15 あるひは三ンかく
16 四*角になつて
17 とび行くも
18 あるなり。（↓二あ）

三あ*（↑二い）
1 〽魔《ま》醯《けい》首《しゅ》羅《ら》
2 イヨ
3 玉屋〳〵と
4 ほめ申ス。

［注］

三2**天帝**　天地万物を支配する神。

三4**むくのみ**　一般にいう椋《むく》は、ニレ科の落葉高木。葉は縁にぎざぎざがあり物を磨くに用いた。ただ、ここの「むく」は「むくろじ（無患子）」のことで、江戸では「むく」とも呼ばれていた（方言）。ムクロジ科の落葉高木。実は黄褐色に熟し、中の種子は黒色で堅く、羽根つきの羽根の玉に使う。果皮はサポニンを含み、泡立つので石けんの代用とされた。

『守貞謾稿』二八「欒子…京坂ニテ皮アルヲムクロジト云。皮ヲ去、黒粒ノミヲ、ツブト云。江戸ニテハ皮ノ有無トモニムクノミト云」

『俚言集覧』増「むくろうじ…むく（江戸）…本草の無患子なり　其実の外皮を俗にしやぼんと呼なり」

しゃぼん玉屋は、この果皮を煮て冷やした水に、小さい容器と、藁とか竹のくだを付けて売り歩いた。

三6**りかた（理方）**　理屈。道理。（京伝の黄表紙にこの語の例多し）

三7**シヤボン**　（従来ポルトガル語 sabão からといわれてきたが、近年スペイン語 jabon の古い発音から、との説が有力になっている。）石けん。シャボン玉。江戸時代の初頃は、石けんは貴重品で、武将や商人の贈答に使われていたらしく、

庶民は洗剤としてではなく、主に子供のシャボン玉遊びに使っていた。『続飛鳥川』「しや盆ふき、評判の玉や〳〵」『守貞謾稿』六「サボン玉売、三都トモ夏月専ラ売之。大坂ハ特、土神祭祀ノ日、専ラ売来ル。小児ノ弄物也。サボン粉ヲ水ニ浸シ、細管ヲ以テ吹レ之時ニ丸泡ヲ生ズ。京坂ハ詞ニフキ玉ヤ、サボン玉吹ハ五色ノ玉ガ出ル云々。江戸ハ詞ニ玉ヤ〳〵〳〵。」

三10**まつたき**　「全《また》し」（形容詞）の音変化「まったし」の連体形。完全である。欠けたところがない。（五11「まつたく」参照）

三11**まふねん、まうざう（妄念、妄想）**　迷いの心や誤った考え。（同じ「妄」の字にそれぞれ適当に当てた仮名遣い表記に注目。）（現代では「もうそう」というが、古くは「もうぞう」とも言った）。

三14**いびつ**　「飯櫃《いいびつ》」の音変化。飯櫃が楕円形であったことから。物の形がゆがんでいること。物の状態が正常でないこと。又そのさま。

三あ1**魔醯首羅**　梵語 Maheśvara。「大自在天」の音訳。もとインド・バラモン教の神で万物創造の最高神であるシバ神の異称。仏教に入り仏法の守護神となる。像は一般に三目八臂で三叉戟《みつまたのほこ》を手にし白牛に乗る。

三あ2**イヨ玉屋〳〵**　シャボン玉売りに掛声をかける様子。一般には「玉屋」というと、江戸両国の有名な花火屋で、川開きの名物の花火を褒めるに「玉屋々々」の声が山川に響きわたったという。ここはシャボン玉の玉屋だが、花火の玉屋になぞらえて大げさに褒める様子。

[校異]

三1　おもへは
三2　「帝」ニ振り仮名ナシ
三3　おわし
三3　やふな
三4　「うは」ナシ
三4　やふな
三8　ふき出し
三9　まるく
三11　まうねん
三13　なか
三16　四かく
三あ　板本ニハ魔醯首羅ノ詞（三あ1〜4）ト人物挿絵ナシ

四

● 四1〜22→五1〜27→四あ

四（二ウ）

こゝに、江戸日本ばしのほとりに、目前《もくぜん》や理兵へ《りへえ》といふうとく《有徳》なるあき人ありけるが、つま《妻》みごもりて、あたる十月キめといふに、しゆつさんして、*玉のごとくのなんしをまふければ、かない*祝詞《しうし》をのべてさゞめきける。（↓五1）

四あ（↑五27）

〽*こゝかまはずと*はやく行け。〽*ハア。〽チヨン〱〱〱と、ひやうしまくといふところなり。

［注］

四1**ここに**　新しい話題に転じる時に用いる接続詞。さて。

四4**目前や理兵へ**　「目前《めさき》（目先）が利《き》く」の意を下敷とした屋号。商売の「利」を転じて道理の「理」を名にしたもの。『平仮名銭神問答』（寛政十二）に「むかし目前《もくぜん》屋《や》理《り》兵衛《ひやうへ》」とした例がある。正式には「りひょうえ」と言ったのであろうが、一般には「りへえ」と呼んだのだろうと思うので、一応「りへえ」としておく。「〇兵衛」の仮名表記は「〇へゑ」だが「ゑ」を「へ」と表記することが多かった。

四5**うとく（有徳）**　富み栄えること。富裕。金持ち。

四10**あたる**　ちょうどその時期である。その日時に相当する。『花芳野犬斑』「あたる十月にたまのやうななんしをうむ」

四21**さゞめき**　大勢の人が集まって、にぎやかに笑ったりしゃべったりするさま。（大勢で声を立ててさわぐ様ではあるが、どちらかというと不愉快な音ではなく、はなやかな楽しそうな様にいう。）

四あ3**チヨン〱**　木《き》（柝）の音。芝居の幕切れで、拍子木を初めに大きく、続いて幕を引きながら小刻みに、徐々にテンポをゆるめ、引き終ったところでもぅ一つ、はっきりと打つ。このように幕を引くこと、また、そのような拍子木の打ち方を拍子幕といぅ。

〔校異〕

四14　たま

四19　「祝」ニ振り仮名ナシ

四あ1　コ、

四あ2　「はやく」ナシ

四あ2　ハ、ア

五

五（三オ）（↑四22）

〳〵おさなきは、*白きいとのごとく、
いかやうにもそまるものなり
とはむべなるかな。理兵へがせがれ
しゆつ*しやうするとひとしく、
かのいびつなるわるたましゐ、
ひにくへわけ*入らんと
するところを、
*てんていあらはれ
出給ひ、わるたましゐ*が
手をねぢ上*給ひ、
まつたく丸き
よきたまし*ゐを入給ふ。
これ　おや理兵へが、
つねに一心の
おさめよき
ゆへ、てんてい
めぐみをたれ
給ふゆへなり。
されども、
ぼんぶ《凡夫》の
目*には
すこしも
みへざる
こそ
あさ
まし
けれ。（↓四あ）

［注］

五1 **おさなきは白きいとのごとく**　『准南子《えなんじ》』説林訓・第十七「墨子は練素を見て之に泣く。其の以て黄にすべく、以て黒くすべきが為なり」（練素は白い糸）による。京伝の黄表紙には他にも同様の例が見られる。『実語教幼稚講釈』「おさなきはしろきいとのごとくあをく染ればあおく　きに染ればきなり」『堪忍袋緒〆善玉』「とかくおさなきはしろきいとのごとくそまりやすきものなれば」

五3 **むべなるかな**　「うべなるかな」とも。いかにもその通りだなあ。もっともなことだなあ。この語の使用例も京伝の黄表紙には多い。『四人詰南片傀儡』「ゆく川のながれはたえずしてしかももとの水にあらずとはむべなるかな」『正月故夛談』「子をもちておやのおんをしるといへるはむべなるかな」

五6 **ひにくへわけ入らん**　「ひにく」は皮と肉。転じてからだ。悪霊などが人の肉体の中にのりうつり、とりつくことをいう、その慣用的表現。

五11 **まつたく**　「全《まつた》し」の連用形。欠けた所がなく完全で、まん丸くてよい魂。（副詞「まったく」は連用形から）（三10「まつたき」参照）

五20**ぼんぶ（凡夫）**　仏教の道理をまだ十分に理解していない者をいい、転じて普通一般の愚かな人をさす。普通の人。平凡な人。

五25**あさましけれ**　「こそ」の結びで「あさまし」が已然形「あさましけれ」となる。「あさまし」は見下げる意の動詞「あさむ」の形容詞形。あまりのことにあきれ不快になる気持ち。転じて驚くようなすばらしさにもいう。ここは、嘆かわしいという気持ちをあらわす。あきれるばかりだ。

〔五挿絵〕当時の出産の様子、座産と産湯をつかわせるさまを描く。

〔校異〕

五1　しろき
五4　しゆつせう
五6　わけいらん
五8　天帝
五9　たましい
五10　たまい
五12　たましい
五21　め

六

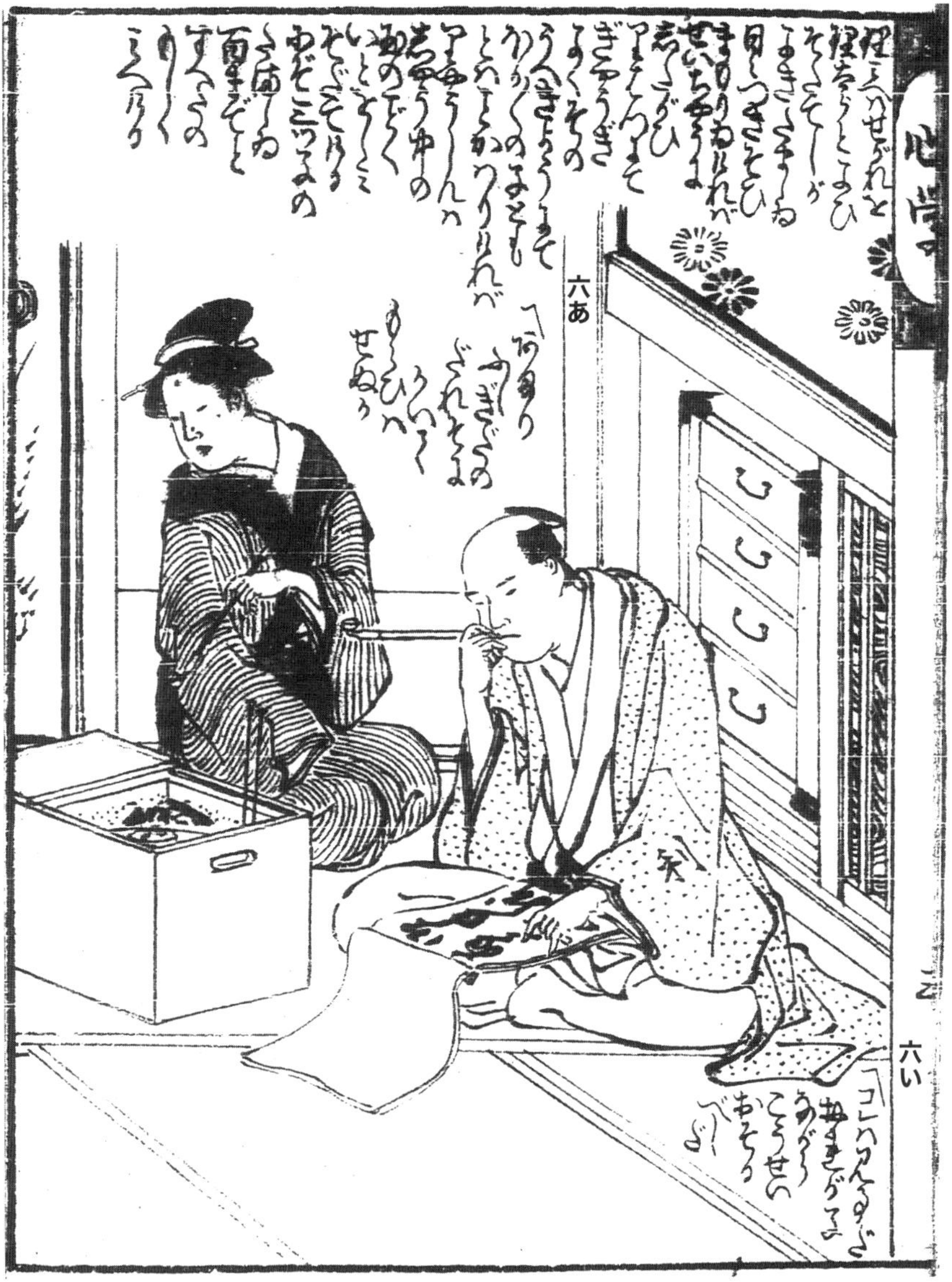

● 六 1〜25→六い→六あ→七あ→七い
→七う→七え

六（三ウ）

1 理兵へはせがれを
2 理太郎とよび
3 そだてしが、
4 よきたましゐ
5 日々つきそひ*
6 まもりゐければ、
7 せいちやうに
8 したがひ、*
9 りはつにて
10 ぎやうぎ
11 よく、その
12 うへきようにて*
13 ほか〴〵の子ども
14 とはことかはりければ、*
15 りやうしんは*

16 しやう中の
17 玉のごとく
18 いとをしみ*
19 そだてける
20 にぞ、三ツ子の
21 たましゐ
22 百までと、
23 すへたの
24 もしく*
25 みへける。（↓六い）

六あ（↑六い）

1 へあまり
2 ふしぎだの。*
3 だれぞに
4 かいて
5 もらひは
6 せぬか。（↓七あ）

六い（↑六25）

1 へコレは見事だ。*
2 おれが子
3 ながら
4 こうせい
5 おそる
6 べし
7 だ。（↓六あ）

[注]

六9 りはつ（利発） 利口発明の意。かしこいこと。才智があり頭の回転がはやいこと。

六16 しやう中の玉 掌中、手の中にある珠（玉）。転じて最も大切にしているもの。特に最愛の子にたとえていう語。

六20 三ツ子のたましゐ百まで 諺。幼い頃の性格は年をとっても変わらない。

『譬喩尽』⑭ノ部「三ツ子の魂一生と」
『俚言集覧』「三歳児の魂百まで」〔授業編〕

三ッ子の知恵か七十まで　〇三ッ児の心六十まてとも云」

六い4**こうせいおそるべし**　『論語・子罕』「後生畏るべし。焉《いずく》んぞ来者《らいしゃ》の今に如《し》かざるを知らんや」。若い者は勉強と努力によって将来どんな大きな仕事をするか分からないから、おそれうやまうべきだ、の意。

［校異］

六5　日〱
六5　つきそい
六7　せいてう
六8　したかい
六12　上
六12　きやう
六14　事
六14　かわり
六15　「は」ナシ
六18　いとおしみ
六25　けり
六あ2　か
六あ3　たれそ
六あ5　もらい
六い1　これは

七

七あ（↑六あ）

1 〽*ホンニ

2 御*き*ような

3 御子さまで

4 ござり

5 ます。（↓七い）

七い

1 たましひ*

2 うしろに、

3 ひげ

4 なでゝ*ゐる。

5 〽ちつと

6 そうも

7 ござるめへ。（↓七う）

七う

1 〽おしせう

2 さんが、

3 これから*

4 くにづくしを

5 かひ*て

6 やると

7 いひ

8 なさつた

9 よ。（↓七え）

七え

1 〽ぼう

2 は、

3 おとつ

4 さんや

5 おかゝ

6 さんが

7 大事だ

8 よ。

9 あないち《(穴一)》や

10 ほう引《(宝引)》*は、

11 しねへ

12 もんだ

13 ねへ。

［注］

七い3**ひげなでて** （自慢げにあごひげをなでる様子から）得意然としたさま。

七う4**くにづくし** 手習塾ではまず「源平」（姓名に使う字）から教え、次に「村尽し」（地理）を教え、その次に「国尽し」を教えた。これは日本諸国の国の名（武蔵《むさし》・甲斐《かい》・加賀等、五畿七道の六十八か国）を列挙し、唱えやすい口調につづったもの。習字の手本として用い、同時に地理の知識を授けるのに役立てた。

七え9**あないち** 江戸時代の子供の遊び。地面に小さな穴をあけ、一メートル位はなれた線の外から、ぜぜ貝（巻き貝でキシャゴのこと。貝殻をおはじきにする）、小石、木の実などを投入れて勝負を競う。そのうち、銭を用いるようになって大人のばくちに近くなり、かけ事として大人からは歓迎されない遊びとなる。穴打ち。銭打ち。

荻江節『恋文字道中雙六』（手毬唄）「三つとやみんなの子供衆は楽《らく》遊び穴一駒（独楽）取り羽を突く〳〵」

『道二翁道話』三上「悪い遊びの友達、六道したり、穴市したり、大口いふたり、虚言《うそ》いふたり」四下「子供衆、穴一、六道することかたく御法度じやぞ。」（六道《ろくど》は、穴一と似た遊び。銭を投げて勝負する。ばくちの一種として禁止令が出た。）

七え10 **ほう引**　もともとは正月の遊びの福引の一種。この頃は「さござい」といって、正月に街頭で子供を集め、数十本の縄の束から一本一文で引かせ、その中の一本に橙《だいだい》の実をつけて、それを引き当てた者に賞品を出した。後には賞品の代りに金銭を出す大人のばくちとなり、禁令も出た。

江戸長唄『七福神』「引けや引け〳〵…子供達は御座れ宝引しよ宝引しよと帆綱引っ掛け宝船引いて来た」

『続飛鳥川』「寛延宝暦の頃、文化の頃まで…辻宝引、辻に立、手遊びるい色々かざり、宝引縄百本手に持て、さござい〳〵といふ」

[校異]

七あ1　ほんに
七あ2　こきやう
七い1　たましゐ
七い4　いる
七う3　これからは
七う5　かいて
七え10　ほうひき

八

かのごとく／／かゞどうひ／もやうす

かへるかへるとてんとうよりけつをむけてこのあきなひをさつそくあくしんどもがきりきざみだしきれ／″＼になしくるゝところへいきかはつてあらふしきだくてにてきり／″＼にしたるあくしんをあらひ川にてあらひあげてもとのごとくの

● 八1～27↓九1～8↓八あ↓九あ↓九い↓九9～20

八（四ウ）

1 かのわるたましゐ**は、
2 理太郎がからだへ
3 は*いらんとせしを、
4 *てんていにけちを
5 つけられてより
6 みのおき所*なく、
7 さうを*うの
8 からだもあらば
9 はいらんと
10 *思へども、とうじは
11 じゆ《（儒）》ぶつ《（仏）》しん《（神）》の
12 たうとき道*
13 しきりに
14 おこなはれて、
15 人みな
16 わるき心を
17 もた*ざれば、
18 たち入る
19 べきところ*
20 なく、ちうに
21 ぶら〳〵して
22 いたり
23 けるが、
24 おりも
25 あらば
26 理太郎が
27 からだの（↓九1）

八あ（↑九8）

1 へイ、
2 からだの
3 かぶをか*ひ
4 た*ひ
5 ものだ。（↓九あ）

［注］

八11**じゆぶつしんのたうとき道**　当時流行していた心学は儒教・仏教・神道の三教の趣旨を調和総合した教えで、平易な言葉や比喩で人の道を説いていた。（九あ2「心がく」参照。）

八あ3**かぶ**　身分。格式。江戸時代に世襲制度の固定化にともない、身分・地位・業務を世襲継続する特権を株といった。その数が限定されるようになり、株は売買の対象ともなった。ここは悪魂が、すみかとする皮肉（肉体）を株にたとえたもの。

［校異］

八1　わるたましい
八1　「は」ナシ
八3　は入らん
八4　天てい
八6　ところ

八7　さうおう

八10　おもへ

八12　みち

八17　ねば

八19　「も」ガ入ル

八　板本中段右ニ「ナント此むれで五十ばんめくらふてはないか」トアリ

八あ3　かい

八あ4　たい

九あ
九い

九（五オ）（↑八27）

よきたましゐをなきものにして、われ〳〵ながく理太郎がひにくの*内をすみかにせんとたくみける。（↓八あ）

〽おのれ〳〵が（↑九い）ふしよぞんよりみをはたしたるもの、、わるたましゐども、ちうう《（中有）》にまよつて*ゐる。

九あ（↑八あ）

〽此ごろは心*がくとやらがはやるから、おゐらがすまゐをするや*うなふらちもの、な*いにはこまる。（↓九い）

九い（↑九あ）

〽かう*ならんだ所は、*なにかはじまるや*うだ。じゆずをわすれた百まんべんのば《（場）》もある。（↓九9）

［注］

九10 **ふしよぞん**　思慮がたりないこと。不心得。

九12 **みをはたし**　自分の身を死に追いやる。死んでしまう。

九18 **ちうう（中有）**　仏語。人が死んでから次の生をうけるまでの期間。七日間を一期とし、四十九日まで。中陰《ちゅういん》。死後四十九日の間は霊魂が現世と冥途との間の暗い世界をさまようという。

めりやす『京鹿子娘道成寺』「浮きに浮かれて第一中有《ちゅうう》に迷うた懺悔《さんげ》〱六根罪障南無不動明王〱ああ何《なん》でもせい〱」

九あ2**心がく**　江戸時代、享保頃、京都の石田梅巖が唱えた平易な実践道徳の教え。石門《せきもん》心学。儒教・仏教・神道の教えを融合させ、人間の本性を説き、心を正しくし、身を修めることを分かりやすく説いた。手島堵庵《とあん》・中沢道二らにうけつがれて全国に広まり、大いに隆盛した。（二六28「道理先生」参照）

九い7**百まんべん**　浄土宗で、極楽往生を願って、衆僧・信徒が輪になって、阿弥陀仏の名号を唱えながら千八十個の玉の大珠数を百回繰り回す仏事。京都の知恩寺で始まり、後に一般在家でも行われるようになり、民間では彼岸・お盆など年中行事の際や、死者追善、また雨乞い・虫除けなどにも行われた。

九い8**ばもある**　「場《ば》がある」とは、ある雰囲気や風格がある。似ている。の意。悪魂が車座になっている様子（挿絵）を、珠数を忘れた百万遍という感じにも見える、といったもの。

〔九欄外書入れ〕「再板ながらもめくり長半の事は書入いかゞ可有御座候哉」（これは板元側から京伝に対する問合せではないか）

[校異]

九6　中

九20　いる

九あ2　しんがく

九あ8　やふな

九あ11　すけない

九い1　かふ

九い2　「なにか」ナシ、「今てうはんでも」ノ文ガ入ル

九い4　やふだ

一〇

●一〇1〜27↓一〇い↓一〇う↓一〇あ

一〇（五ウ）

今ははや理太郎*も十六才*になりければ、げんぶく《（元服）》をさせけるに、生れ付もよく、よい男となり、さて*見世のせうばい《（商売）》むき、あらましあづけてさせければ、かたのごとくりちぎものゆへ、あさもはやくおき、夕部《（べ）》もおそくいねて、ずいぶんばんじに心をくばり、けんやくをもとゝして、おやにかう*をつくし、けらいにあはれみをかけ、そろばんをつね*ニはなさず内外《（うちと）》をまもりければ、そのきんべん《（近辺）》にひやうばんのむすことなりけり。（↓一〇い）

一〇い（↑一〇27）

〽ひたいはぬかぬが*よい。人がらがわるひぞや。（↓一〇う）

一〇う

〽ハイ〳〵。（↓一〇あ）

一〇あ（↑一〇う）

〽よくおにあ*ひなされます。

［注］

一〇3**げんぶく**　男子が成人になったことを示す儀式。江戸時代では、一般の武士や町人は十六歳を通例として、前髪・月代《さかやき》を剃り落とし、幼名を改め実名を名乗った。（「月代《さかやき》」は額から頭上にかけての部分。そこの髪を剃り上げた。）（現代では多く「げんぷく」という。）

『岡田希雄旧蔵・節用集』「元服《ゲンブク》元ハ首《ハジメ》又首服云」

『守貞謾稿』男扮「今俗、前髪ヲ剃ヲ元服ト云。…今世不剃之者、修験者或ハ京坂医師、売卜者等ノミ。士農工商不剃之者アルコト無之」

一〇11**りちぎもの**　きまじめで義理がたい人。実直な人。

一〇13**夕部**《ゆうべ》　夕方。

一〇20**そろばんをつねニはなさず**　商人が算盤をいつも身辺におき商売にうちこむさまを形容する。

『人間一生胸算用』「あさゆふそろばんをはなさずよくかせぐむすこなり」

『貧福両道中之記』「まづてうにんはそろばんをはなさず　ひやくしやうはよくたがやし　しよくにんはそれ〴〵のわざにおこたらず」

一〇い1**ひたいはぬかぬがよい**　安永・天明期に、額ぎわの毛を抜いて額を広く見せることが、だてな風として流行したが、それは遊び人風で好ましくないと言っている場面。寛政以後は改革の影響でそういう風俗は否定される。

【校異】

一〇1　「も」ナシ

一〇2　「に」ナシ、「と」ガ入ル

一〇7　みせ

一〇17　こう

一〇20　つねに

一〇あ2　おにやい

一〇い2　かよい（「か」誤入カ）

悪
悪
悪
善
理
二一あ
二一い

● 一一1〜33↓一一い↓一一あ

一一（六オ）

1 人のねたる時は、たまし*ゐがあそびに出るといふ事
2 ちが*ひなし。理太郎十八のとし、ある日帳合に
3 つかれてうたゝねしける。かのたましゐ、*日々
4 わるきたましゐをちかづけまじとまもり
5 ゐる事ゆへ、すこしくたびれて、理太郎が
6 うたゝねを
7 さいわ*ひ
8 そこらへ
9 あそびに
10 出しが、
11 れいの
12 あく
13 たま
14 しゐは、
15 よき
16 *をり
17 から
18 と、
19 なか
20 まを
21 かた
22 らひ
23 きた
24 り、
25 よき
26 たま
27 し*ゐを
28 しばり
29 おき、
30 あとの
31 からだへ
32 はいり
33 ける。（↓一一い）

一一あ（↑一一い）

1 〽よ*ひ
2 きび
3 〱《（よひきび）》。

一一い（↑一一33）

1 〽ヱ、
2 ざん
3 ねんな。（↓一一あ）

［注］

一一1 **人のねたる時は**　『天満宮菜種御供』内裏紫宸殿の場に。菅原道真は常々好文木という梅を慕い、夢で唐の王宮に到りこの梅を所望、詩を奏し装束を賜る。夢

がさめると枕もとにその装束があった。踏歌の節会の折、唐の使・天蘭敬が好文木を持って来朝。道真はその唐装束で出て天蘭敬にあい、これは疑いもなく正夢だったと悦ぶ場面。「道真…疑ひもなき正夢なりしか。天蘭敬 扨は夢に魂の我国へ渡り、詩を作り給ひしか。…三好清貫 ハテ、夢に魂が通ふなどとは、女童《をんなわらべ》の俗説。」とあり、こういう俗信があったらしい。

一一2**帳合** 帳簿に商品の出入りや金銭の収支などを記入、計算し、現品と帳簿とを照合し、その正否をたしかめること。

〔一一欄外書入れ〕「わかきおとこのびんのわりげ（図）此とをり」（彫師に、生え際の彫り方に絵をかいて指示）

［校異］●板本ハ一一〜二〇ヲ中巻トスル

一一1 たましひ

一一2 ちかい

一一3 日〱

一一7 さいわい

一一16 おり

一一27 たましい

一一あ1 よい

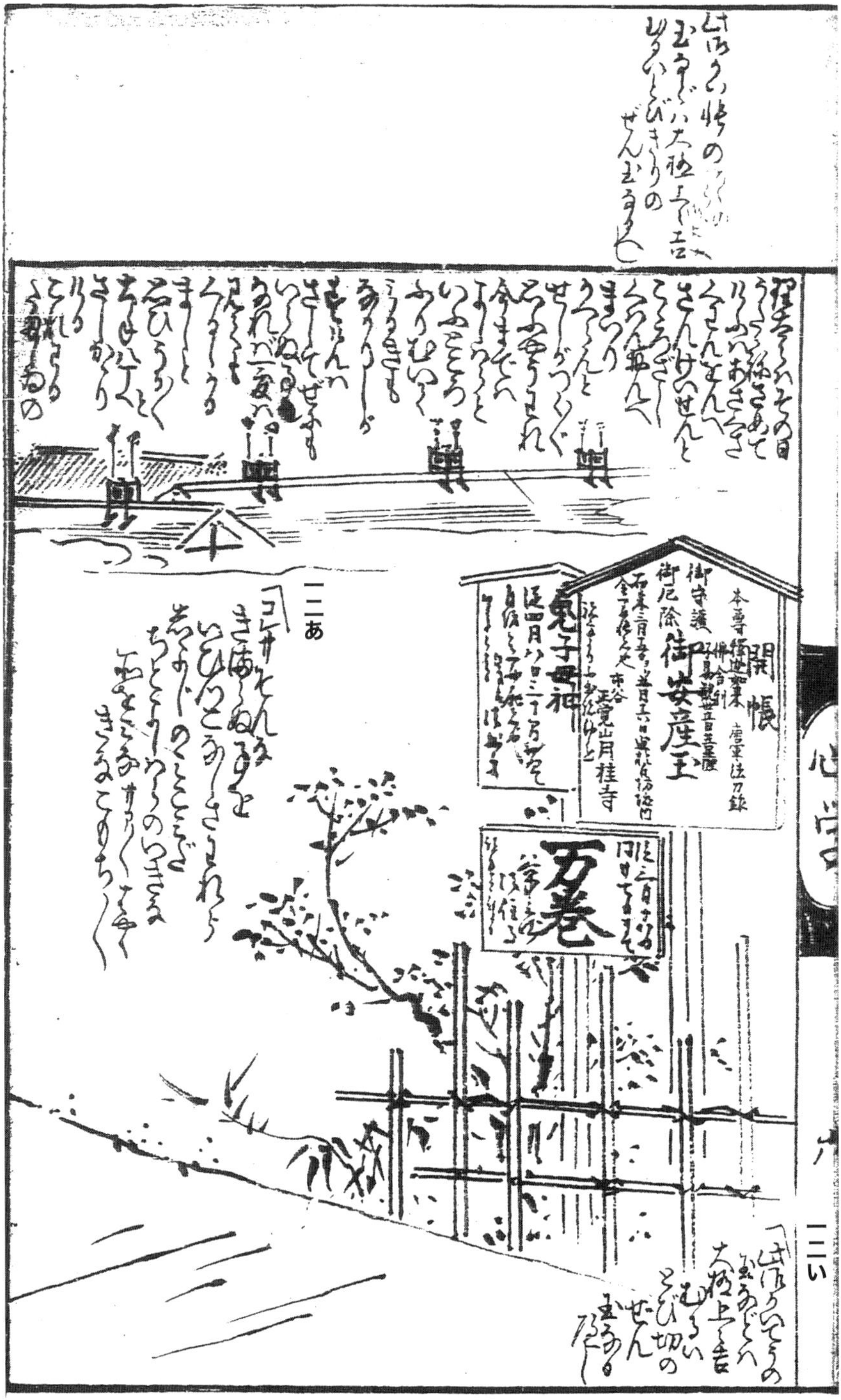

一二あ

一二い

● 一二1〜30→一三1〜21→一二あ→
一三あ→一三い→一二い

一二（六ウ）

1 理太郎はその日
2 うたゝねさめて、
3 けふはあさくさ
4 くわんをん《（観*音）》へ
5 さんけいせんと
6 こゝろざし、
7 *くはんおんへ
8 まいり、
9 かへらんと
10 せしが、つく〲
11 思ふやう、われ
12 今までは
13 よしはらと
14 いふところ、
15 ふりむいて
16 *みるきも
17 なかりしが
18 すけん《（素見）》は
19 さしてぜにも
20 いらぬ事
21 なれば、一度は
22 見ても
23 くるしかる
24 まじと
25 思ひ、うか〳〵と
26 土手八丁へ
27 さしかゝり
28 *ける。
29 これわる*
30 たまし*ゐの（↓一三1）

一二あ（↑一三21）

1 〽コレサ、そんな
2 きまらぬ事を
3 い*ひつこなしさ。われら
4 しよじ《（諸事）》のみこみだ。
5 ちとよしはらのいきな
6 所をみな。サア〳〵はやく
7 きなこもち〳〵《（きなこもち）》。（↓一三あ）

一二い（↑一三い）

1 〽*此御かいてう《（開帳）》の
2 玉などは
3 大極上々吉
4 むるい
5 とび切の
6 ぜん
7 玉なる
8 べし。

[注]

一二3 **あさくさくわんをん** 現・東京都台東区にある天台宗・金龍山浅草寺の通称。

浅草寺伝法院の本尊は、推古天皇の頃、宮戸川（今の隅田川）から引き上げた観音像と伝え、高さ一寸八分（約六センチメートル）の黄金の聖観世音で、江戸庶民の信仰を集め、行楽の中心地となっていた。

一二13**よしはら**　江戸の遊廓。現・東京都台東区浅草北部にあった。元和三年（一六一七）市中各所にあった遊女屋を幕府が日本橋葺屋町に集めて公認。当時は葭《よし》の茂る地で葭原と書いた。明暦三年（一六五七）の大火で焼けたため浅草に移された。以後この地を新吉原、移転前の地を元吉原と称した。新吉原は市中の風俗を乱さぬようにと、市街を外れた浅草寺裏手の辺鄙な地域にあったから、遊廓通いにはかなりの時間がかかったが、観音参詣のついでに、又はそれを口実に吉原へ出かけることがよくあった。芝居と並んで江戸町人文化の主要な舞台である。

一二18**すけん（素見）**　遊里語（廓言葉）。「素見物」の略。（一四5の注参照）

一二26**土手八丁**　日本堤の俗称。略して「土手」とも。幕府が荒川の水防のため聖天《しょうでん》町《ちょう》（現・台東区浅草七丁目）から三ノ輪《みのわ》（箕輪）まで八三四間余の土手を築かせた。新吉原入口の衣紋坂の標示杭まで八丁（約八七二メートル）あったことからの名。この堤は茶屋も並び、吉原遊廓への通り道（一般には徒歩か駕籠が決まり）として賑わった。

一二あ4**のみこみ**　合点だ。承知している。（この語に山をつけた「のみこみ山」は通人がよく用いた。）

一二あ7**きなこもち**　「来な」に「黄粉餅」を掛けた洒落。（当時よく使われた洒落）『辰巳之園』「渡し場の中村屋にしやう。新さんこつちへきなこ餅〳〵」

一二い1**御かいてう**　寺社がふだんは閉じてある厨子の扉を特定の日に限って開き、秘仏秘宝を一般の人に拝ませること。玉は挿絵にある安産玉のこと。

一二い3**大極上々吉**　最高の位付けの一つ。江戸時代、役者評判記やそれになぞらえた評判記などの位付けで、はじめは最高をあらわす「上々吉」だったが、後にはこの上に「至」「大」「極」などの更に上位を示す語を加えるようになった。『儒医評林』詩文家之部「大極上上吉　大内忠大夫…文章家で南郭熊耳といわれた先生なれば誰つゝく者も御座りませぬ今での親玉〳〵」

〔一二欄外書入れ〕「此御かい帳の玉などは大極上々吉むるいとびきりのぜん玉なるべし」（書入れをそのまま挿絵の下に記す）

〔一二挿絵〕・開帳　御安産玉　市谷正覚山月桂寺　本尊釈迦如来　子易観世音菩薩三月十五日ヨリ五月十六日　・鬼子母神法妙寺　従《(より)》四月八日三十日間　・万巻谷中法住寺　従三月十八日同廿七日まで などと記した立札三つ。

【校異】

一二4　くわんおん

一二7　くわんおん

一二16　見る

一二28　る（「け」脱カ）

一二29　わるき

一二30　たましい

一二あ3　いゝつこ

一二い1〜8　（高札内容ノ説明ナシ。板本、稿本ノ挿絵内容モ異ナル。）

一三あ
一三い

一三（七オ）（↑一二30）

ひにく*へわけ*いりしゆへなり。〽イヤ〱行*かふとは思つたが、内であんじる*だろうか。しかし、とてもこゝまできたから、ちよつと見て行*かふか。たゞしかへらふかといろ〱まよつて、土手を*行たり*もどつたりする。これあくたましゐのしよい《（所為）》なり。（↓一二あ）

一三あ*（↑一二あ）

〽おれはおひ*はぎにあつたやど引といふみ《（身）》だ。（↓一三い）

一三い（↑一三あ）

〽ウ、〱〱しめたぞ〱。ウ、〱〱そこだへ〱。おいらがみは*人間のくるまを*ひくや*うだ。（↓一二い）

［注］

一三あ1**おひはぎにあつたやど引**　「宿引」は旅客を自分の宿屋に泊まるように勧誘する者。客引き。悪魂が裸（挿絵）なので、おいはぎにあって身ぐるみとられた姿に見立てたもの。

一三い1**ウ、〱〱**　以下祭礼の御輿や山車などを引く時の掛声、はやし詞という。（古典文学大系本の注による）

一三い6**人間のくるま**　行こうか戻ろうかと迷ってなかなか前へ進まない理太郎を車に見立て、自分（悪魂）を、重い荷をつんだ車を引いたり押したりして動かす人足にたとえたもの。

［一三欄外書入れ］「此おとこびんのわりげ（図）此とをり」

［校異］

一三1　「へ」ナシ

一三3　入りし

一三6　「か」ナシ
一三9　であらふが
一三14　「か」ナシ
一三17　行つ
一三18　もどりつ
一三あ　「魂曰」ノ文アリ
一三あ1　おいはぎ
一三い6　にんけん
一三い8　引く
一三い9　やふだ

一四

●一四1〜28→一四あ

一四（七ウ）

理太郎はわるき
たまし*ゐに
いざなはれ、
よしはらへ来り、
すけんぶつ（素見物）にて
かへらんと
思ひしが、
中の*町の*夕げし
きを*見てより、
いよ〳〵わる
たまし*ゐに
きをうば*ゝれ
とあるちや屋を
たのみて、
三うらやの
あやしのといふ
女郎を*上ゲて
あそびけるが、
たちまち
たましゐ
てんじやうへ
とんで、
かへる*事を
わすれ、
さらに
しやうきは
なかり
けり。

一四あ

さけにあかさ
ぬ*ものぐるひ、
それがこう
じたもの
ぐるひ。

[注]

一四5**すけんぶつ**　遊里語。遊廓の中をただ歩いて回り、見物するだけで登楼しない（遊女をあげて遊ばない）こと。略して「すけん」（一二18参照）。

一四8**中の町**　吉原の遊廓内の町名。大門《おおもん》口から水道尻に通ずる中央通り。大門をくぐると仲之町《なかのちょう》をはさんで右手に江戸町一丁目、揚屋町《あげやちょう》、京町《きょうまち》一丁目。左手に伏見町、江戸町二丁目、堺町、角《すみ》町、京町二丁目という順で並び、両側に多くの引手《ひきて》茶屋があった。

一四13**ちや屋**　吉原で、客を遊女屋（女郎屋）に案内することを業とした家。引手茶屋。遊女の指名や支払などはすべて茶屋を通す。

一四15**三うらや**　宝暦頃までは吉原京町にあった遊女屋で、名妓・高尾太夫を抱え、吉原有数の妓楼に数えられていた。この当時にはなくなっている。

一四20たましゐてんじやうへとんで　「てんじやう（天上）」は空のうえ。高い空。すっかり夢中になる。有頂天になる様子を表す慣用句。

一四あ1さけにあかさぬ…　長唄『一人椀久（四季の椀久）』（安永元年頃）「天地乾坤混沌未分、見事な酒は多けれど、聞いてびつくり、まる三杯呑んだ盃、つい〱〱のつい、酒にあかさぬ夜半もなし、それが嵩じた物狂ひ」。大坂の椀屋久兵衛（実説では椀屋久右衛門）の狂乱（遊女松山になじみ豪遊のあげく破産。精神に異常をきたす）を扱った曲。安永元年頃に初代中村富十郎の踊った四季の所作事。狂乱した椀久が頭巾をかぶり十徳を着て杖をついての一人舞踊。

［校異］

一四2　たましい

一四8　丁

一四8　ゆうけしき

一四9　みて

一四11　たましい

一四12　うばはれ

一四17　あげて

一四23　こと

一四あ2　「ものぐるひ」ハ「よはもなし」トナツテイル。

一五あ
一五い
一五う
一五え
一五お

● 一五1〜6↓一五あ、い、う、え、お

一五（八オ）

1 たま
2 しゐ
3 ちうに
4 とんで
5 おどりを
6 おどる。

一五あ

1 〽そつこで
2 せい。

一五い

1 〽*ヨイ〱。

一五う

1 〽アリヤ〱。

一五え

1 〽ア、いゝにほひだ。*
2 *下村か松本の
3 となりに
4 いる
5 やうだ。

一五お

1 〽ア、おもし
2 ろひ*〱。
3 こんなお
4 もしろひ*
5 事を
6 *いま*迄
7 しらず
8 に
9 いた。*
10 ざん
11 ねん。

［注］

一五1**たましゐちうにとんで** 「ちう（宙）」はそら。大空。宇宙。（一四20「たましゐてんじやうへとんで」参照）

一五あ1**そつこでせい** 踊のはやし詞。江戸長唄『紅葉寄雪盞』「登代蔵〽恨がある 眼平〽何と 登代蔵〽山程ある 眼平〽何処に 登代蔵〽そこにそれ〱 二人〽そつこでせい 踊〽恋の戸隠山々に…」

一五え2**下村** 江戸常盤橋（現・千代田区大手町と中央区日本橋本石町《ほんこくちょう》二丁目を結ぶ）側両替町にあった化粧品店下村山城。伽羅油、白粉の舞台香、翁香が有名だった。商標は富士山。『傾城買四十八手』「年は十六なれど…下村のおきな香をうつすらと附け」『富岡八幡鐘』「江戸へ出たついでに、とらやのやうかんでもまん中《（饅頭）》でもかつて来てあげやす。そして下村のあぶらもかつて来てあげるから」

一五え2**松本**　歌舞伎役者・初代松本幸四郎（四代とする説（前田）もあり）が江戸住吉町（現・中央区日本橋人形町二丁目）で始めた小間物屋。鬢付油の岩戸香、白粉のちご桜などが有名だった。

『お染久松色売販』序「江戸へ商ひに出たら寄らつしやい。住吉丁へ来て松本と聞けば直きに知れますハ」

『浮世床』初上「江戸の水を産湯に浴て。下村松本のすき鬢付。玉屋の紅《べに》をこきまぜて磨き上たる色男」

〔一五欄外書入れ〕「わかきおとこびんのわりげ（図）此とをり」

【校異】

一五い1　よい

一五え1　にほひがする

一五え2〜5　「下村か…いるやうだ」ハ「おかもとの乙女からといふにほひだ」トナツテイル。

一五お2　おもしろい

一五お4　おもしろい

一五お6　今まで

一五お9　いたか

一六

●一六1～21→一六う→一六い→一六え→一六あ→一六22～29→一七1～14→一七あ→一七い

一六（八ウ）

1 かくてとこおさまり、
2 ほどなく女郎
3 きたりければ、
4 かのわるたましゐ*
5 どもは、女郎の
6 手をとつて
7 理太郎がおびを
8 とき、はだと
9 はだを
10 ひつたりと
11 いだかせ、又
12 理太郎が
13 手を取*て
14 女郎のゑりの
15 下へぐつと
16 さしこむ。
17 このとき
18 理太郎は
19 そう身*が
20 とけるやう*にて
21 有*しかども。（↓一六う）
22 理*太郎が（↑一六あ）
23 からだを
24 すみかとして
25 ちうぎを
26 つくしたる
27 よきたま
28 しゐ、このたび
29 ふりよ《（不慮）》に（↓一七1）

一六あ（↑一六え）

1 〽マヅ
2 こん
3 ばんは
4 これ
5 ぎり。
6 ドン〳〵〳〵
7 〳〵〳〵。（↓一六22）

一六い（↑一六う）

1 〽がつてんだ。
2 〳〵。（↓一六え）

一六う（↑一六21）

1 もつとこつちへ
2 およんなんし。
3 ヲ、つめてへ。（↓一六い）

一六え（↑一六い）

1 〽内*を
2 かぶつ

たらどうする＊もんだ。（↓一六あ）

[注]

一六19 **そう身が…有しかども**　下に続く語を略し、読者の想像にまかせる、余韻を残した結び。（「そうしん」とも読めるが、寛政二年の刊本に「そうみ」と仮名書きしてあるので「そうみ」とする。）

一六あ1 **マヅこんばんは**　芝居の最終幕の終りに楽屋頭取《とうどり》が紋付羽織袴姿の正装で舞台端に出て「まず今日《こんにち》はこれ切《ぎ》り」と切り口上を述べた。この口上のことばで、あとの場面は詳述せず余情を残して幕を閉じる常套的な手法。ドン〳〵は太鼓の音。『男伊達初買曽我』六「十郎五郎大願成就嬉しやなア。（トきつとなる）由兵衛まづ今日はこれ切り。ト打出し」『お染久松色読販』「先づ今日《こんにち》はこれ切り。めでたく　打出し」『道二翁道話』でも、その日の講話の終りは「先づ今日はこれまでにいたしませう」「先づ今日はこれ切にいたします」「いくらいうても尽きぬから、先づ今日はこれまで」などとある。

一六え1 **内をかぶつたら**　芝居で、死人になった役者を毛氈で隠して舞台から連れ出したことから、しくじって追い出されたり勘当されたりすることを芝居者の隠語で「毛氈をかぶる」という。「かぶる（被・蒙）」は、これから来た語で、しくじる、失敗する、の意。安永頃の流行語。『通気智之銭光記』「わたしもおまへにきらはれて、こゝのうちをかぶるひには…でねばならぬ」

一六え4 **どうするもんだ**　どうする事も出来やしない。いまさらどうしようもない。という、覚悟やあきらめの気持ちを表す。別にどうということはない。『東海道中膝栗毛』六上「とんだめにあつた。いめへましい。ままよ、どうするもんだ。かねは胴巻に入れてもつてゐるから…そこらはゐどつ子だわ」

[校異]

一六4　たましい

一六13　とつて

一六19　そうみ

一六20　やふ

一六21　「有しかども」ナシ

一六22　コノ前ニ「とし久しく」ガ入ル。

一六え1　うち

一六え5　するする（「する」ハ誤入カ）

一七

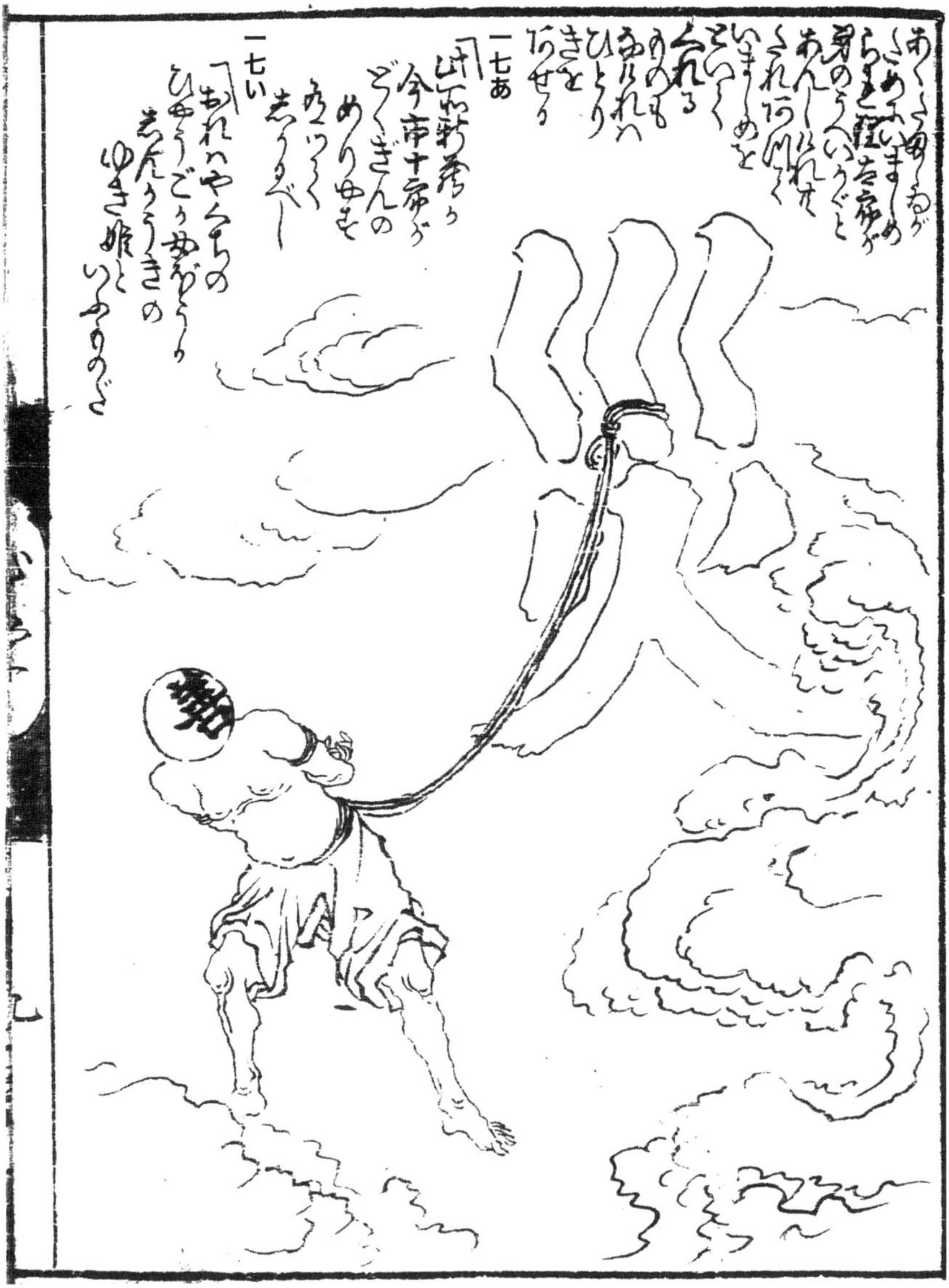

一七（九オ）（↑一六29）

1 あくたまし*ゐが
2 ためにいましめ
3 られ、理太郎が
4 身の*うへいかゞと
5 あんじけれ*共、
6 たれあつて
7 いましめを
8 と*いて
9 くれる
10 ものも
11 なければ、
12 ひとり
13 きを
14 あせる。（↓一七あ）

一七あ

1 〽此所、*新蔵か
2 *今市十郎が
3 どくぎんの
4 めりやす
5 *有つて
6 しかるべし（↓一七い）

一七い

1 〽おれはやぐち《（矢口）》の
2 ひやうご《（兵庫）》が*女ぼうか*、
3 しんかうき《（信仰記）》の
4 ゆき*姫と
5 いふものだ。

［注］

一七2**いましめられ**　「縛《いまし》める」は自由がきかないようにしばる。

一七あ1**新蔵**　江戸長唄の唄方でこの頃有名だったのは富士田新蔵（?～一八五九）であろう。初代富士田千蔵（一七五七～一八二三）の門人で、千太郎・新蔵を経て天保三年（一八三二）に二代目を襲名した。本作の頃は新蔵と称していた時代であろう。初代富士田千蔵は、宝暦明和期の長唄の名人富士田吉次（吉治とも）の子で、初代が最も有名だが、二代千蔵も声量豊かで美声であったという。天保末期に引退。

一七あ2**市十郎**　江戸長唄の唄方、二代湖出《こいで》市十郎（?～一八〇三）であろう。初代湖出市十郎（?～一八〇〇）ははじめ吉住小三郎門下で、のち富士田吉次の門に入り富士田市十郎と改名。のち湖出と改姓。立唄（演奏者の首座）となる。二代目は初代市十郎の門人で、はじめ湖出文治、また市五郎といった。寛政七年（一七九五）二代湖出市十郎を襲名。立唄となる。「今」は当代を表す。先代には「古」を付けた。

一七あ4**めりやす**　歌舞伎下座音楽の長唄の一種。物思い、愁嘆などのせりふのない演技の時、叙情的な効果を上げるために黒みす（客席から見えないように黒いすだれをかける）の中で演奏される短い芝居唄。独吟（三味線・唄とも一人）が原則だが両吟（二人ずつ）のこともあり、しんみりとしてさびしい感じの曲調のものが多い。明和・安永・天明期にかけて黄金時代を作り、流行は芝居から遊里にまで及び通人粋客が口にし全盛を極めた。

一七い1**やぐちのひやうごが女ぼう**　『神霊矢口渡』二段目で、新田義興の臣、由良兵庫助の妻湊は、足利方に降参しようとする夫を諫めるが聞き入れられず、縁柱にしばりつけられる。「岩をも通す女の一念、縄にすらるゝ栢《ひのき》の柱。陰陽激して火を生じ、縄は燃切レどつさりと、こけても打ても厭《いと》はゞこそ、ヘエ有難しと一さんに、奥をさしてぞ走り行」一念によって火を出し、縄を焼き切り、御台所を助けて逃れる。

一七い3**しんかうきのゆき姫**　『祇園祭礼信仰記』四段目。足利義輝の母慶寿院に仕える雪姫（雪舟の孫）は、父雪村の刀、倶梨伽羅丸を持っている松永大膳を、父を闇討ちした敵と知り、切りつけるが、逆に捕えられ桜の木に縛られてしまう。姫は祖父雪舟の故事に倣い、花びらを集めて足で鼠の絵を描くと、その鼠が生きて縄を食い切り、助けられる。『先開梅赤本』「いましめのなはせんかたなく、ふつとしんこうきゆきひめのきどりにてあしにてゆきぼとけのせなかへねずみをかきければ…ねずみあらはれ出、なはをくひきる。」

【校異】

一七1　たましい
一七4　上
一七5　ども
一七8　ときて
一七あ1　「新蔵」ハ「忠五郎」トナツテイル。
一七あ2　「今市十郎」ハ「伊三郎」トナツテイル。
一七あ5　あつて
一七い2　にやうぼう
一七い2　「か」ナシ
一七い4　ゆきひめ

一八

● 一八1〜28→一九1〜28→一八あ→一八い→一八う

一八（九ウ）

1 わるたまし*ゐはよい《(宵)》からおどり
2 くたびれて、女郎のふところへ
3 はいり、すや〳〵ね*いるとひとしく、
4 理太郎はしきりに内の事が
5 きにかゝり、おれは
6 どうして
7 こゝへは*なぜ
8 きた*事ぞ。
9 なぜこんな
10 きには
11 なつた
12 事ぞと、
13 ゆめの
14 さめたる
15 *心ちして、
16 ものも
17 い*はずたち
18 かへらんと
19 せしが、
20 *此さはぎに
21 あくたましゐ
22 *目をさまして、
23 かへしては
24 ならじと
25 さつそく
26 理太郎がからだへ
27 とびこみければ、
28 又*心か*はり、（↓一九1）

一八あ（↑一九28）

1 おかへりなんすとも
2 ゐなんす
3 とも、し
4 なんし
5 な。
6 ばか
7 らし
8 い
9 よ。（↓一八い）

一八い

1 〽井
2 戸
3 がへ
4 と
5 いふ
6 みだ*。
7 コレ
8 へを
9 ひらつ
10 しや*る
11 な。（↓一八う）

一八う

1　ヨイ

2　サア〱〱

3　〱〱。

［注］

一八あ1**なんす**　遊里語。「なさります」の音変化「なさんす」が更に音変化した語か。「お…なんす」の形で尊敬の意を表す。…なさいます。

『傾城阿波の鳴門』一「早ふ往なんせ。あたいやらしいあの顔わい」

『辰巳之園』「あい〱。さあ、こつちへ御出なんし。」

『世説新語茶』粋事「そんならナゼねたふりをしなんした…まだ啌《うそ》をつきなんすよ」

一八あ6**ばからしい**　くだらない、つまらない、といったほどの意で、「らしい」とつけるのが通言ぽくきこえ、遊女たちがよく言った。明和頃から吉原や深川の遊里でさかんに用いられ、一般にも使われるようになった。

『遊子方言』「こはばからしぅおざんす。人の座敷でおざんす、こッちらへお出なんし」

『辰巳之園』通言「ばからしひ」この他「ぅそはねヱ、けしからねヱ、きいてあきれる、よしか」などをあげる。

一八い1**井戸がへ**　井戸さらえ。井戸の水をすっかり汲み出して中を掃除する。当時の井戸は釣瓶《つるべ》（縄や竿の先につけた桶）を下して水を汲み、それを引き上げる。竹竿の先に桶をつけてたぐり上げる形のものが多かったようだ。江戸の裏長屋は大抵共同井戸が一つあるだけで年に一回、年中行事のようにして七月七日に井戸がえをした。（江戸の下町は海を埋め立てた場所が多く、井戸を掘っても水質が悪いので、神田上水、玉川上水がつくられ、地下に上水道を引いて市中に給水する。地中の木管を通って井戸に流れ込む上水井戸なので、水源はみなつながっているため一斉に清掃しなければならなかった。）住人は稼業を休んで総出で手伝ぅ。重い水をかき出すために縄の先に釣瓶をつけ、滑車も用いたりして皆で縄を引いた。大方汲み出したところで井戸職人が中に入り底に落ちているものを拾ったり洗ったりする。作業すべてが終ると井戸に蓋をしてお神酒、塩を供えた。悪魂が理太郎をひっぱる様を、ヨイサアヨイサアと掛声をかけながら綱を引く様に見立てたもの。

『聞上手』井戸替「長屋中よつて井戸替をするに…ソレ引いたりよと声かければ」

『妹脊山婦女庭訓』三「井戸替へで長屋中が寄って手伝ぅて居るに、こなたばかりが来ずに居て、交際《つきあひ》が済むかいなう〱。」

［校異］

一八1　たましい
一八3　ね入
一八7　「なぜ」ナシ
一八8　こと
一八15　こゝち
一八17　いわす
一八20　この
一八22　め
一八28　こゝろかわり
一八い6　身
一八い10　しやん

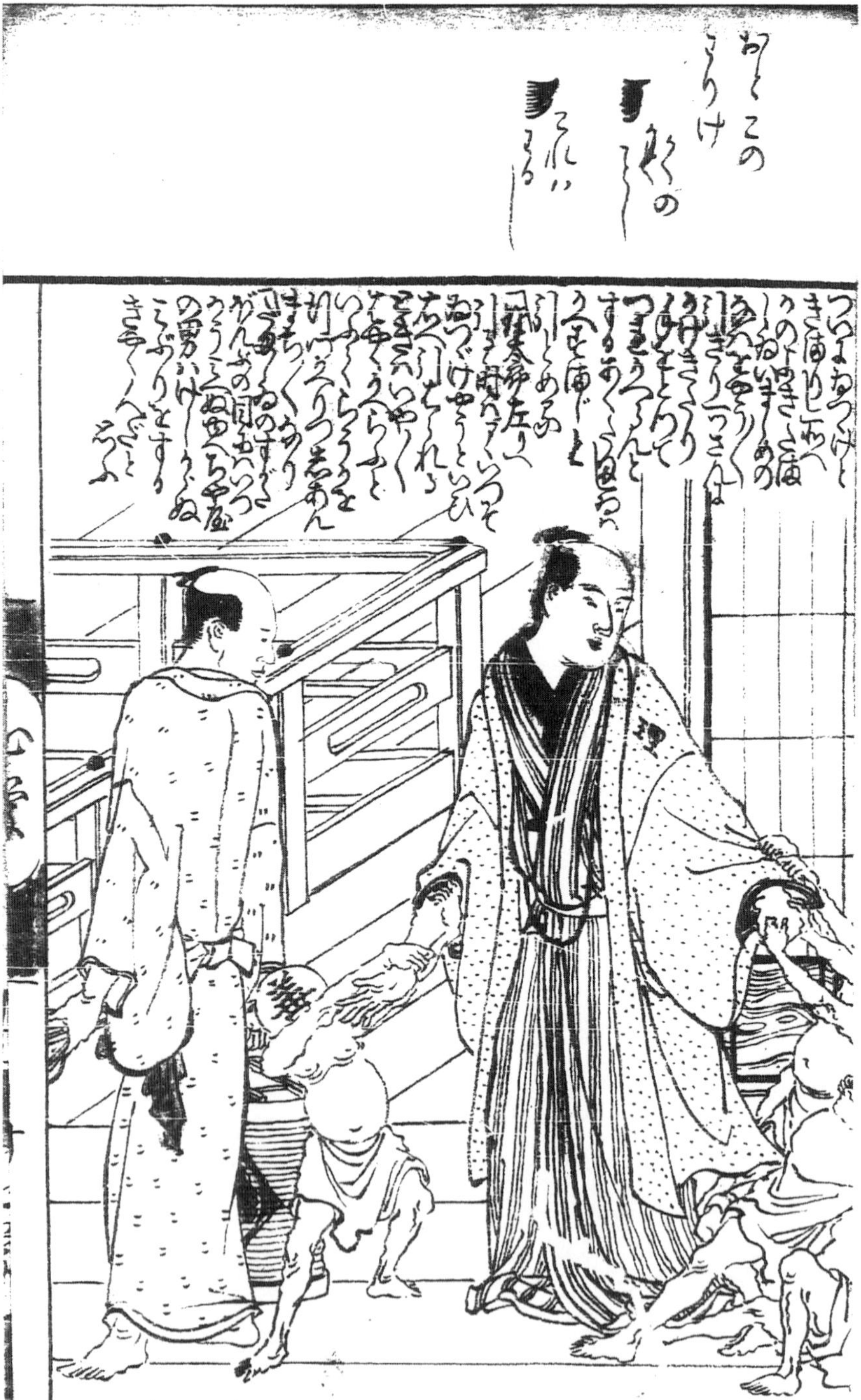

一九（十オ）（↑一八28）

ついに*ゐつゞけときまりし*所へ、かのよきたまし*ゐ、いましめのな*はをやう〳〵引*きり、一つさんにかけきたり、*手をとつてつれかへらんとする。あくたまし*ゐはかへすまじと引とめる。〽理太郎左リへ引*るゝ*時は、アヽ、いつそ*ゐつゞけ*やうといひ、右へ引*ぱられる*ときは、*いや〳〵はやくかへらふといふて、らうかを行つかへりつ、しあんまち〳〵なり。〽たまし*ゐのすがたぼんぶの*目にはいつからみへぬゆへ、ちや屋*の男は、けしからぬみぶりをするきやく人だ*と思ふ。（↓一八あ）

［注］

一九1**ゐつゞけ**　遊里で一夜明かして朝になっても帰らず、次の日もそのまま居て遊ぶこと。『柳多留』三「居続けのばか〳〵しくも能い天気」『駅舎三友』茶屋「八《や》百《を》さんはどうだの居続《いつゞけ》もほうづが有もんだ　今夜《こんや》はぜつぴ帰るようにいつてくんねへ」

一九25**けしからぬ**　わけのわからぬ。あやしい。不審な。

〔一九欄外書入れ〕「おとこのわりげ（図）かくのごとし（図）これはわるし」

［校異］

一九1　いつゝけ
一九2　ところ
一九4　たましい
一九5　なわ
一九6　引切り
一九8　て
一九10　たましい
一九14　引かるゝ
一九14　とき
一九15　いつゝけ
一九15　やふ
一九16　引ッはられる
一九17　時
一九17　イヤ〳〵
一九22　たましい

一九23　め
一九24　「屋」ナシ
一九27〜28　「と思ふ」ナシ

二〇

● 二〇1～28→二〇あ→二〇い

二〇（十ウ）

1 理太郎はもとのごとく、よきたましゐ
2 又はいりけるゆへ、この*間の女郎かいの
3 事はゆめのやう*な心にて、
4 思ひ出すもけがらはしく、
5 帳合ばかりしていた*りしが、
6 かのあやしのが
7 *ところから
8 こんたんの
9 *ふみ
10 *きたり
11 しを、
12 *なに
13 *心
14 な
15 く
16 ひ
17 ら
18 き
19 けれ
20 ば、又
21 わる
22 たま
23 しゐ*
24 此文の
25 中へ
26 はいり
27 *きたり、
28 *とりつく。

二〇あ

1 茶や男
2 へしよくわい《（初会）》から
3 おふみのまいると
4 申事は、
5 神代にもない
6 事でござり
7 ます。

二〇い

1 よきたましゐ*
2 *文をみせじと
3 きをもむ。

[注]

二〇5 **帳合**（一一2の注参照）

二〇8 **こんたん** 遊里語。遊女と客との間のかけひき。客の心をひきつけようといろいろとたくらむ、その策略。たくらみ。ここは理太郎を誘いこむため、言葉たくみに工夫し、たくらんだ手紙。

二〇あ2 **しよくわい** 遊里語。遊女がはじめてその客の相手をすること。登楼客が遊女と親密な仲になるまでには三回通わな

ければならないとされていて、その一会目が「初会」。はじめはよそよそしく形式的。二会目は「うら」で多少親しさを見せてくれる。三会目にはれてなじみ客となり、専用の箸が用意されるが、客は床《とこ》花（チップ）をはずまなければならない。というわけで、初会から遊女が文をよこすということはまず無いことなので、茶屋の男がおだてて意味ありげに言ったもの。

［校異］

二〇2　あいだ
二〇3　やふな
二〇5　「り」ナシ。脱字ト思ワレル。
二〇7　所
二〇9　文
二〇10　来り
二〇12〜13　何こゝろ
二〇23　たましい
二〇27　来り
二〇28　取つく
二〇い1　たましい
二〇い2　ふみ

二二あ
二二い

●二一1～30→二二あ→二二い

二一（十一オ）

1　理太郎はあやしのが手をつくした
るこんたんの
2　文をみしより、また〱心まよひ、
おれが
3　しんしやう《（身上）》で一年に三百や四百の
金つかふた
4　とて、さのみいたみにもならぬ事、
千*年
5　万年いきる*身ではなし、*死ねばぜ
に六文
6　より外はいらぬものを、今までは
7　むやく《（無益）》のけんやくをした事ぞ。
8　なんぞ*燭《しょく》を秉《（とり）》てあそば
9　*ざらんと、古詩を
10　もつて手まへ
11　がつてな*る
12　たとへに
13　引*き、
14　あく
15　ねん
16　し
17　きり
18　に
19　きざ
20　しける。
21　〽理太郎
22　あくねん
23　きざし
24　ければ、
25　此ときを
26　ゐて、あく
27　たまし*ゐ、よき
28　たまし*ゐをきり
29　ころし、日ごろの
30　ねん《（念）》をたちける。

二二あ

1　かくご
2　ひろげ。

二二い

1　むねん
2　〱。

[注]

二一3**しんしやう**　財産。資産。

二一5**ぜに六文**　死者を葬る時、棺桶の中に六文の銭を入れる風習があった。俗に三《さん》途《ず》の川の渡し賃、または冥界の旅費にするといわれる。六道銭。（文《もん》は銭の単位で一貫の千分の一。明治に入り廃止。）

二一7**むやく（無益）**　無益《むえき》に同じ。（「やく」は「益」の呉音）

二一8**なんぞ燭を…**　『文選』古詩十九首（其十五）「生年《せいねん》は百に満たず、常に千歳の憂を懐く。昼は短くして夜の長きに苦しむ。何《なん》ぞ燭を秉《と》って遊ばざる。楽しみを為すは当《まさ》に時に及ぶべし、何ぞ能く来茲《らいし》を待たん。」（もし昼が短く夜が長いのを苦にするなら、なぜ燭をてらして遊ばないのだ。楽しみを求めるなら今の機会を逃さぬようにせよ）より。「秉《ヘイ》」は手にもつ、の意。（現在は「とって」と読むのが普通だが、この当時は「とりて」「とつて」どちらだったろうか。）「茲」はとし。年。

二一10 **手まへがって**　自分の都合のよいようにばかり考えたり行動したりすること。またそのさま。自分勝手。

二一29 **日ごろのねんをたち**　「念」は心からはなれぬ思い。日ごろの懸念を果たすことが出来た。ふだんいつも気にかけていた心配を断ち切ることが出来た。

二一あ1 **かくごひろげ**　「ひろぐ」は「する」「行う」の意で、相手をののしっていう時に用いる。

『神霊矢口渡』二「ヲヽくどい〱。尊氏方へ降参ッの手土産。御台若君引ッくくつて連レて行。邪魔ひろぐなと突キ飛す」

『春色恋廼染分解』五下「ヱ、こざかしき青二才覚悟ひろげと言さまに真向みぢんと切懸るを」

〔二一欄外書入れ〕「此をとこびんのわりげ（図）此とをり」

〔校異〕●板本ハ二一〜三〇ヲ下巻トスル

二一4　ねん

二一5　み

二一5　しねば

二一8　振り仮名ナシ

二一9　ざる

二一11　「る」ナシ

二一13　キ

二一27　たましい

二一28　たましい

二二あ
二二い
二二う

● 二二1～19↓二三あ↓二三う↓二三え↓二三お↓二三か↓二二う↓二二あ↓二三5～16↓二二い↓二三い↓二二20～28↓二三1～4

二二（十一ウ）

1 あくたましゐども
2 ついに理太郎が
3 ひにくへわけ入、
4 よきたまし*ゐ
5 の女ぼう、*二人の
6 男子をお*ひ出し
7 ければ、三人
8 手を引*合て、
9 とし久しく
10 すみなれし
11 からだをたち
12 のくこそ
13 あ*はれなり。
14 これより
15 理太郎は大の
16 どらものと
17 なり、四五日
18 づゝゐつゞけ
19 する。（↓二三あ）
20 〽女郎も理太郎が（↑二三い）
21 あまりながく
22 *ゐるゆへ、神がつて
23 ことばをにごす。
24 〽ほんに、おとつさん
25 おかゝさんが
26 おあんじなんす
27 だ*ろ*うねへ。
28 わつちやア（↓二三1）

二二あ（↑二二う）

1 たまし*ゐ
2 〽*これから
3 おいらが
4 せかいだ。（↓二三5）

二二い（↑二三16）

1 コレサ
2 そんなやぼを
3 いふな。どんな事が
4 あつても、かへる
5 事はいやだのすし
6 だ。（↓二三い）

二二う（↑二三か）

1 たまし*ゐ
2 〽ア、
3 ゑい
4 ざまだ。（↓二二あ）

[注]

二二一16**どらもの**　道楽者。放蕩者。

二二一22**神がつて**　「がる」は接尾語。「神」は他人の金で妓楼に上り遊ぶ、大尽のとりまき連中。転じて素人の太鼓持。遊女に嫌われる。遊里語。素人の太鼓持として の扱いをする。転じて敬遠する。冷遇する。うるさがる。

『郭の大帳』二「茶屋ではかみがられる。ふさいでばかりゐれば気色も悪く、今夜も頭痛がしてならぬが」

『早道節用守』「花荻は幸二郎に惚れて悪二郎を神がりやす」

二二い5**いやだのすし**　「厭だ」というところを、しゃれて、当時の人々がよく耳にした鮨《すし》の行商の呼び声「こはだのすし」に掛けたもの。もともと鮨のはじめは鮎、鯖などを飯に数日漬けおいたなれ鮨であった。宝暦頃（一七五一頃）から飯と具（鯵《あじ》・小鰭《こはだ》が主）を桶に入れて押さえつけただけの当座鮨（早鮨）が出回りはじめた。鮨の行商は「鯵のすー」「こはだのすー」などと呼び歩き、特に吉原などの遊里に出入りした鮨売りは、箱を何枚も肩に担いで廻った。一箱をおよそ十二に切り分け一個を四文に売ったという。（因みに、現在のような握り鮨は文化末から文政頃（一八二〇年代）に隅田川畔など人々の集まる場で屋台店から始まった。一個四文で、はじめの頃はコハダ、アジ、タコなどだったが、だんだん卵焼き、車えび、白魚、マグロなどとふえていった。）

この洒落を「いなだの鮨」のもじりとする説(日本国語大辞典)もある。「いやだ」と「いなだ」の方が似ているので、そうとも考えられるが、鮨の材料ではコハダ、アジが一般的であったらしく、イナダ(ブリの幼魚)も当時の漁獲物の中に見えているし、鮨の材料としても用いられてはいたが、庶民にとっては行商の呼び声でもなじみの深い「こはだのすし」の方ではないか。なおコハダはコノシロの十センチ前後の大きさのものをいい、『塵塚談』によると江戸時代には武士は「此城を食う」に通じるとして忌み嫌い食べなかったという。庶民にはなじみ深いコハダのすし。武士はいやだといって食べなかったコハダのすし。どちらかというと私はコハダ説をとりたい。

『傾城買四十八手』やすい手「きいてあきれらア。いやならこつちもいやだのすしだ…こんな着物が著られるものか」

『三人酩酊』腹立上戸の段「おきやアがれ、なじみが来やふがねづみがこやうがやる事はマアいやだのすしだ」

〔二二一欄外書入れ〕「おとこのびんさきのわけ此とをり御（にカ）ほり」

[校異]

二二一4　たましい

二二一5　ふたり

二二一6　おい出し

二三一8　合ッて
二三一13　あわれ
二三一22　いる
二三一27　だらふ
二三一あ1　たましい
二三一あ2　是からは
二三一う1　たましい

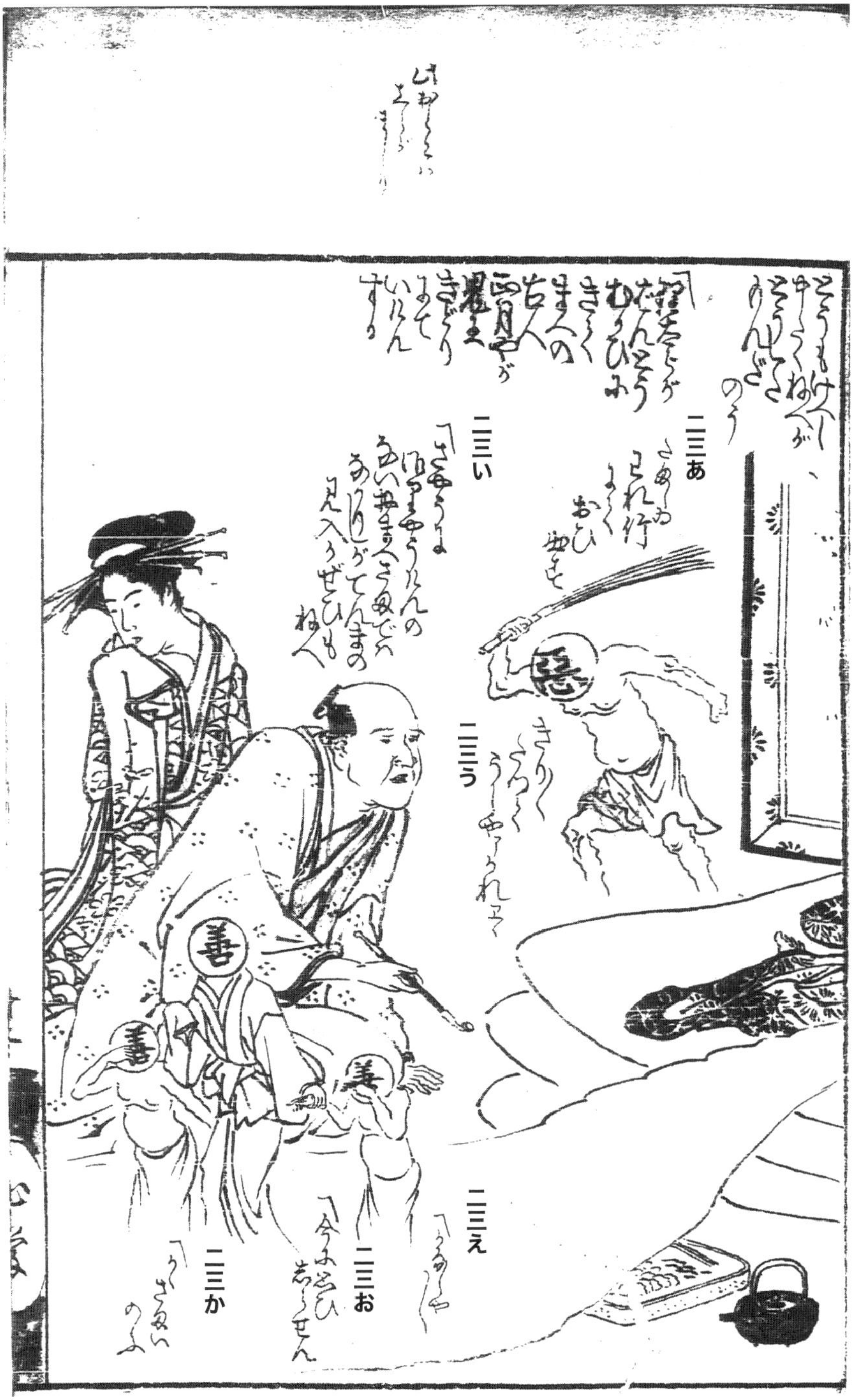
二三あ
二三い
二三う
二三え
二三お
二三か

二三（十二オ）

1 どうもけへし（↑二二28）
2 申たくねへが、
3 どうした
4 もんだの*う。（↓二四1）
5 〽理太郎が（↑二二あ）
6 ばんとう
7 むか*ひに
8 きて、
9 *まへの
10 古人
11 正月やが
12 鬼王
13 きどり
14 にて
15 いけん
16 する。（↓二二い）

二三あ（↑二二19）

1 たましゐ
2 われ竹
3 にて
4 お*ひ
5 *出す。（↓二三う）

二三い（↑二二い）

1 〽さやうに
2 御*りやうけんの
3 ないおまへさまでは
4 なかりしが、てんまの
5 *見入か、ぜひも
6 ねへ。（↓二二20）

二三う（↑二三あ）

1 きり〳〵
2 たつて
3 うしやァがれェ、。（↓二三え）

二三え

1 〽かなしや
2 〳〵。（↓二三お）

二三お

1 〽今に思*ひ
2 しらせん。（↓二三か）

二三か

1 〽かゝさまい
2 のふ。（↓二二う）

［注］

二三9**まへの古人正月や**　正月屋は歌舞伎役者の坂田半五郎とその一門の代々の屋号。「まへの古人」は先代を指す。この草稿は寛政七〜八年に作成されたものとすると、この頃まで活躍していた正月屋は三代目半五郎である。天明三

（一七八三）年十一月に三代目を襲名。実悪として活躍した。寛政七年六月没。（四代目はずっと下って文政五年に大谷広右衛門が襲名）従って三代目をさすかと思う。

二三12**鬼王きどり**　「鬼王」とは曽我兄弟の二人の忠臣、鬼王新左衛門とその弟団三《どうさぶ》郎《ろう》（道三郎とも書く）のこと。鬼王兄弟は「世継曽我（天和三）」「曽我会稽山（享保三）」などに登場。江戸の各座は正月狂言として必ず曽我物を上演した。その愁嘆場の主人公は、多く鬼王新左衛門に妻の月小夜《つきさよ》や弟の団三郎であった。「きどり」は接尾語的に用いられて、その者になったつもりで、それらしく振舞うこと。

二三あ2**われ竹**　「わりだけ」に同じ。割った竹。特に先を割ったもの。罪人を叩くのに用いた。

『天満宮菜種御供』三「そりや狼藉者打ちするよと、手手《てんで》に割竹振上げて脊骨も腰もさゝらになれと、ぶつてかゝれば、ナウ悲しやと」

『花之笑七福参詣』「ねずみどもに申つけわれ竹にておひいだす」


二三い4**てんまの見入**　天魔がとりつくこと。天魔がとりついて、よい心を失い悪心をおこすこと。「天魔」は仏説にいう四魔の一。欲界第六天にいる魔王とその眷属。仏法を害し、人間の智慧や善根を妨げる悪魔。それまでと打って変って、思いもかけぬ悪心をおこしたというような場合に「天魔が見入る」「天魔が入れ替る」といった。

『忠臣金短冊』四「かく浅ましき物がたり。御主《おしゅう》の御恩をわすれしか。但しは天魔の見入れるかと。歎く詞に」

『仮名手本忠臣蔵』六「左程の事の弁へなき汝にてはなかりしが。いかなる天魔が見入レしと」

『鮏方武士鑑』八「可愛《かあい》我子の生死《いきしに》さへ目に掛からぬは天魔の見入《みいれ》か。久し振《ぶり》で大きふ成て能《よう》戻つたと云ぬ先に。殺さにやならぬ様に成」

『忠臣後日噺』「エ、こな様《さん》はく。どふいふ天魔が入《いれ》かはつて。そんな比興《ひきょう》な侍にはどふして成《なつ》て下さんしたぞいのふ」

二三い5**ぜひもねへ**　しかたがない。やむをえない。

二三う1**きりくたつて**　「きりきり」はぐずぐずしないでさっさとするさま。浄瑠璃・芝居のせりふによく見られる口調。

『難波丸金鶏』道行若葉裳「足元の明《あか》い中きりくとうせやがれ」

『桑名屋徳蔵入舟物語』三「七生迄の勘当ぢや。…きりく立つてうせう。ト蹴飛す。」

『隅田川続俤』「サア足元の明るいうちにきりくと出せ。」

二三う3**うしやァがれ**　うせやがれ（命令形）↓うせやぁがれ↓うしゃぁがれ。「やあがる」は「やがる」（補助用言「上《あ》がる」の変化）の変化。動詞の連用形に付き、ぞんざいな物言いに用い、他の動作を軽蔑したりのしったり憎んだりする意を表す。前の連用形の末尾の音と「やあがる」の「や」とは融合して拗長音（…ャあがる）となることが多い。ここは「うしゃーがれ」。これに続く「ヱ、」は「…がれー」と長音化した形を示すかとも考えられるが、京伝の黄表紙には「なのれヱ、」「まわせヱ、」「きり〳〵たてヱ、」等の例も多く、感動詞「ヱ、」と考える。『男伊達初買曽我』一「太い奴だ…溝《どぶ》へうつちやるべい。覚悟ひろぎやァがれ」『浮世風呂』前上「ちくせうめ、気のきかねへ所《とこ》にうしやァがる」

二三か1 **かゝさまいのふ** 「いの」（終助詞「い」と「の」が複合）は文末に用いて、感動や呼びかけ、強調を表す。「いのう」の形でも用いる。
『姫小松子日遊』三「こりや何事、どうせう。こちの人、万作どの、父様イなう父様イなう。喚《わめ》けども」

『難波丸金鶏』深草砂川「コレとゝ様いのふと、様と、ゆすれど甲斐も亡骸《なきがら》を見ては泣立《なきたつ》ては泣《なき》」

『天満宮菜種御供』七「輝国殿はなぜ遅い。丞相様をやみ〳〵と討たせては夫婦の者が義理が立たぬわいなう。輝国殿いなう〳〵。」

『隅田川続俤』「おくみこれ要助いなう。要助何で御座りまする。おくみ誰がわが身をなぶるぞいなう。」

「往なう」と解する説もある（『山東京伝全集』二巻、三三七頁「母様《かゝさま》、去《い》のふ」）が、ここも芝居の口調らしく言ったものとして、助詞とする。

〔二三欄外書入れ〕「此おとこはしらがまじり」

[校異]
二三4　のふ
二三7　むかい
二三9〜16　「まへの古人正月や…いけんする」ハ「奥山もときでりくつをいふ」ト

ナツテイル。
二三あ4〜5　おいだす
二三い2　れうけん
二三い5　みいれ
二三お1　おもい

二四

● 二四1～17→二四あ→二五あ

二四（一二ウ）

1 理太郎はだん〳〵
2 あくたましゐふへて、
3 女郎かいのうへに大*酒を
4 のんであばれ、ばくちをうち、
5 かたりをし、
6 おやにもふか*ぅに
7 あたりければ、ついに
8 かんどう《（勘当）》のみとなり、
9 今はみの
10 おきどころ
11 さへなきや*うに
12 なり、あまつさへ、
13 あるよ、
14 おやの内の
15 どぞう《（土*蔵）》の
16 やじり《（家尻）》を
17 きる。

二四あ

1 犬曰
2 〽山しなの
3 かくれが
4 じやァねへが、
5 むかしの
6 だんな
7 今のどろ。
8 ほへねばわたしが
9 やくめがかける。
10 わん〳〵〳〵。

[注]

二四5**かたり**　人をだまして金品をまきあげること。詐欺。

二四16**やじりをきる**　「家尻」は家、蔵などの裏手。裏手の壁に穴をあけて盗みに入ること。『鹿の子餅』「ぬす人来て家尻をきり」『道二翁道話』二上「盗人めが家尻を切る時に…自身も悪いといふ事は能ぅ知つてゐるゆへ、ふるひ〳〵しをる。…何とマアせうこともないことじや」

二四あ2**山しなのかくれが**　『太平記忠臣講釈』八段目山科閑居の場で、大星由良之助が蔵普請に泥まみれになって壁ぬりを手伝ぅ所がある。「只倹約を第一は石に根継《ねつぎ》の蔵普請、自身手伝ふ壁塗《かべぬり》の、左官ンがこてへ指付ヶる土によごれし仁体《じんたい》は始末《しまつ》也ける物好《ずき》也。」そこからの洒落で、土（泥）に泥棒の意を掛けたもの。犬が昔の飼主である旦那に対して言った洒落。「どろ」は泥坊の略語。

[校異]

二四3　大さけ
二四6　ふこぅ
二四11　やふに
二四15　どさぅ

二四　板本ハ上段（地ノ文）ノ下、右側ニ書キコミアリ。「わるたましゐども　おゝくあつまり　つきまとつていろ〳〵あくじをすゝむる　おそろしき事也　つゝしむべし〳〵」

二五

二五（十三オ）

二五あ

1　ぶちよ、おれだ
2　は。ほへるな
3　〳〵。
4　くわうじん（荒神）
5　さまの
6　ほへる
7　なは*
8　どうだ。（↓二六9）

［注］

二五あ4**くわうじんさま**　「荒神」はかまどを守る神。町屋では火を防ぐ神として台所のかまどの上に棚を作ってまつった。棚には松の小枝と鶏を描いた絵馬を供えた。鶏の絵馬は油虫を食ってくれるという お呪《まじな》いで、三宝荒神の松売りは、松の枝を目籠に入れて天秤棒でかつぎ、中には片手に松、片手に鶏の絵馬をもち、「松やァ荒神松、荒神様の御絵ン馬《おえんま》御絵ン馬」と呼んで売り歩いた。この「おえんま」と「吠えるな」との語呂合わせの洒落。『呑込多霊宝縁起』「なすときのゑんまさま、かりるときのぢざうさまと一ツたいふんじんじやと申ます。なむくわうじんさまのおゑんま〳〵」『守貞謾稿』六「荒神松売…松一枝価四文。又江戸ニテハ鶏ヲ画ル絵馬ヲ兼売ル。是亦荒神ニ供スルノ料也。鶏ノ絵馬ヲ荒神ニ供スレバ、油虫ヲ除ノ咒ト江俗云伝ヘ行レ之。」

二五あ8**どうだ**　どうだ、うまい洒落だろう。

［校異］

二五あ7　ほへるな〳〵

二六

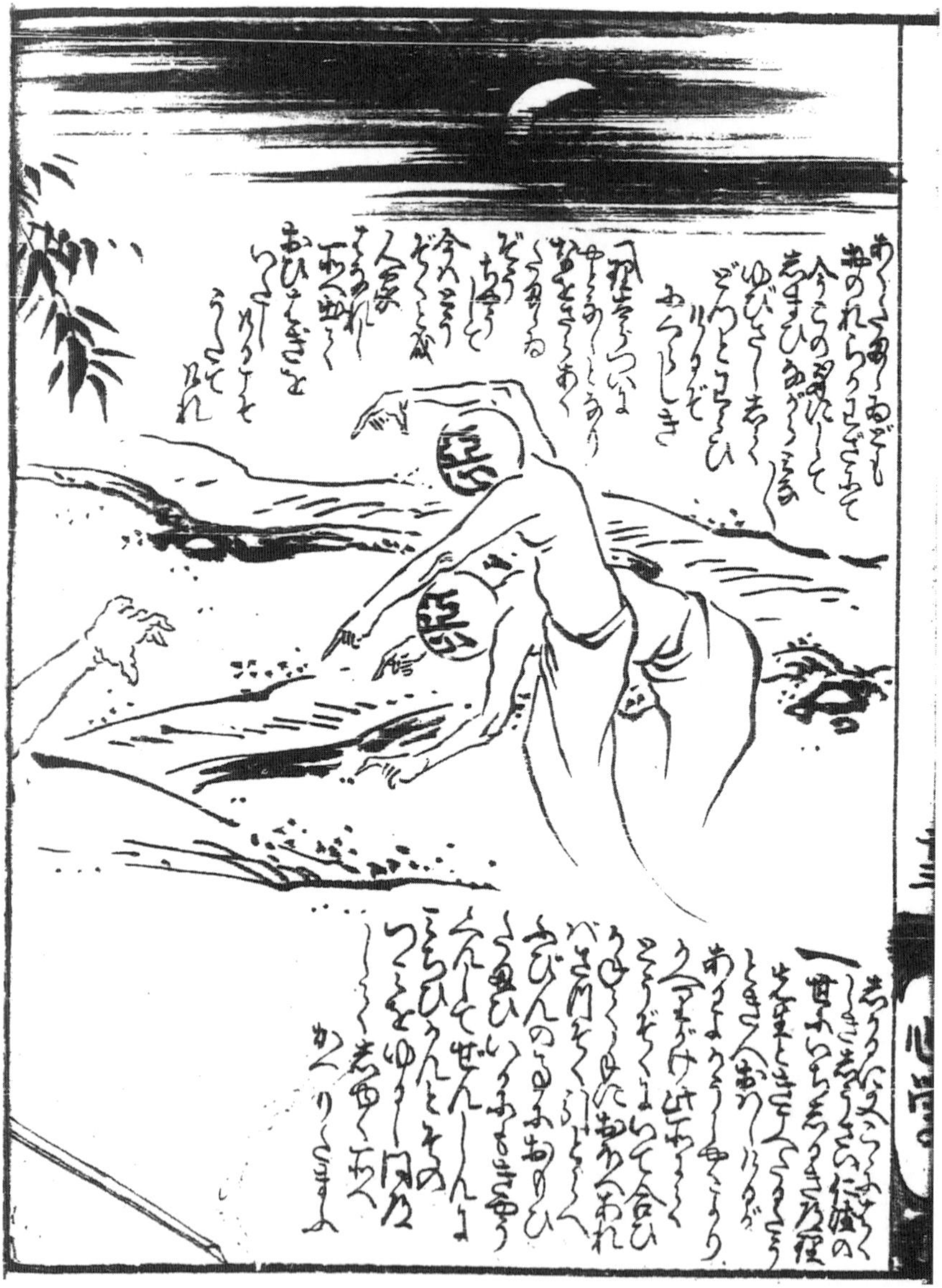

● 二六9〜25↓二六1〜8↓二六26〜42

二六（十三ウ）（↑二六25）

1 あくたましゐども、
2 おのれらがわざにて
3 今*この身*にして
4 しまひ*ながら、みな〳〵
5 ゆびさしして、
6 どつとわらひ
7 けるぞ
8 にくらしき。（↓二六26）
9 理太郎*ついに（↑二五あ）
10 やどなしとなり、
11 なをさらあく
12 たましゐ
13 ぞう
14 ちやう
15 して、
16 今はとう
17 ぞくと成*、
18 人家
19 はなれし
20 所*へ出て、
21 おひ*はぎを
22 いたし
23 けるこそ
24 うたて
25 けれ。（↓二六1）
26 しかるに又こゝに、はく《（博》（↑二六8）
27 しき《識）》しうさい《（秀才）》、仁徳の
28 世にいちじるき道理
29 先生ときこへたるたう
30 とき人おはしけるが、
31 あるよかうしやく《（講釈）》より
32 かへりがけ、此所にて
33 とうぞくに*いで合ひ*、
34 かねて手におぼへあれ
35 ば、さつそく引とらへ、
36 ふびんの事におもひ
37 た*まひ、いかにもきやう
38 くんしてぜんしん《（善心）》に
39 みちびかんと、その
40 つみをゆるし、同*道
41 してしゆく所へ
42 かへりた*まふ。

［注］

二六24 **うたてけれ**　「こそ」の結びで「うたてし」が已然形となる。なさけない。困ったものだ。なげかわしい。

二六26 **はくしきしうさい**　博学多識。ひろく知識があり、また学問的才能が非常にすぐれていること。

二六27 **仁徳**　仁愛の徳。他人に対する思いや

りの心。人々の辛苦を除き、喜びや楽しみを与えようとする徳。にんとく。

二六28**いちじるき**　古くはク活用だった。中世に入りシク活用化した例もあらわれク活用、シク活用の例が併存する。この時代もク活用の例は多く、シク活用「いちじるしい」が一般化したのはかなり後であった。はっきりしている。明白である。顕著である。

上の「世に」は、「世間に比べるものがないほど」の意から、非常に。たいそう。の意に用い、ここを「本当に、非常に」と注する本（「現代教養文庫」）もあるが、ここは後の三〇16「世にいひもてはやし」の例とも考え合せ、世の中にかくれもない、という意と考えてよいと思う。『照子浄頗梨《かがみのじょうはり》』「おのゝたかむらと申けるははくがくしうさい世にいちじるく、ことに仁徳のはなはだしきを」

二六28**道理先生**　当時その講話が評判だった心学者中沢道二《どうに》に擬した名。道二は京都の人。享保十～享和三（一七二五～一八〇三）。手島堵庵《とあん》に師事して心学を修め、江戸に参前舎を開いて布教に努めた。町人のみでなく、ひろく農民層にも、さらに大名や武士への布教にも成功。日常生活に大切な教訓を平易なたとえや例話により興味ぶかく説き、口演した道話の筆録『道二翁道話』は広く読まれた。（九あ2「心がく」参照）

二六34**手におぼへあれば**　「あれ」は已然形。技術、わざを身につけているので。腕前に自信があるので。

二六37**いかにも**　（多く、あとに意志、希望を表す助動詞等を伴って）困難ではあるが、実現させたい、できるだけの手段を尽くして目的を達成しようという気持ちを表す。ここはあとに「みちびかん」という語を伴って、なんとかして。どうしても。ぜひ。

［校異］

二六3　いま
二六3　み
二六4　しまい
二六9　理太郎は
二六17　なり
二六20　ところ
二六21　おいはぎ
二六33　出あい
二六37　給ひ
二六40　どう〳〵
二六42　給ふ

二七

二七（十四オ）

挿絵

［校異］

二七　挿絵（理太郎ヲ捕エタ道理先生）ノ左下方ニ「につくいやつの」ノ詞アリ。

二八

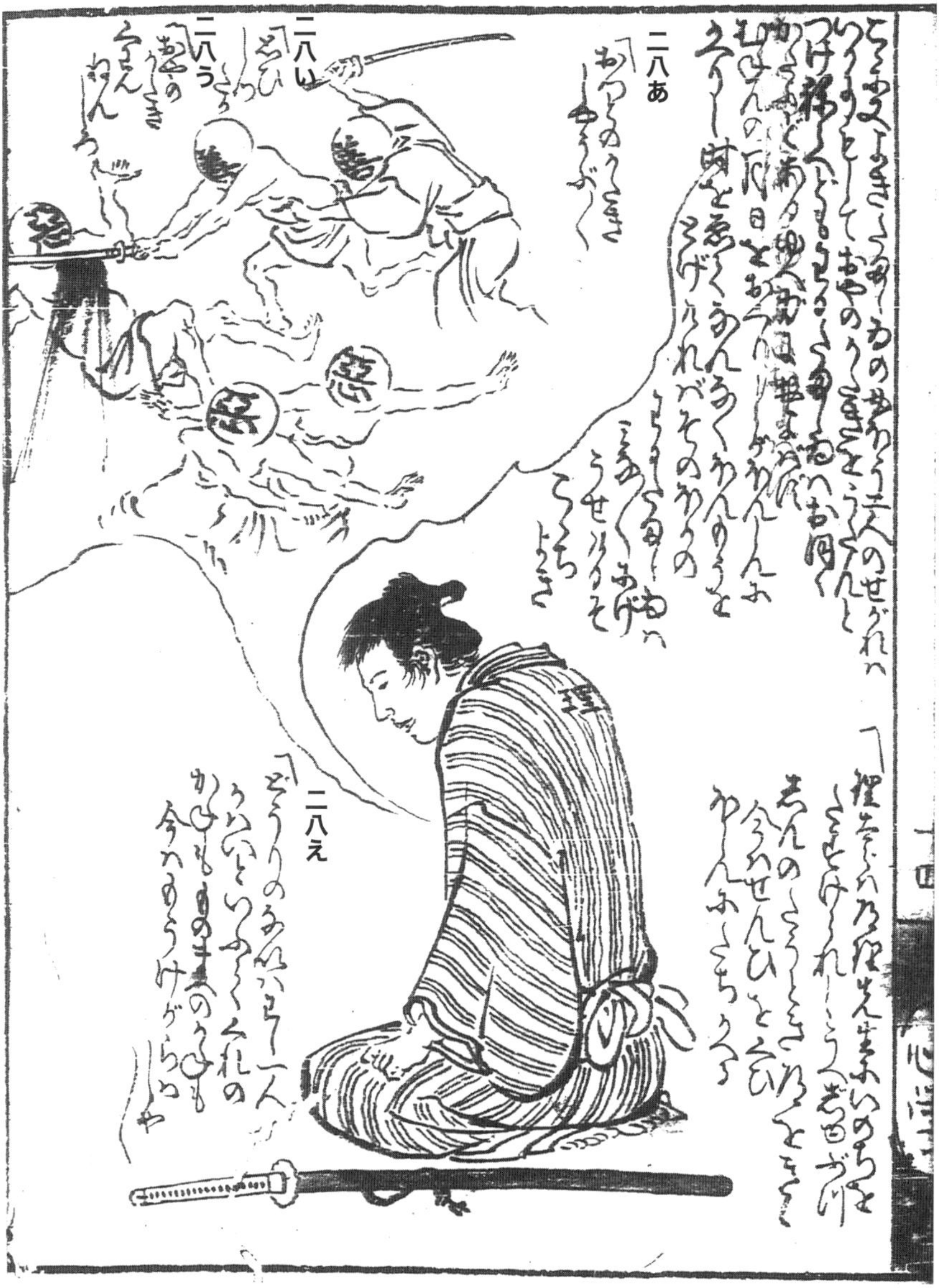

●二八13〜17↓二八1〜12↓二八あ↓二八い↓二八う↓二九あ↓二八え↓二九い

二八（十四ウ）（↑二八17）

1 こゝに又、よきたましゐの女ぼう、二人のせがれは、
2 いかにもしておやのかたきをうたんと
3 つけねらへども、わるたましゐは*おほく
4 かたふど《方人》あるゆへ力におよばず、
5 むねんの月日をおくりしが、ほんしんに
6 かへりし*時をゐて、なんなくほんもうを
7 とげければ、その*ほかの
8 わるたましゐは
9 みなくにげ
10 うせけるぞ
11 こゝち
12 よき。（↓二八あ）
13 〽理太郎は道理先生にいのちを（↑二六42）
14 たすけられしうへ、じゆ《儒》ぶつ《仏》
15 しん《神》のたうとき道をきゝ、
16 今はせんぴをくひ、
17 *ほんしんに*たちかへる。（↓二八1）

二八あ（↑二八12）

1 〽おつとのかたき、
2 しやうぶく。（↓二八い）

二八い

1 〽*思ひ
2 しつ
3 たか。（↓二八う）

二八う

1 〽おやの
2 かたき
3 くわん
4 ねん
5 しろ。（↓二九あ）

二八え（↑二九あ）

1 〽どうりのないはわし*一人、
2 かはいといふてくれの
3 かねも、ものまへのかねも、
4 今はもうけがらは
5 しや
6 く《けがらはしや》。（↓二九い）

［注］

二八2 **いかにもして** なんとかして。どんな

無理でもして。（二六37「いかにも」参照）

二八4**かたふど**　「かたひと（方人）」の変化。（「方人」は歌合せで左右に分かれて争う場合、その一方を応援する人をいう）味方。仲間。『天満宮菜種御供』二「菅丞相が弟子とはいへど、いはゞ謀反一味のかたうど同前、暇乞ひとはのぶとい奴。」

二八16**せんぴ**　京伝の黄表紙に見られる「せんひ」は濁点、半濁点の無いものが多いが、「せんび」「せんぴ」もある。また「ぜ」のように見える例もある。翻刻本（『山東京伝全集』）ではこれに前非を当てているものと先非を当てているものと二通りある。意味は同じ、以前に犯したあやまち。今一応「せんぴ（先非）」としておく。

『日葡』「Xenpiuo aratamuru.（センピヲアラタムル）」（「Xenpi」は「Mayeno axiqi coto（前の悪しき事）」）（ゼンピはなし）

二八え1**どうりのないは**　めりやす『花の宴』に「無理な事とは思へどほんに笑はしやんすが皆道理ぢやえ、道理のないはわし一人、かはいいと言うて暮の鐘、つくづく物を思ひ顔」とあるのもじり。「くれのかね」は暮れ六つ（現在の午後六時頃）に寺などでつく鐘。「言うてくれないかね」に掛けた洒落。当時の江戸の通言。『聞上手』薦かぶり「ホヲみんなゑいものをしたな。おらにもちつとくれのかね」『花芳野犬斑』「これでどふぞ鳴きやんでくれのかねといつては」

二八え3**ものまへ**　物日（「もんぴ」とも）の前。遊里では正月・盆・節句など特別の日（物日）は贈答、諸支払で忙しく、遊女は多くの金を必要とした。その前の二、三日。

暮の「鐘」を「金子」の意に転じて「物前の金」と続けた。暮と物前は縁語。（かわいいと言ってもらいたさに呉れてやった暮の金も）物前に、ねだられて呉れてやった金も、女の手練手管にだまされたのだと分かってみると、もうけがらわしい、の意。

［校異］

二八3　おゝく

二八6　とき

二八7　外

二八17　ほんしん（稿本ハ「ほしん」トアルガ「ん」ノ脱字トシテ訂正シタ。）

二八17　立かへる

二八い1　おもひ

二八え1　ひとり

二九

二九（十五オ）

二九あ（↑二八う）

1　〽人間万事大せつなるは一ッ心*ンなり。
2　みなおのれが心*より出て、おの
3　れがみをくるしむる。その
4　心*はすなはちたましゐ*じや。
5　こゝの
6　どうり*を
7　とくと
8　がてん
9　せねば
10　ならぬ。（↓二八え）

二九い（↑二八え）

1　〽此ついでに
2　このほんの
3　さくしや
4　をも
5　きめねば
6　ならぬ。
7　だいぶ
8　ふらち《（不埒）》
9　じや
10　さふ
11　な。

［注］

二九い5 **きめねばならぬ**　「きめる」は、強くとがめる。なじる。きめつける。の意。やりこめねばならぬ。『心中重井筒』上「機転をきかせねば過ぎにくい身代。四百目は何にした。行端をきかふときめらるる」『聞上手』義太夫ぶし「重ねてうなりをるとくらわすぞときびしくきめられ」『日葡』「Qime, uru, eta キメ、ムル、メタ 人をきびしく叱責する。例 Fitouo qimuru」

二九い8 **ふらち**　道理にはずれていること。ふとどき。

［校異］

二九あ1　「ン」ナシ
二九あ2　こゝろ
二九あ4　こゝろ
二九あ4　たましい
二九あ6　だうり

わかてひんのうるほひ心とふ

乃ちたからぐぐきりうくんとてのちに目うかやのあんめひうりんいでもてあひんれあひれていとしゃあひなるのありびひとをうめてるひといひなりなりれにひてかけものくおとくこれをのこれになるのれとかれなありれるなるあれなてもなせいあとうしるわとありとをときるなあきすべをかにてくこれにわたしにおなられおきておほけしるれこんぜんくうもあきれりてとそきもかくなるのめりてみてうるるとりうのりわれるあるぢをとくとてくりこくこくてきとりこれうのなたくことをけてきるりやへりくてうのをやひのせいてわらへくひれなおきにれかりれれようともるせーようひりてひたろりてやかへりわるそうてこくひりほうり

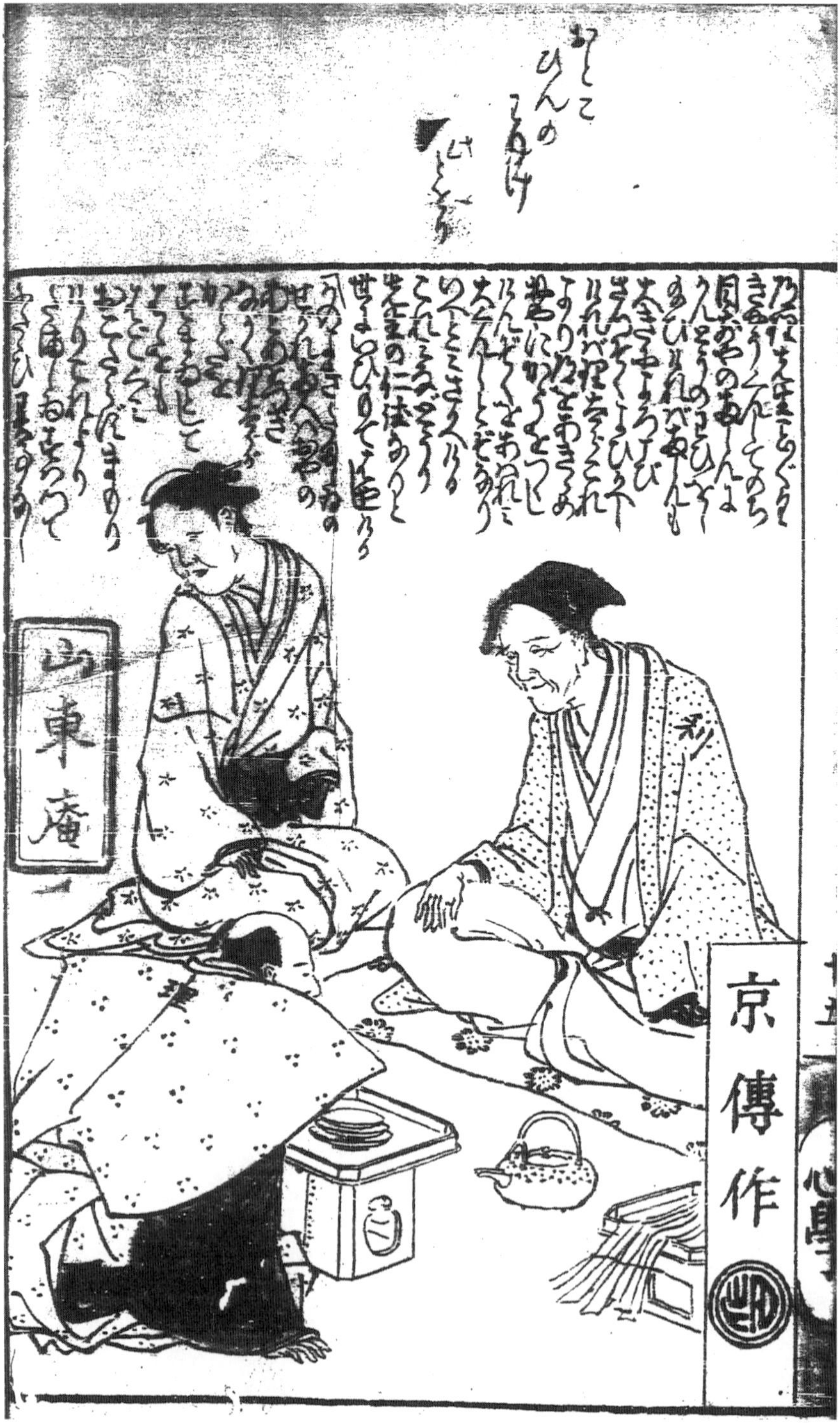

山東庵

京傳作

三〇（十五ウ）

*道理先生ことぐくきやうくんしてのち、*目前やの両しんにかんどうのわびをし給ひければ、両しんも大*きによろこび、さつそくよびかへしければ、理太郎*これより道をあ《（明）》きらめ、おやに*かうをつくし、けんぞくをあはれみ、大くん*しとぞなり、いへとみさかへける。これみなどうり先生の仁徳なりと世にいひもてはやしける。

〽かのよきたましゐのせがれ両人は、おやのあとめをつぎ、ながく理太郎がからだをすま*ゐとして、はゝをもはごくみ、おこたらずまもりけり。これよりたましゐ*すはつて、ふたゝび*異事なし。

山東庵 京伝作 ㊞

［注］

三〇9**あきらめ** あきらかにする。はっきり見定める。『徒然草』一三五「何となきそぞろごとの中におぼつかなき事をこそ問ひ奉らめ…ここもとのあさき事は何事なりともあきらめ申さんといはれければ」『雨月物語』貧福論「往古《いにしへ》に富《とめ》る人は、天の時をはかり地の利を察《あき》らめて、おのづからなる富貴《ふうき》を得《う》るなり」

三〇11**けんぞく** ①一族の者。身内の者。②従者、家来。ここは①②をひっくるめて、一家一門の人々。

三〇12**大くんし** 「君子」は学識、人格ともにすぐれた立派な人。「大」は語の上について、尊敬、賛美する意を添える。

三〇24**はごくみ** 「はぐくむ」に同じ。「はぐくむ」の変化した語。「（古く中古までは「はぐくむ」が一般に用いられていた。（「羽包《はくく》む」親鳥がひなを羽でおおい包むの意。）中世になると「はごくむ」の勢力が強くなり、江戸時代になって語源（羽包む）が再認識され「はぐくむ」が勢力をとり戻し、近代には日常語として復活した。）養育する。世話をする。面倒をみる。『男伊達初買曽我』三「サア舅姑を育《はごく》む為に、小指一つで三百両の金を貰ふ事ぢやもの、なんの痛からう」

『銭湯新話』三「親は世渡りの為。千辛万苦して漸《やうやう》妻子を育《はごくむ》に、己《をのれ》は挊盛《かせぎさかり》にぬらくらして一文が事もせず」

『忠臣伊呂波実記』四「一家中の者共明日より知行に離れ何を以て妻子を育《はごく》む、其思案云てお見やれ」

三〇28**異事**　かわったこと。変事。

『史記抄』一二「三国志なんどにも、かかる異事多けれども」

『文明本節用集』「異事　イジ」

『和英語林集成』「Iji　イジ異事」

〔三〇欄外書入れ〕「おとこびんのわりげ（図）此とをり」

[校異]

三〇1　とうり

三〇3　もくぜんや

三〇6　「き」ナシ

三〇8　是

三〇10　こう

三〇12　大くん子《し》

三〇22　すまい

三〇27　たましゐが

三〇28　文字ガ読ミニクイタメカ先行翻刻ハ「立つ事」トスル。

第三部

『善玉悪玉心学早染草』総語彙索引

凡例

一　本索引は東京都立中央図書館特別文庫室加賀文庫蔵本『善玉悪玉心学早染草写本』の全語句を収録する。ただし巻頭の山東京山の追記二丁と欄外の書入れとは除き、「山東京伝による」序文（一）と本文（二―三〇）の全語彙を対象として作製したものである。

二　語句の所在の示し方

1　最初に、本文に仮に付した頁番号（漢数字）一、二、三…を示す。

2　次に、その語の所在する行番号（洋数字）を示す。

3　余白部分の、あ、い、う…と順序づけた短文には、頁番号の次に、あ、い…の順番号を示し、次にその行番号を示してその所在をはっきりさせる。

そもそも　三2　おどり　一五5
ふしぎ　六あ2　ざんねん　一一い2

三　見出し語について

1　見出し語は原則として、底本の本文の表記に従って、すべて平仮名による五十音順で配列する。

①　ただし見出し語には反復の、ゝ〱等は用いず、文字をあてる。

うたゝね→うたたね　そも〱→そもそも
日々→ひび

②　本文が片仮名表記の例のみの場合も、平仮名の見出し語とし、見出し語の下に片仮名を（　）に入れて、片仮名表記であることを示す。

ああ（アヽ）　しやぼん（シヤボン）

③　平仮名、片仮名の両例ある場合、片仮名表記のものは、所在番号に続けて片仮名を（　）に入れて示す。

ほんに〔副詞〕　七あ1（ホンニ）　二二24

2　底本の本文の仮名遣い表記は
（イ）歴史的仮名遣い表記と同じもの
（ロ）現代仮名遣い表記と同じもの
（ハ）歴史的仮名遣いとも現代仮名遣いとも異なるもの
（字音仮名遣いもこれに準ずる）
といろいろであるが、それぞれそのままの形で見出し語とする。

①　右の（ロ）（ハ）の場合は、一応歴史的仮名遣いを見出し語のあとに（　）に入れて平仮名で示す。（漢語の字音仮名遣いは片仮名で示す。略した部分は…で

示す。）ただし、この本文にはない歴史的仮名遣い（字音仮名遣い）による表記の見出し語は、これを特に立てることはしない。

（ロ）の場合

おさな・し（をさな…）　五1

ほんもう（…マウ）　二八6

「をさなし」「ほんまう」の見出し語は立てない。

（ハ）の場合

さいわひ（さいはひ）　一一7

いとをし・む（…ほしむ）　六18

現代仮名遣いの「さいわい」「いとおしむ」は立てる（次の②参照）が、「さいはひ」「いとほしむ」の見出し語は立てない。

② 現代仮名遣いと異なる（イ）（ハ）の場合は、この見出し語とは別に（原本にはないが）、読者が理解しやすいように、現代仮名遣いの見出し語を新たに加える。なお、原本にはない現代仮名遣いによる見出し語の場合は、拗音、促音は小字とする。

③ 右の現代仮名遣いによる見出し語は、いわゆる「から見出し」なので、語の所在は示さず、↓によって本文表記による見出し語を見るように誘導する。

てんじく（天竺　…ぢく）↓てんぢく

かとうど（かたう…）↓かたふど

本文表記は「かたふど」なので「かたふど」に誘導する。歴史的仮名遣いの「かたうど」の見出しは立てない。

きょうくん・す（ケウクン…）↓きやうくんす

「けうくん・す」の見出し語は立てない。又、↓の場合、語幹と活用部分を分ける・（四5③参照）は省略する。

④ なお、本文表記そのままの形で見出し語を立てるが、中には同じ語でありながら表記を異にするものがある。これらはそのそれぞれを見出し語とし、それぞれを↓〇〇ヲモ見ヨとして、参照できるようにする。

たましひ　↓「たましゐ」ヲモ見ヨ

たましゐ　↓「たましひ」ヲモ見ヨ

従って、本索引の見出し語には

・底本の本文の表記によるものと、

・それが現代仮名遣いと異なる場合は、その現代仮名遣い表記による見出し語と、二本立てとなるが、前者の、底本の表記による見出し語が主となる。従って、語の所在を示す番号は、本文表記による前者の見出し語のもとにのみ示される。

3　本文が漢字表記の場合

①　振り仮名のある場合は、その振り仮名の表記に従う。

画草紙《ゑざうし》　一1　天竺《てんぢく》　一4　祝詞《しうし》　四19

②　漢字、平仮名の二通りの表記のある場合は、平仮名表記の例に従う。

玉のごとくのなんしをまふけ　四15

二人の男子をおひ出し　二二6

「なんし」を見出し語とし、だんし→なんし　として誘導する。

りやうしんは…いとをしみ　六15

両しんも大きによろこび　三〇5

「りやうしん」を見出し語とする。また両人三〇18も「りやうにん」とする。

道理先生　二六28　二八13　三〇1

どうり先生　三〇14

どうりのないはわし一人　二八え1

「道理」の字音仮名遣いはダウリだが、「どうりせんせい」を見出し語とする。

③　漢字表記の例のみで、振り仮名のない場合は、一応歴史的仮名遣い（字音仮名遣い）の見出し語とする。この場合も現代仮名遣いのから見出しを立てることは他と同じ。

じふろくさい（十六才）　一〇2

じゅうろくさい（十六才）（ジフ…）→じふろくさい

をとこ（男）　二2　一〇6

おとこ（男）（をとこ）→をとこ

④　振り仮名のない漢字で、二通りに読み得る場合は、本書で採用した読みの方に→〇〇として誘導する。

さんにん（三人）　二二7

みたり（三人）→さんにん

かね（金）　二23（七ッは―と）

きん（金）→かね

4　見出し語に当てる漢字

①　見出し語の漢字は、底本に用いられているもののみを（　）に入れて示す。平仮名の用例のみの場合は漢字は当てない。

②　ただし語意理解のために、一般に用いられている漢字を【　】に入れて示す場合もある。

ぜんしん【善心】　二六38

まふねん【妄念】（マウ…）　三11

なお、から見出しの場合も、本文で用いている漢字は（　）に入れて示すが、一般に用いられている漢字は

【 】に入れて示す。

従って（ ）に入れた漢字のみが、本文に用いられている漢字である。

5　見出し語の立て方

① 見出し語は、原則として品詞に分解したものを立て、活用語はその終止形を立てる。（四3参照）

② 複合語は分解せず、複合した形を一語として見出し語とする。

わるたましゐ

かたらひきたる　しばりおく

すへたのもし

③ 助詞＋助詞　助動詞＋助動詞のように、同じ品詞が二個以上重なっている場合、連続した形で見出し語に挙げることがある。この場合、連続するそれぞれの助詞、助動詞（終止形）を↑印によって示すが、くわしい説明を（ ）に入れて示すこともある。このそれぞれの助詞、助動詞には、連続した形で見出し語が立ててあることをcf.（七4参照）で示す。

にも　↑「に」「も」

二〇あ5　神代―ない事

「に」「も」それぞれのcf.に「にも」を挙げる。

ざらん　↑「ざり」「ん」

二一9　なんぞ燭を秉てあそば―

「ざり」「ん」のcf.に「ざらん」を挙げる。

④ 接頭語、接尾語の付く語は、その全体を一語として見出し語とするが、接頭語、接尾語も見出し語として立てる。又、語素（造語要素）も見出し語として立てることがある。

おかかさん　七え5（おとつさんや―）

お〔御〕〔接頭語〕さん〔接尾語〕それぞれのcf.に「おかかさん」を挙げる。

ねん【念】〔語素〕　cf.　あくねん　くわんねん　ざんねん　まふねん　むねん

⑤ 結合度が高いと認められる連語や、慣用的に連語となって意味が限定されるもの等は、品詞に分解せず〔連語〕として見出し語とする。これらはその各々の構成要素からもcf.によって参照できるようにしてある。（ただしこれらのうち、その構成要素の単語に重出させてあるものもある。）

けしからぬ　けちをつける　しめた　ぜひもねへ　どうしたもんだ　むべなるかな　やじりをきる

⑥ 慣用的に連語の形で用いられ、それに伴って連接す

る音節が融合して音変化するものは、その全形を見出し語として立て、（　）で注記を加えた。これらもそれぞれの構成要素からcf.で参照できるようにしてある。

じやあ（じやア）（「では」ノ音変化）
　二四あ4　山しなのかくれが—ねへが
　「では」「で」「は」のcf.に「じやあ」を挙げる。

わつちやあ（…ア）（「わつち」＋係助詞「は」ノ　拗長音化）
　二二28　—どうもけへし申たくねへが
　「わつち」「は」のcf.に「わつちやあ」を挙げる。

四　品詞の表示、各品詞の分類、配列等

1　見出し語の分類は、大体において一般的な文法書、辞書等の分類に従う。

2　必要に応じて〔連体詞〕〔副詞〕〔接続詞〕のように品詞名を〔　〕で示す。

①　名詞（体言）、動詞の品詞表示は省略する。形容詞は、文語は〔形ク〕〔形シク〕として表示し、口語は〔形〕と記す。

②　いわゆる形容動詞は、その語幹に相当する部分を体言として扱い、見出し語とする。活用形とされる部分（語尾）は（　）に入れて例示する。

あはれ　二二13（—なり）
きよう【器用】　六12（—にて）
だいじ（大事）　七え7（—だよ）

③　実質的な意味を失い、付属的な意味を添える補助動詞は〔補助用言〕と記す。

たま・ふ（給）〔補助用言　ハ四段〕
　—は（未）　一7　清く浄しとし—ん哉
　—ひ（用）　五9　てんていあらはれ出—

3　語尾が活用して変化する動詞、形容詞は、基本形（終止形）を見出し語とする。

①　文語と口語の区別は用例によって判別し、その終止形を見出し語とする。参考として用例の有無にかかわらず、文語又は口語の終止形を付記することもある。

あきら・む【明】〔マ下二段〕あきら・める〔マ下一段〕
　—め（用）　三〇9（道を—）

②　参考のために記すと、地の文は概ね文語体によって書かれ、挿絵中の人物の言葉や、地の文中の、人物が心中で思っていることを記した箇所は、大体口語体である。

（地の文）
・ひやうばんのむすことなりけり
・むねんの月日をおくりしが
（人物の言葉）
・もつとこつちへおよんなんし
・ア、ゐいざまだ
（心中の言葉）
・行かふとは思つたが内であんじるだろうか…たゞしかへらふか（といろ〳〵まよつて）

従って文・口同形の語は、地の文の場合は文語、言葉の場合は口語としておく。

あば・る〔ラ下二段〕あば・れる〔ラ下一段〕
—れ（用）二四4（大酒をのんで—）

4　動詞はすべて活用の行と種類を略称で示す。〔ラ四段〕〔マ上一段〕〔ハ下二段〕〔サ変〕のように。

①　四段活用は、発音上からは当時五段活用となっているが、四段と記す。

②　現代仮名遣いによる活用の行と種類を（　）に入れて、その違いを示す。

つか・ふ〔ハ四段（ワ五段）〕
はな・す〔サ四段（サ五段）〕
ほ・える〔ヤ下一段（ア下一段）〕

③　「ござります」「なんす」のように特別な活用をするものは〔サ特活〕というように記す。また（遊里語）等の説明を加えることもある。

5　動詞、形容詞の活用形の配列順と略称は次のようにした。

未然形（未）、連用形（用）、終止形（止）、連体形（体）、已然形（已）、命令形（命）。

①　終止形と連体形が同形の場合は（止、体）としてまとめることがある。

おも・ふ（思）〔ハ四段（ワ五段）〕
—ふ（止、体）一二11（つく〴〵—やう）一九28（…だと—）

②　連用形が音便形になっている場合は（用　音便）と示す。原則として、平仮名表記により、はっきり音便形と分かるものを音便形とする。

一七8　いましめをといてくれるもの
一八11　なぜこんなきにはなつた事ぞ
二四4　大酒をのんであばれ

ただし例外として　一三17　土手を行たりもどつたりする　は、「つ」表記はないが、「もどつたり」の語と考え合わせ音便形とした。なお　一六13　手を取て　の例は、この前後に仮名表記の「手をとつて」（一六6、一九8）の例があるので音便形かとも思われるが、一応「とりて」としておいた。

③　語幹と活用部分の区切りは・で示す。語幹の部分は―で示す。（用例部分の―印については六1に後述）

さま・す〔サ四段（サ五段）〕

―し（用）　一八22（目を―て）

あか・し〔形ク〕　あか・い〔形〕

―き（体）　二8（―かみ）

形容詞シク活用は、通常用いられている学校文法に合わせ、シ以下を活用語尾として、次のように示す。

あさま・し〔形シク〕

―しけれ（已）　五25（すこしもみへざるこそ―）（係結）

くる・し〔形シク〕

―しかる（体）　一二23（―まじ）

④　例は少ないが、同じ活用語尾でも、異なる表記のものがある。その場合、表記の異なるものは別に立て、歴史的仮名遣い表記を（　）に入れて注記する。

か・く【書】〔カ四段（カ五段）〕

―い（用　音便）　六あ4（だれぞに―てもらひはせぬか）

―ひ（い）（用　音便）　七う5（くにづくしを―てやる）

6　助詞は一般の文法書の分類に従い、格助詞、接続助詞、副助詞、係助詞、間投助詞、終助詞のようにその種類を示す。

①　助詞が連続している形で見出し語としたものは↑印によってそれぞれの助詞を示すのみとする。

ては　↑「て」「は」

一八23　かへし―ならじと

にも　↑「に」「も」

二〇あ5　神代―ない事

②　助詞と同じ形となる助動詞の活用形、いわゆる形容動詞の語尾等を、便宜上一つの見出しにまとめることがある。

に〔格助詞、助動詞（断定）〕（イワユル形容動詞ノ語尾ヲ含ム）

③　助詞の分類、配列は、格助詞「が」「の」は、1主格　2連体格のように分類したが、その他は形式的に、文中、文末と分けたり、体言＋〇〇　活用語＋〇〇の

ように整理した。

7　助動詞は〔助動詞（過去）〕〔助動詞（断定）〕のように、その使われ方の意味を見出し語に続けて示す。また「さふだ（さうだ）」「やうだ」は助動詞に含める。活用形の配列、順序、略称等は動詞、形容詞の表示に倣う。（口語の仮定形は（已）ではなく（仮）と表示する。）

た〔助動詞（過去、完了）〕

たら（仮）　一六え3　内をかぶつ―どうするもんだ

①　助動詞については、語幹、語尾に分けることはしない。

なり〔助動詞（断定）〕

なり（止）　二8　あかきかみをはるもの―と

なる（体）　二27　人間の大切―は是にすぐるものなし

②　便宜上、断定の助動詞「なり」の連用形「に」は、助詞「に」と連語「にて」の項にまとめてある。

③　〔助動詞（打消）〕の「ず」「ぬ」は、明確に区別しにくいところがあるので、「ず」「ぬ」それぞれで見出し語を立て、「ず」の項に連用形、終止形の「ず」をまとめ、「ぬ」の項に終止形、連体形の「ぬ」と已然形の「ね」とをまとめ、→印によって「ず」「ぬ」それぞれを参照するようにした。（「ざり」は連語「ざらん」を含めて三例あるが、「ぬ」は口語の例が多いので、「ず」にのみ「ざり」ヲモ見ヨとした。）

五　子見出しについて

一つの見出し語（親見出し）の中で、同じ言いまわし、同じ用法の例が複数ある場合や、特定の意を表すことを示す場合など、子見出し〔　〕をつけて整理した。

よ・し〔形ク〕

―き（体）　五15（一心のおさめ―ゆへ）

〔よきたましゐ〕　五12　六4　九1…

い・ふ〔ハ四段（ワ五段）〕

〔…といふ〕（具体的意味ノ薄レタ補助的用法）

―ひ（用）　二26（これを…精気と―）

―ふ（止、体）　二1（たましゐと―もの）

また接続助詞「て」の場合、〔イ音便＋て〕〔ウ音便＋て〕等々、すべて子見出しを立てて整理した。

六　用例について

1　助詞、助動詞、補助用言には、すべて用例を付した。用例文は、その用法を知り得るように、当該語の前後を引用し、当該の語は―で示した。（用例は見やすいように別行とし（ ）はつけない。）

けり〔助動詞（過去）〕

けり（止） 一〇27 ひやうばんのむすことなり―

ける（体） 四7 うとくなるあき人あり―が

2 諺、慣用句などについても、それぞれの所在番号に続けて（ ）に入れて用例を付した。

みつご（三ツ子） 六20（―のたましゐ百まで）

たま（玉） 四14（―のごとくのなんし） 六17（しやう中の―のごとく）

その他、必要に応じて用例を示した。

3 用例文は、仮名遣い、漢字等すべて底本（翻刻本文）のままとし読みやすいように送り仮名を加えたりしない。又用例文には、、。等は入れない。

七 説明文、注記号等について

1 見出し語に、その語の成り立ち、現代と異なる用法、音変化などの説明を付けたり、用例にその特殊性の説明を付ける場合は（ ）に入れて示した。

あきんど（「あきびと（商人）」ノ音変化） 四6

めりやす（歌舞伎ノ下座音楽） 一七あ4

ものぐるひ（長唄「四季の椀久」ヨリ） 一四あ2（さけにあかさぬ―）

2 掛詞、縁語

きなこもち 一二あ7（サア〱はやく―きなこもち（〱））（掛詞＝来な／きなこ餅）

ひ（火） 二21（―三ツの山に）（掛詞＝火／秘密）（縁語＝火／木火土金水）

3 重出

一つの語が種々の理由から重出して取り上げられている場合、双方の語に重出であることを（ ）に入れて示す。

き・る〔ラ四段（ラ五段）〕

―る（止） 二四17（やじりを―）（重出＝「やじりをきる」）

すし 二二い5（かへる事はいやだの―だ）（重出＝「いやだのすし」）

4 cf.について

① 複合語や連語では、その各々の構成要素からそれぞれ参照できるようにcf.の記号を用いて示す。

しばりお・く〔カ四段（カ五段）〕

―き（用） 一一28

「しば・る」「お・く」のcfに「しばりおく」を挙げる。（な

お cf.の場合は語幹と語尾の間の・は略して入れないでおく。↓の場合も同）

なきもの〔連語〕　九2

「な・し」「もの」のcf.に「なきもの」を挙げる。

② 音変化した形のものも、もとの形で参照できるようにcf.で示す。

じやあ（じやア）（「では」ノ音変化）　二四あ4

「では」「で」「は」それぞれのcf.に「じやあ」を挙げる。

③ 見出し語に関連する項目を一覧できるようにするためcf.で示す。

かう【孝】　一〇17　cf.　ふかう

ふかう【不孝】　二四6　cf.　かう

5　※印について

人物の言葉（会話）―主として、あ、い、うの番号の付いた語句は概ね話し言葉（口語体）である。地の文の中にも、人物の話し言葉をそのまま示した箇所（二二24～二三4）もある。これらの語にはすべて所在番号の上に※印を付した。（ここまでの例示では、この印は省いてある。）

現代語と通じる助動詞「だ」にはほとんど※印が付くなど、文語体の地の文との違いがはっきり分かると思うからである。ちなみに「たり」「けり」には※印の付く例はない。「なり」の二例は心学者の改まった言葉の例である。

なお、地の文中、作中人物の心の内を記した部分など、言葉として口に出していないもの（一二11　一八5など）には※印は付けず、例のあとに（心内）と注するに止めた。

また犬の言葉「…わん〱〱」（二四あ2～10）には（犬曰ク）と注して※印を付した。

太鼓の音「どん〱」や歌謡の詞などには※印は付けない。

6　その他

① 人名には(人)印を付した。

きやうでん(人)（京伝）　一8

りたらう(人)（理太郎）　六2　八2…

あやしの(人)　一四16（―といふ女郎）

② 地名には原則として(地)印は付けない。

総語彙索引

【あ】

ああ（ア、）〔感動詞〕※一五え1　※一五お1　一九14（心内）※二二う2
あいだ（間　あひだ）
cf.　このあひだ
あ・う（…ふ）〔ワ五段〕↓あふ
cf.　いであふ　ひきあふ
あかがね　二一7
あか・し〔形ク〕　あか・い〔形〕
—き（体）　二一8（—かみ）
あか・す【明】〔サ四段（サ五段）〕
—さ（未）　一四あ1（さけに—ぬものぐるひ）（長唄「四季の椀久」ヨリ）
あきびと（　人）↓あきんど
あきら・む【明】〔マ下二段〕　あきら・める〔マ下一段〕
—め（用）　三〇9（道を—）
あきんど（　人）（「あきびと（商人）」ノ音変化）　四6（うとくなる—）
あ・ぐ（上）〔ガ下二段〕　あ・げる〔ガ下一段〕
—げ（用）　一四17（女郎を—（ゲ）て）
cf.　ねぢあぐ
あくたましい（…たましひ）↓あくたましゐ
あくたましいども（…たましひ…）↓あくたましゐども
あくたましゐ（…たましひ）　一一12　一三19　一七1　一八21　一九10　二一26　二四2　二六11
cf.　あくたましゐども　たましひ　たましゐ　わるたましゐ
あくたましゐども（…たましひ…）
二二1　二六1
cf.　わるたましゐども
あくねん【悪念】　二一14　二一22
あ・げる〔ガ下一段〕↓あぐ〔ガ下二段〕
あさ【朝】　一〇12
cf.　ゆふべ
あさくさかんのん【浅草観音】（…クワンオン）↓あさくさくわんをん
あさくさくわんをん【浅草観音】（…クワンオン）　一二3
cf.　くはんおん
あさま・し〔形シク〕
—しけれ（已）　五25（すこしもみへざるこそ—）（係結）
あず・ける（あづ…）〔カ下一段〕↓あづく
あせ・る【焦】〔ラ四段（ラ五段）〕
—る（止）　一七14（きを—）
あそび　一一1（—に出る）　一一9（—に出しが）
あそ・ぶ〔バ四段（バ五段）〕
—ば（未）　二一8（なんぞ燭を秉て—ざらん）（「文選・古詩」引用）

―び（用）　一四18（―ける）
cf.　あそび　もてあそぶ
あた・る〔ラ四段（ラ五段）〕
―り（用）　二四7（ふからに―ければ）
―る（体）　四10（みごもりて―十月キめ）
あづ・く〔カ下二段〕　あづ・ける〔カ下一段〕
―け（用）　一〇9（―て）
あと　一一30（―のからだへ）
あとめ　三〇19（おやの―をつぎ）
あないち【穴一】※七え9（―やほう引）
あねご（姉子【姉御・姐御】）　一6（我国の―）（天照大神ヲサス）
あば・る〔ラ下二段〕　あば・れる〔ラ下一段〕
―れ（用）　二四4（大酒をのんで―）
あはれ　二二13（―なり）
あはれみ（「あはれむ」ノ連用形ノ名詞化）　一〇19
あはれ・む〔マ四段（マ五段）〕
―み（用）　三〇11（けんぞくを―）
cf.　あはれみ
あば・れる〔ラ下一段〕→あばる
あひだ（間）
cf.　このあひだ
あ・ふ【会・遭】〔ハ四段（ワ五段）〕
―つ（用　音便）※一三あ2（おひはぎに―た）
cf.　いであふ
あ・ふ（合）〔ハ四段（ワ五段）〕
cf.　ひきあふ
あまつさえ（…さへ）→あまつさへ
あまつさへ〔副詞〕　二四12
あまり〔副詞〕※六あ1（―ふしぎだの）　二二21（―ながく）
あやしの㊇　一四16（―といふ女郎）　二〇6　二一1
あらは・る〔ラ下二段〕
cf.　あらはれいづ
あらはれい・づ（出）〔ダ下二段〕
―で（用）　五8（―給ひ）
あらまし　一〇8（―あづけて）
あらわれい・ず（…はれ…づ）→あらはれいづ
あ・り（有）〔ラ変〕↓「ある」ヲモ見ヨ
―ら（未）　一4（もし…得ること―ば）　八8（さうをうのからだも―ば）　八25（おりも―ば）
―り（用）　四7（あき人―けるが）
―つ（用　音便）一七あ5（めりやす―てしかるべし）
―り（止）　二1（たましゐといふもの―）
―る（体）　三18（とび行くも―なり）　二八4（かたふど―ゆへ）
―れ（已）　二24（…と―ども）　二六34（手におぼへ―ば）
cf.　たれあって
あ・り〔補助用言　ラ変〕

—り（用） 一六21 とけるやうにて
—（有） しかども
—れ（命） 二24 七ッは金と五水り
やう—（重出＝「ごすいりやうあ
れ」）
ありゃ〔感動詞〕
cf. ありやありや
ありやありや（アリヤ〳〵）〔感動詞〕
（俗謡ノ囃シ詞）※一五う1（ヨイ
〳〵—）
あ・る〔ラ四段（ラ五段）〕↓「あ・り」
〔ラ変〕ヲモ見ヨ
—つ（用 音便）※二二い4（どんな
事が—ても）
—る（止）※九い9（百まんべんのば
も—）
ある〔連体詞〕 一一2（—日） 二四13
（—よ） 二六31（—よ）
cf. とある
あるいは ↓あるひは
あるひ【或日】↓「ある」「ひ」ヲ見ヨ

あるひは（あるい…） 三15（いびつに
なり—三ンかく四角になつて）
あわれ（あはれ）↓あはれ
あわれみ（あはれみ）↓あはれみ
あわれ・む（あはれ…）〔マ五段〕↓あ
はれむ
あん・じる〔ザ上一段〕（「あん・ず」
〔サ変〕ノ上一段化）
—じる（止） 一三8（内で—だろう
か）（心内）
あん・ず〔サ変〕（江戸後期ニ上一段化
スル）
—じ（用） 一七5（いかゞと—けれ
共）
cf. あんじる おあんじ（なんす）

【い】

「ゐ」ヲモ見ヨ
い・い〔形〕（「よい」ノクダケタ言イ
方）
—い（体）※八あ1（—（イ、）から
だ）※一五え1（—にほひ）

cf. よい ゑい
いいっこ（いひ…）↓いひつこ
いいぶん【言分】（いひ…）↓いひぶん
いいもてはや・す（いひ…）↓いひもて
はやす
い・う（…ふ）〔ワ五段〕↓いふ
いえ【家】（いへ）↓いへ
いえども（いへ…）〔連語〕↓「いふ」
「ども」
いかが【如何】 一七4（—とあんじけ
れ共）
いかなる〔連体詞〕 二2（—ものぞ）
いかにも〔連語〕（副詞「いかに」＋係
助詞「も」） 二六37（—きやうくん
して）
cf. いかにもして
いかにもして〔連語〕 二八2（—…か
たきをうたんと）
いかやう
cf. いかやうにも
いかやうにも〔連語〕 五2（—そまる）

いかようにも（いかやう…）↓いかやうにも
いき【粋】※一二あ5（よしはらの―な所）
い・きる〔カ上一段〕 い・く〔カ上二段〕
―きる（体） 二一5（千年万年―身ではなし）（心内）
い・く（行）〔カ四段（カ五段）〕↓「ゆく」ヲモ見ヨ
―つ（用 音便） 一三17（―たりもどつたり）（「つ」表記ハナイガ「もどつたり」ノ語ト考エ合セ、音便形トスル）
い・く【生】〔カ四段〕
cf. いける
いける〔連語〕（「い・く」ノ命令形「いけ」＋助動詞（完了）「り」ノ連体形「る」）
二26（これを―時は精気といひ）
いけん【意見】
cf. いけんする
いけん・する〔サ変〕
―する（止） 二三15（鬼王きどりにて―）
いさぎよ・し（浄）〔形ク〕
―し（止） 一7（清く―とし給はん哉）
いざな・う【誘】（…ふ）〔ワ五段〕↓いざなふ
いざな・ふ〔ハ四段（ワ五段）〕
―は（未） 一四3（―れ）
いじ（異事） 三〇28（ふたゝび―なし）
い・ず（出）（…づ）〔ダ下二段〕↓いづ
いずく（いづく）↓いづく
いだ・く〔カ四段（カ五段）〕
―か（未） 一六11（はだとはだをひつたりと―せ）
いた・す〔サ四段（サ五段）〕
―し（用） 二六22（おひはぎを―ける）
いだ・す〔サ四段〕
cf. おひいだす おもひいだす ふきいだす
いたみ【痛】 二一4（さのみ―にもならぬ）（心内）
いた・む【痛】〔マ四段（マ五段）〕
cf. いたみ
いち（一）
cf. いちど いちねん
いちじふらう（市十郎）(人)（二代目湖出市十郎ヲサス） 一七あ2（新蔵か今―がどくぎんのめりやす）（重出＝「いまいちじふらう」）
いちじゅうろう（市十郎）(人)↓いちじふらう いまいちじふらう
いちじる・し〔形ク〕（「いちじるし・い」ノ文語形。古クハ、ク活用ダッタ）
―き（体） 二六28（世に―…たうとき人）
いちど（一度） 一二21（―は見てもくるしかるまじ）（心内）

いちねん（一年）　二一3（—に三百や四百の金つかふたとて）（心内）
い・づ（出）〔ダ下二段〕
—で（用）　一一10（あそびに—しが）　二六20（人家はなれし所へ—て）　※二九あ2（おのれが心より—て）
—づる（体）　一一1（あそびに—といふ）
cf.　あらはれいづ　いであふ
いつから〔副詞〕　一九23（ぼんぶの目には—みへぬ）
いづく　二28（—よりきたるぞ）
いっこう（…カウ）〔副詞〕↓いつから
いつさんに（一ッ…）（「一散」＋「に」ノ形デ副詞的ニ用イル）　一九6（—かけきたり）
いつしん（一心）　五14（つねに—のおさめよきゆへ）　※二九あ1（大せつなるは—（一ッ心ン）なり）
いつそ〔副詞〕（「いつそう」ノ音変化）　一九14（—ゐつゞけやう）（心内）
いつづけ【居続】（ゐ…）↓ゐつづけ
いつづ・ける（ゐ…）〔カ下一段〕↓ゐつづける
いであ・う（【出】合）（…あふ）〔ワ五段〕↓いであふ
いであ・ふ（　合）〔ハ四段（ワ五段）〕
—ひ（用）　二六33（とうぞくに—）
いと【糸】　五1（白き—のごとく）
いとおし・む（いとほし…）〔マ五段〕↓いとをしむ
いどがえ（井戸【替】）（ゐどがへ）↓ゐどがへ
いとをし・む（いとほし…）〔マ四段（マ五段）〕
—み（用）　六18（—そだてける）
いぬ（犬）　二四あ1
い・ぬ【寝】〔ナ下二段〕（名詞「い（寝）」ト動詞「ぬ（寝）」トノ複合語）
—ね（用）　一〇14（夕部もおそく—て）
い・ぬ【往・去】〔ナ変〕（「いのふ」ヲ「往のふ」ト解釈スル説ノ場合。「往なむ」ノ音変化）
cf.　いのふ
いのう〔終助詞〕（終助詞「い」＋終助詞「の」カラ。「いの」ノ長音化）
↓いのふ
いのち　二八13
いのふ（いのう）〔終助詞〕（「いの」ノ長音化）（「往のふ」トスル説モアリ）
いはく（曰）　二四あ1（犬—）
※二三か1　かゝさま—
いびつ　三14（—になり）　五5（—なる）
いひつこ　※一二あ3（きまらぬ事を—なしさ）
いひぶん【言分】　二5（しゆんくわんが—をきけば）
いひもてはや・す〔サ四段（サ五段）〕

い・ふ〔ハ四段（ワ五段）〕
—し（用）　三〇16（世に—ける）
—は（未）　一八17（ものも—ず）
—ひ（用）　※七ぅ7（…と—なさった）　一九15（ゐつゞけやぅと—）
—ふ（ぅ）（用　音便）　一九19（かへらふと—て）　※二八え2（かはいと—てくれのかね）
—ふ（止）　※二二い3（やぼを—な）
〔…といふ〕（間ニ助詞ガ入ルコトアリ）（具体的ナ意味ノ薄レタ補助的用法）
—ひ（用）　二26（これを…精気と—）
—ふ（ぅ）（用　音便）　二27（心神とも—て）
—ふ（止、体）　二1（たましゐと—もの）　二2（いかなるものぞと—に）　二16（…と—はみなたとへなり）　二26（死す時は魂魄と—）　二28（たましゐと—もの）　四5（目前や理兵へと—…あき人）　四12（十月キめと—に）　四あ5（ひやぅしまくと—ところ）　一一1（あそびに出ると—事）　一二14（よしはらと—ところ）（心内）　※一三あ3（やど引と—みだ）　一四16（あやしのと—女郎）　※一七い5（しんかぅきのゆき姫と—もの）　※一八い5（井戸がへと—みだ）
—へ（已）　一1（理屈臭きを嫌ふと—ども）
cf.　いひつこ　いひもてはやす
いへ【家】　三〇13
いへども〔連語〕→「いふ」「ども」ヲ見ヨ
いま（今）　一1（—りくつ臭きをもて一趣向となし）　一〇1（—ははや）　二四9（—は）　※二四あ7（—の）（犬曰ク）　二六3　二六16（—は）　二八16（—は）　※二八え4（—はもう）
いま（今）〔接頭語〕（先代「古」ニ対スル当代）
cf.　いまいちじふらぅ
いまいちじふらぅ㊇（今　市十郎）（二代目湖出市十郎ヲサス）　一七あ2（新蔵か—がどくぎんのめりやす）（重出＝「いちじふらぅ」）
いまいちじゅうろぅ㊇（今　市十郎　…ジフラウ）→いまいちじふらぅ
いまし・む【縛】〔マ下二段〕　いまし・める〔マ下一段〕
—め（未）　一七2（—られ）
cf.　いましめ
いましめ【縛】　一七7（—をといて）　一九4（—のなは）
いまに（今）〔副詞〕　※二三お1（—思ひしらせん）
いままで（今迄）　一二12（—は…ふりむいてみるきもなかりしが）（心内）　※一五お6（—しらずにいた）　二一6（—はむやくのけんやくをし

た事ぞ）（心内）

いや【嫌】※二二い5（かへる事は―だのすしだ）（重出＝「いやだのすし」）

いや〔感動詞〕

cf. いやいや

いやいや【否々】〔感動詞〕一三5（―（イヤ〳〵）行かふとは思つたが）（心内）一九17（―はやくかへらふ）（心内）

いやだのすし（「こはだのすし」ノモジリ）※二二い5（かへる事は―だ）（重出＝「いや」「だ」「の」「すし」）

いよ（イヨ）〔感動詞〕※三あ2（―玉屋〳〵とほめ申ス）

いよいよ〔副詞〕一四10（―…きをうばゝれ）

い・る【要】〔ラ四段（ラ五段）〕

―ら（未）一二20（ぜにも―ぬ事なれば）（心内）二一6（ぜに六文より外は―ぬ）（心内）

い・る（入）〔ラ四段（ラ五段）〕

cf. たちいる ねいる わけいる

いる【居】（ゐる）〔ワ上一段（ア上一段）〕→「ゐる」ヲモ見ヨ

い（ゐ）（用）※一五お9（いま迄しらずに―た）

いる（ゐる）（体）※一五え4（下村か松本のとなりに―やうだ）

いる【居】（ゐる）〔補助用言 ワ上一段〕→「ゐる」ヲモ見ヨ

〔…ている〕

い（ゐ）（用）

八22 ぶら〳〵して―たりける

二〇5 帳合ばかりして―たりしが

い・る（入）〔ラ下二段〕 い・れる〔ラ下一段〕

―れ（用）五12（よきたましゐを―給ふ）

いろいろ 一三16（―まよつて）

いわく（曰 いは…）→いはく

【う】

う（得）〔ア下二段〕える〔ア下一段〕

ゑ（え）（用）（平仮名表記）二一26（此ときを―て）二八6（時を―て…ほんもうをとげ）

うる（体）（漢字表記、振り仮名アリ）一4（理を―ことあらば）

う〔助動詞（推量、意志）〕（「ふ」ト書ク例モ多イ）

う（止）

※二あ2 ゑかきもこまるだろ―

一三9 内であんじるだろ―か（心内）

※二二27 おあんじなんすだろ―ねへ

ふ（う）（止）（以下ノ例ハスベテ意志ヲ表ス）

一三6 行か―とは思つたが（心内）

一三14 ちよつと見て行か―か（心内）

一三15　たゞしかへら—かと…まよつて（心内）
一九18　はやくかへら—といふて（心内）
※二三か1　かゝさまいの—（「いのふ」ヲ「往なう」ト解スル場合）
うううううう（ウ、〱〱）〔感動詞〕
※一三い1（—しめたぞ〱）※一三い3（—そこだへ〱）
うえ【上】（うへ）↓うへ
うかうかと　一二25（—土手八丁へさしかゝり）
うしやあがれ〔連語〕（「うせる」ノ連用形「うせ」＋助動詞「やがる」ノ命令形「やがれ」の音変化。「うせ」ノ末尾ノ音ト融合シテ「しゃあがれ」トナル）
※二三う3（きり〱たつて—（うしやアがれ）ヱ、）
うしろ　七い2
う・す【失】〔サ下二段〕　う・せる〔サ下一段〕
cf. にげうす
う・せる〔サ下一段〕（「行く」「去る」ヲノノシッテイウ語）
cf. うしやあがれ
うた（歌）二20
うたたね　一一3（つかれて—しける）
一一6　一二2
うたて・し〔形ク〕
—けれ（已）二六24（おひはぎをいたしけるこそ—）（係結）
うち（内）九6　一三8（心内）
一八4　二四14
うちと（内外）一〇22（—をまもり）
cf. うちと　うちをかぶる
うちをかぶ・る（内　）〔連語〕（勘当サレルコト）
—つ（用　音便）※一六え1（—たら）（重出＝「を」「かぶる」）
う・つ〔タ四段（タ五段）〕
—た（未）二八2（かたきを—ん）
—ち（用）二四4（ばくちを—）
うとく【有徳】四5（—なるあき人）
うば・う（…ふ）〔ワ五段〕↓うばふ
うはかは　三4（むくのみの—）
うば・ふ〔ハ四段（ワ五段）〕
—は（未）一四12（わるたましゐにきを—れ）
うへ【上】二四3（女郎かいの—に大酒をのんで）二八14（いのちをたすけられし—）
cf. そのうへ　みのうへ
うまれつき（生付）一〇4
うる（得）〔ア下二段「う」ノ連体形〕
↓「う」ヲ見ヨ
うわかわ【上皮】（うはかは）↓うはかは

【え】

「ゑ」ヲモ見ヨ
ええ　↓ゑゑ
え・い【善・好】〔形〕↓ゑい

えかき（ヱ…）→ゑかき
えぞうし（画草紙）（ヱザウ…）→ゑざうし
えど（江戸）四1（―日本ばし）
えり【襟・衿】→ゑり
える（得）〔ア下一段〕→「う」ヲ見ヨ

【お】

お（御）〔接頭語〕
cf. おあんじ（なんす） おかかさん おかへり（なんす） おこさま おしせうさん おとつさん おにあひ（なされます）
おふみ おまへさま およん（なんし） ご
おあんじ（「あん・ず」ノ連用形ガ「お…なんす」ノ形ヲトツタモノ）
〔お…なんす〕※二二26（おとつさんおかゝさんが―なんすだろうねへ）
おあんじなん・す→「おあんじ」「なんす」ヲ見ヨ
おいいだ・す（おひ…）〔サ四段〕→おひいだす
おいだ・す（【追】出）（おひ…）〔サ五段〕→おひいだす
おいはぎ【追剥】（おひ…）→おひはぎ
おいら〔代名詞〕→「おゐら」ヲモ見ヨ
※一三い5 ※二二あ3
おお →をを
おおきに（おほ…）→おほきに
おおく（おほ…）〔副詞〕→おほく
おおざけ（大酒）（おほ…）→おほざけ
おかえり（…かへり）→おかへり
おかかさん ※七え5（おとつさんや―）※二二25（おとつさん―）
おかへり（「かへ・る」ノ連用形ガ「お…なんす」ノ形ヲトツタモノ）
〔お…なんす〕 ※一八あ1（―なんすともゐなんすともしなんしな）
おかへりなん・す →「おかへり」「なんす」ヲ見ヨ
おきどころ（ 所）
〔みのおきどころなし〕
八6（みの―なく） 二四10（みの―さへなきやうに）
お・く〔カ四段（カ五段）〕
cf. おきどころ しばりおく
お・く〔補助用言 カ四段（カ五段）〕
〔…ておく〕
―く（体） 二12わきへのけて―がよし
お・く【起】〔カ上二段〕 お・きる〔カ上一段〕
―き（用） 一〇13（あさもはやく―夕部もおそくいねて）
おく・る〔ラ四段（ラ五段）〕
―り（用） 二八5（むねんの月日を―しが）
おこさま（御子 ） ※七あ3
おこた・る〔ラ四段（ラ五段）〕
―ら（未） 三〇25（―ずまもりけり）
おこな・う（…ふ）〔ワ五段〕→おこなふ

おこなは・れる〔ラ下一段〕→「おこなふ」「る」ヲ見ヨ
おこな・ふ〔ハ四段（ワ五段）〕
—は（未）　八14（しきりに—れて）
おさな・し（をさな…）〔形ク〕
—き（体）　五1（—は白きいとのごとく）
おさま・る（をさま…）〔ラ四段（ラ五段）〕
—り（用）　一六1（とこ—…女郎きたりければ）
おさめ（をさめ）　五15（一心の—よきゆへ）
おじい（伯父）（おぢい）→おぢい
おししょうさん【御師匠　】（…シヤウ…）→おしせうさん
おしせうさん（…シヤウ…）　※七う1
おそ・し〔形ク〕　おそ・い〔形〕
—く（用）　一〇13（夕部も—いねて）
cf.　はやい
おそ・る【畏】〔ラ下二段〕　おそ・れる〔ラ下一段〕
—る（止）　※六い5（こうせい—べし）（「論語・子罕」引用）
おぢい（伯父）　一5（魯国の—）（孔子ヲサス）
おつと【夫】（をつと）　※二八あ1（—のかたき）
おとこ（男）（をとこ）→をとこ
cf.　ちややをとこ
おとつさん　※七え3（—やおかゝさん）　※二二24（—おかゝさん）
おどり（をどり）　一五5（—をおどる）
おどりくたび・る（をどり…）〔ラ下二段〕　おどりくたび・れる〔ラ下一段〕
—れ（用）　一八1（—て…すや〱ねいる）
おど・る（をど…）〔ラ四段（ラ五段）〕
—る（止）　一五6（おどりを—）
cf.　おどりくたびる
おにあい（…あひ）→おにあひ
おにあひ〔お…なされます〕　※一〇あ2（よく—なされます）
おにおうきどり（鬼王　）（…ワウ…）→おにわうきどり
おにわう(人)（鬼王）（曽我兄弟ノ郎党・鬼王ヲサス）
cf.　おにわうきどり
おにわうきどり（鬼王　）　二三12（正月やが—にて）
おのれ　※二九あ2（—が心）　※二九あ2（—がみをくるしむる）
cf.　おのれおのれ　おのれら
おのれおのれ　九9（—（おのれ〱）がふしよぞんより）
おのれら　二六2
おはしま・す〔サ四段〕（「居る」ノ尊敬語。「おはす」ヨリ敬意ガ高イ）
—し（用）　三3（たうとき神—て）
おは・す〔サ変〕（「居る」ノ尊敬語）
—し（用）　二六30（たうとき人—け

る）
おび【帯】　一六7（―をとき）
おひいだ・す（　出）〔サ四段〕
―し（用）　二二6（男子を―ければ）
―す（止）　二三あ4（われ竹にて―）
おひだ・す（【追】出）〔サ四段（サ五段）〕→おひいだす
おひはぎ【追剥】　※一三あ1　二六21
おふみ【御文】　※二〇あ3
おぼえ【覚】→おぼへ
おほきに（大　）〔副詞〕　三〇6（―よろこび）
おほく〔副詞〕（形容詞「おほし」ノ連用形カラ）　二八3（わるたましゐは―かたふどあるゆへ）
おほざけ（大酒）　二四3（―をのんで）
おほ・し〔形ク〕
cf.　おほく
おぼへ（…え）　二六34（手に―あれば）
おぼ・ゆ【覚】〔ヤ下二段〕
cf.　おぼへ

おまえさま（…まへ…）→おまへさま
おまへ
cf.　おまへさま
おまへさま　※二三い3
おもいいだ・す（思出）（おもひ…）〔サ四段〕→おもひいだす
おもいしら・す（思　）（おもひ…）〔サ下二段〕→おもひしらす
おもいし・る（思　）（おもひ…）〔ラ四段（ラ五段）〕→おもひしる
おもいだ・す（思出）（おもひ…）〔サ四段（サ五段）〕→おもひいだす
おも・う（思）（…ふ）〔ワ五段〕→おもふ
おもしろ・い〔形〕
―ひ（い）（止、体）　※一五お1（ア、―く）　※一五お2（ア、おもしろひ―）　※一五お3（―事）
おもひいだ・す（思出）〔サ四段〕
―す（体）　二〇4（―もけがらはしく）

おもひしら・す（思　）〔サ下二段〕　おもひしら・せる〔サ下一段〕
―せ（未）　※二三お1（今に―ん）
おもひし・る（思　）〔ラ四段（ラ五段）〕
―つ（用　音便）　※二八い1（―たか）
おもひだ・す（思出）〔サ四段（サ五段）〕→おもひいだす
おも・ふ（思）〔ハ四段（ワ五段）〕
―ひ（用）　一二25（…と―）　一四7（…と―しが）　二六36（ふびんの事に―たまひ）
―つ（用　音便）　一三7（…とは―たが）（心内）
―ふ（止、体）　一二11（つく〴〵―やう）　一九28（…だと―）
―へ（已）　三1（…と―ば）　八10（…と―ども）
cf.　おもひいだす　おもひしらす　おもひしる

おや【親】　五13　一〇17　二四6　二四14　二八2　※二八う1　三〇10　三〇18

おやぶん〔親分〕　一4（天竺の―）（釈迦ヲサス）

およ・ぶ〔バ四段（バ五段）〕

―ば（未）　二八4（力に―ず）

およん（「お寄り」ノ撥音便化。）

〔お…なんす〕（補助用言「なんす」ガ下接スルト上ノ動詞が撥音便形ニナルコトアリ）

※一六う2（こつちへ―なんし）

およんなんし〔連語〕→「およん」「なんす」ヲ見ヨ

おり（をり）　八24（―もあらば…とたくみける）

cf.　をりから

おりから（をり…）→をりから

おれ〔代名詞〕　※二あ1　※六い2　※一三あ1　※一七い1　一八5（心内）　二一2（心内）　※二五あ1

おわしま・す（おはし…）〔サ四段〕→おはします

おわ・す（おは…）〔サ変〕→おはす

おゐら（おいら）〔代名詞〕（「おれら」ノ音変化）→「おいら」ヲモ見ヨ

※九あ5

おんな（女）（をんな）→をんな

【か】

か〔助詞〕

1文中（イワユル並立助詞）

※一五え2　下村―松本のとなりにいるやうだ

一七あ1　新蔵―今市十郎がどくぎんのめりやす

※一七い2　ひやうごが女ぼう―しんからきのゆき姫といふもの

2文末（終助詞）

一7　清く浄しとし給はん―（哉）

※六あ6　だれぞにかいてもらひはせぬ―

一三9　内であんじるだろう―（心内）

一三14　ちよつと見て行かふ―（心内）

一三15　たゞしかへらふ―（心内）

※二三い5　てんまの見入―ぜひもねへ

※二八い3　思ひしつた―

cf.　なにか

が〔格助詞〕

1主格

〔体言＋が〕

五13　これおや理兵へ―つねに一心のおさめよきゆへ

※七う2　おしせうさん―…といひなさつた

※七え6　おとつさんやおかゝさん―大事だよ

※九あ5　おゐら―すまゐをするやうな

※一〇い2　人がら―わるひぞや
一一1　たましゐ―あそびに出る
一四あ3　さけにあかさぬものぐるひ　それ―こうじたものぐるひ（長唄「四季の椀久」ヨリ）
二一1　あやしの―手をつくしたる…文
二二20　理太郎―あまりながくゐるゆへ
※二二25　おとつさんおかゝさん―おあんじなんすだろうねへ
※二二い3　どんな事―あつても
※二四あ9　わたしがやくめ―かける（犬曰ク）
〔活用語＋が〕
二12　そんなろんはみなわきへのけておく―よし
※一〇い1　ひたいはぬかぬ―よい
〔助詞＋が〕
※九あ3　心がくとやら―はやるから

〔対象格トモイワレル用法〕
一六19　理太郎はそう身―とけるやうにて
一八4　理太郎はしきりに内の事―きにかゝり
2連体格
二5　しゆんくわん―いひぶんをきけば
※二あ1　おれ―なりにはゐかきもこまるだろう
五3　理兵へ―せがれ
五9　わるたましゐ―手をねぢ上給ひ
※六い2　おれ―子ながらこうせいおそるべし
八2　理太郎―からだへはいらん
八26　理太郎―からだのよきたましゐ
九4　理太郎―ひにくの内
九9　おのれ〳〵―ふしよぞんより

一一5　理太郎―うたゝねをさいわひ…あそびに出しが
※一三い5　おいら―み
一六7　理太郎―おびをとき
一六12　理太郎―手を取て
一六22　理太郎―からだをすみかとして
一七1　あくたましゐ―ためにいましめられ
一七3　理太郎―身のうへいかゞと
一七あ2　新蔵か今市十郎―どくぎんのめりやす
※一七い2　やぐちのひやうご―女ぼう
一八26　理太郎―からだへとびこみければ
二〇6　あやしの―ところから
二一2　おれ―しんしやうで…金つかふたとて（心内）
二二2　理太郎―ひにくへわけ入
※二二あ3　おいら―せかい

二三5　理太郎―ばんとうむかひにきて

二三11　正月や―鬼王きどりにて

※二四あ8　ほへねばわたし―やくめがかける（犬曰ク）

二六2　おのれら―わざにて今この身にしてしまひながら

※二九あ2　おのれ―心より出て

※二九あ3　おのれ―みをくるしむる

三〇20　理太郎―からだを

が〔接続助詞〕

四7　うとくなるあき人ありける―　つまみごもりて

六3　せがれを理太郎とよびそだてし―　よきたましゐ日々つきそひ

八23　ちうにぶら〳〵していたりける―　おりもあらば…とたくみける

一一10　そこらへあそびに出し―…あくたましゐはよきをりからと

一二10　かへらんとせし―　つく〴〵思ふやう…

一二17　ふりむいてみるきもなかりし―　…一度はみてもくるしかるまじ（心内）

一三7　行かふとは思つた―　内であんじるだろうか（心内）

一四7　かへらんと思ひし―　…わるたましゐにきをうばゝれ

一四18　女郎を上ゲてあそびける―…たましゐ…とんで

一八19　たちかへらんとせし―　…あくたましゐ目をさまして

二〇5　帳合ばかりしていたりし―

※二三2　けへし申したくねへ―どうしたもんだのう

※二三い4　御りやうけんのないおまへさまではなかりし―　…ぜひもねへ

※二四あ4　山しなのかくれがじやアねへ―　むかしのだんな今のどろ（犬曰ク）

二六30　たうとき人おはしける―あるよ…

二八5　むねんの月日をおくりし―

かいちょう【開帳】（…チヤウ）

cf.　ごかいてう

かう【孝】　一〇17（おやに―をつくし）

三〇10（おやに―をつくし）

cf.　ふかう

か・う【買】（…ふ）〔ワ五段〕→かふ

cf.　ぢよらうかい

かう〔副詞〕（「かく（斯）」ノ音変化）

※九い1（―ならんだ所は）

かうしやく【講釈】　二六31

かえ・す（かへ…）〔サ五段〕→かへす

cf.　けへす

かえりがけ（かへり…）→かへりがけ

かえ・る【帰・返】（かへ…）〔ラ五段〕

→かへる

かかさま　※二三か1（―いのふ）

かかさん
　cf.　おかかさん
かがみ　二6（女のたましゐは―）
　二15（つるぎと―）
かか・る〔ラ四段（ラ五段）〕
―り（用）一八5（きに―）
　cf.　さしかかる
かぎ・る〔ラ四段（ラ五段）〕
―る（体）※二あ4（日本に―天て
　いだ）
か・く【書】〔カ四段（カ五段）〕
―い（用　音便）※六あ4（だれぞに
　―てもらひはせぬか）
―ひ（い）（用　音便）※七う5（く
　にづくしを―てやる）
　cf.　ゑかき
か・く【掛】〔カ下二段〕　か・ける〔カ
　下一段〕
―け（用）一〇19（あはれみを―）
かく（角）
　cf.　さんかく　しかく

がく（学）
　cf.　しんがく
かくご【覚悟】※二一あ1（―ひろげ）
かくて〔接続詞〕一六1（―とこおさ
　まり　ほどなく…）
かくれが【隠家】※二四あ3（山しなの
　―）（犬曰ク）
かけ〔接尾語〕
　cf.　かへりがけ
かけきた・る〔ラ四段〕
―り（用）一九7（一ッさんに―）
か・ける【欠】〔カ下一段〕
―ける（止）※二四あ9（やくめが
　―）（犬曰ク）
か・ける【駆】〔カ下一段〕　か・く〔カ
　下二段〕
　cf.　かけきたる
かぜ（風）三13（―にふかれて）
かた【型】
　cf.　かたのごとく
かたき　二八2（おやの―）※二八あ
1（おつとの―）※二八う2（お
　やの―）
かたのごとく〔連語〕一〇10（―りちぎ
　ものゆへ）
かたうど【方人】→かたふど
かたふど（…うど）（「かたひと（方人）」
　ノ音変化）二八4（おほく―あるゆ
　へ）
かたらいきた・る（かたらひ…）〔ラ四
　段〕→かたらひきたる
かたらひきた・る〔ラ四段〕
―り（用）一一21（なかまを―）
かたら・ふ【語】〔ハ四段（ワ五段）〕
　cf.　かたらひきたる
かたり【騙】二四5（―をし）
かって【勝手】
　cf.　てまへがつて
がってん【合点】
　cf.　がつてんだ　がてんす
がつてんだ〔連語〕※一六い1（―〳〵）
※一六い2（がつてんだ―）

211　第三部　『善玉悪玉心学早染草』総語彙索引　〔か〕

がてん・す〔サ変〕
―せ〔未〕　※二九あ8　（とくと―ねば
ならぬ）

かとうど〔方人〕　（かたう…）→かたふ
ど

かな〔終助詞〕
cf.〔終助詞〕

かな　むべなるかな

かない〔家内〕　四18　（―祝詞をのべて

かな・し〔形シク〕かなし・い〔形〕
―し〔止〕　※二三え2　（かなしや―や
※二三え1　（―やく〕

かね〔金〕　二23　（七ッは―と五水りや
うあれ）（縁語＝金／木火土金水〕
（重出＝和歌「きくからに…」「なな
つはかねと」〕

かね〔金子〕　二一3　（三百や四百
の―つかふたとて）（心内）　※二八
え3　（ものまへの―）

かね〔鐘〕　※二八え3　（かはいといふ
てくれの―〕（掛詞＝鐘／金子〕

かねて〔副詞〕　二六34　（―手におぼへ

あれば）

かの〔連体詞〕　五5　（―いびつなるわ
るたましゐ）　八1　（―わるたまし
ゐ）　一1　3　（―たましゐ）　一六4
（―わるたましゐども）　一九3　（―
よきたましゐ）　二〇6　（―あやし
のがところから）　三〇17　（―よき
たましゐ）

かは〔皮〕
cf. うはかは

かはい〔形容詞「かはいい」ノ語幹、又
ハ「かはいい」ノ省略形トモ〕
※二八え2　（―といふてくれのかね）

かは・る〔ラ四段（ラ五段）〕
―り〔用〕　一八28　（心―〕
cf. ことかはる

か・ふ〔買〕〔八四段（ワ五段）〕
―ひ〔用〕　※八あ3　（かぶを―たひ
ものだ）
cf. ぢよらうかい

かぶ〔株〕　※八あ3　（―をかひたひも

のだ）

かぶ・る〔ラ四段（ラ五段）〕
―つ〔用　音便〕　※一六え2　（内を―
たらどうするもんだ）（重出＝「う
ちをかぶる」〕

かへ・す〔サ四段（サ五段）〕
―し〔用〕　一八23　（―てはならじ
―す〔止〕　一九11　（―まじと引とめ
る）

かへりがけ　二六32　（かうしやくより
―〕
cf. けへす　よびかへす

かへ・る〔ラ四段（ラ五段）〕
―ら〔未〕　一二9　（―んとせしが
一三15　（たゞし―ふかと…まよつ
て）（心内）
―て〔心内〕　一四6　（すけんぶつに
いふて〕（心内〕
一九18　（はやく―ふと
―り〔用〕　一九20　（らうかを行つ―つ
しあんまちく〈なり）　二六42　（し
ゆく所へ―たまふ〕

―る（体） 一四23（―事をわすれ）※二二い4（―事はいやだ）
cf. おかへり（なんす） かへりがけ たちかへる つれかへる
かへ・る【返】〔ラ四段（ラ五段）〕
―り（用） 二八6（ほんしんに―し時）
か・へる【替】〔ハ下一段（ア下一段）〕
cf. ゐどがへ
かま・う（…ふ）〔ワ五段〕↓かまふ
かま・ふ〔ハ四段（ワ五段）〕
―は（未） ※四あ1（こゝ―ずとはやく行け）
かみ【紙】 二8（あかき―）
かみ（神） 三2（たうとき―）
cf. かみよ
かみ（神）（大尽ノトリマキ連中ヲイウ遊里語）
cf. かみがる
かみが・る（神 ）〔ラ四段〕〔「がる」ハ接尾語〕

―つ（用 音便） 二二22（女郎も…―てことばをにごす）
かみよ（神代） ※二〇あ5（―にもない事）
から〔格助詞〕
一八1 よい―おどりくたびれて
二〇7 あやしのがところ―…ふみきたりしを
※二〇あ2 しよくわい―おふみのまいると申事は
cf. これから からに
から〔接続助詞〕
※九あ4 心がくとやらがはやる―…こまる
一三12 こゝまできた―ちよつと見て行かふか（心内）
がら〔接尾語〕
cf. ひとがら
からだ 八2 八8 八27 ※八あ2 一一31 一六23 一八26 二二11 三〇21

からに〔連語〕（「から」＋格助詞「に」）
二21（木九―火三ツの山に土一ツ）（重出＝和歌「きくからに…」「きくからに」）
が・る〔ラ四段〕〔接尾語〕
cf. かみがる
かわ【皮】（かは）
cf. うはかは
かわい【可愛】（かは…）↓かはい
かわ・る（かは…）〔ラ五段〕↓かはる
かんどう【勘当】（…ダウ） 二四8（ついに―のみとなり） 三〇4（―のわび）
かんねん・する【観念】（クワン…）〔サ変〕↓くわんねんする
かんのん【観音】（クワンオン）↓くはんおん
cf. あさくさくわんをん

【き】

き（木） 二21（―九からに火三ツの山

—へ（え）（用）二六29（道理先生と

きざ・す〔サ四段（サ五段）〕
—し（用）二一19（あくねんしきり
にーける）二二23（あくねんーけ
れば）

きた・る（来）〔ラ四段（ラ五段）〕（「来
至る（いた）ノ音変化
—り（用）一四4（よしはらへー）
一六3（女郎ーければ）二〇10
（ふみーしを）
—る（止）三一1（いづくよりーぞ）
はいりきたる
cf. かけきたる　かたらひきたる

きち【吉】
cf. だいごくじやうじやうきち

きどり【気取】
cf. おにわうきどり

きなこもち　※一二あ7（サアくはや
くーきなこもち（く））（掛詞＝
来な／きなこ餅）（重出＝「くる」
「な」）　※一二あ7（きなこもちー
（く））

きはま・る〔ラ四段（ラ五段）〕
—り（用）二六（かがみにーたり）

きび（「きみ（気味）」ノ音変化）
cf. よひきび

きま・る〔ラ四段（ラ五段）〕
—ら（未）※一二あ2（そんなーぬ事
をいひつこなし）
—り（用）一九2（るつづけとーし
所へ）

き・める〔マ下一段〕　き・む〔マ下二
段〕（叱る、とがめるノ意）
—め（未）※二九い5（さくしやをも
ーねばならぬ）

ぎやうぎ　六10（ーよく）

きやうくん・す〔ケウクン…〕〔サ変〕
—し（用）二六37（ーて…みちびか
ん）三〇2（ーてのち）

きやうでん（ハ）（京伝）一8（ー述）

きやくじん（ー人）一九27（心内）

きよう【器用】　六12（ーにて）
cf. ごきよう

きよう【今日】（けふ）→けふ

ぎやうぎ【行儀】（ギヤウ…）→ぎやう

ぎやうくん・す（ケウ…）→き
やうくんす

きようでん（ハ）（京伝）（キヤウ…）→き
やうでん

きよ・し（清）〔形ク〕
—く（用）一7（ー浄し）

きら・う（嫌）（…ふ）〔ワ五段〕
ふ

きら・う（嫌）〔ハ四段（ワ五段）〕
—ふ（止）一1（理屈臭きをーとい
へども）

きりきり【副詞】※二三う1（ーたつて
うしやアがれェ、）

きりころ・す〔サ四段（サ五段）〕

き・る〔ラ四段（ラ五段）〕
—し（用）二二28（…を—）

—る（止）二四17（やじりを—）（重出＝「やじりをきる」）
　cf.　きりころす　ひききる
きわま・る（きは…）〔ラ五段〕↓きはまる
きん（金）↓かね
きんべん【近辺】一〇24

【く】

く（九）（「聞く」ノ語尾「く」ノ当テ字）二21（木—からに）（縁語＝九／三一七五）（重出＝和歌「きくからに…」「きくからに」）
くさ・し〔接尾語〕
　cf.　りくつくさし
くだ【管】三5（竹の—）
くたび・る〔ラ下二段〕　くたび・れる〔ラ下一段〕
—れ（用）一一5（すこし—て）
　cf.　おどりくたびる
ぐつと　一六15（—さしこむ）
くに【国】※二あ5（ほかの—）
　cf.　くにづくし　わがくに　ろこく
くにづくし【国尽】※七う4（—をかひてやる）
くば・る〔ラ四段（ラ五段）〕
—り（用）一〇16（心を—）
くはんおん【観音】（クワン…）一二7
　cf.　あさくさくわんをん
く・ゆ【悔】〔ヤ上二段〕　く・いる〔ヤ上一段（ア上一段）〕
—ひ（い）（用）二八16（せんぴを—）
くる〔カ変〕　く〔カ変〕
き（用）※一二あ7（はやく—なこもち）（掛詞＝来な／きなこ餅）（重出＝「きなこもち」）一三12（こゝまで—たから）（心内）一八8（なぜ—た事ぞ）（心内）二三8（むかひに—て）
くる・し〔形シク〕
—しかる（体）一二23（—まじ）（心内）
くるし・む〔マ下二段〕　くるし・める〔マ下一段〕
—むる（体）※二九あ3（おのれがみを—）（終止ニ用イタ例）
くる・ふ【狂】〔ハ四段（ワ五段）〕
　cf.　ものぐるひ
くるま　※一三い7（人間の—をひくやうだ）
くれ【暮】※二八え2（かはいといふて—のかね）（掛詞＝暮／呉れ）
く・れる〔補助用言　ラ下一段〕　く・る〔ラ下二段〕
〔…てくれる〕
—れる（体）一七9（いましめをといて—もの）
—れ（命）※二八え2（かはいといふて—のかね）（掛詞＝呉れ／暮）（下一段ダガ命令形ハ「くれ」ノ形ガ一般的）
くわうじんさま【荒神様】※二五あ4

くわんねん・する〔サ変〕
—しろ（命）※二八う3（おやのかた
き—）
くわんをん【観音】（…オン）
cf. あさくさくわんをん　くはんお
ん
くんし【君子】
cf. だいくんし

【け】

けえ・す（「かえす」ノ音変化）↓けへ
す
けがらは・し〔形シク〕　けがらはし・
い〔形〕
—しく（用）二〇4（思ひ出すも—）
—し（止）※二八え4（—や〳〵）
※二八え6（けがらはしや—や）
けがらわ・し（けがらは…）↓けがら
はし
け・し【怪】〔形シク〕
cf. けしからぬ

けしからぬ〔連語〕（「けし」ノ未然形ニ
助動詞（打消）「ぬ」ガ付イタモノ）
一九25（—みぶりをするきやく人
だ）（心内）
けしき
cf. ゆふげしき
けち
cf. けちをつける
けちをつ・ける〔連語〕
—け（未）八4（てんていに—られ
て）（重出＝「を」「つける」）
けふ【今日】※二あ3　一二3
けへ・す〔サ四段〕（「かへ《え》す（帰）」ノ
音変化、俗語的表現。発音ハ「けー
す」）
—し（用）※二三1（わっちやア…—
申たくねへが）
けらい【家来】一〇18
けり〔助動詞（過去）〕
けり（止）
一〇27　ひやうばんのむすことなり
—

一四28　しやうきはなかり—
三〇26　おこたらずまもり—
ける（体）
四7　うとくなるあき人あり—が
四22　祝詞をのべてさゞめき—
（終止ニ用イタ例）
六19　いとをしみそだて—にぞ
六25　そだてけるにぞ…すへたの
もしくみへ—（係結）
八23　ちうにぶら〳〵していたり
—が
九8　…をすみかにせんとたくみ
—（終止ニ用イタ例）
一〇4　げんぶくをさせ—に…よい
男となり
一一3　つかれてうたゝねし—（終
止ニ用イタ例）
一一33　あとのからだへはいり—
（〃　〃）
一二28　土手八丁へさしかゝり—

【こ】

こう〔副詞〕↓かう
こうしゃく【講釈】（カウ…）↓かうしやく
こう・じる〔ザ上一段〕（「かう・ず（高）」〔サ変〕ノ上一段化）
—じ（用）一四あ3（さけにあかさぬものぐるひ　それが—たものぐるひ）（長唄「四季の椀久」ヨリ）
こうじんさま【荒神様】（クワウ…）↓くわうじんさま
こうせい【後生】※六い4（おれが子ながら—おそるべしだ）（「論語・子罕」引用）
ごかいちょう（御【開帳】）（…チャウ）↓ごかいてう
ごかいてう（御　…チャウ）　一二い1（—の玉などは）
ごきよう（御【器用】）※七あ2（—な御子さま
ここ〔代名詞〕※四あ1　一三11（—まで）（心内）　一八7（心内）
※二九あ5
ここち（心　）　一八15（ゆめのさめたる—して）
ここちよ・し〔形ク〕
—き（体）二八11（みな〱にげうせけるぞ—）（係結）
ここに〔接続詞〕（話題ヲ転換スル時ニ用イル）
四1（—江戸日本ばしのほとりに…）　二六26（しかるに又—）
二八1（—又よきたましゐの…）
こころ（心）　八16　一〇15　一八28
二〇3　二一2　※二九あ2　※二九あ4
cf.　いつしん　ぜんしん　ほんしん
こころざ・す〔サ四段（サ五段）〕
—し（用）　一二6（さんけいせんと—）
ござりま・す〔補助用言　サ特活〕〔…でござります〕
—す（止）※七あ4　御きような御子さまで—
※二〇あ6　神代にもない事で—
ござ・る〔補助用言　ラ四段〕
—る（止）※七い7　ちつとそうも—めへ
こし（古詩）二一9（—をもつて手まへがつてなるたとへに）
こじつけ　二25（是は—なり）
こじん（古人）二三10（まへの—正月や）
ごすい（五水）二23（七ッは金と—りやうあれ（重出＝「ごすいりやう」）
ごすいりやう（五水　）【御推量】二23（七ッは金と—あれ）（掛詞＝五水／御推量）（縁語＝五／九三一七）（重出＝和歌「きくからに…」「ごすい」「ごすいりやうあれ」）
ごすいりやうあれ（五水　）二23（七ッは金と—）（重出＝和歌「きくからに…」「ごすい」「ごすいりやう」「あり」）

ごすいりょう【御推量】（…リヤウ）↓

　ごすいりやう

こそ〔係助詞〕

　五24　ぼんぶの目には…みへざる—あさましけれ（係結）

　二二12　すみなれしからだをたちのく—あはれなり

　二六23　おひはぎをいたしける—うたてけれ（係結）

こつち　※一六う1（もつと—へおよんなんし）

こと（事）　一4（その理を得る—）

　一一1（あそびに出るといふ—）

　一一5（まもりゐる—ゆへ）

　一二20（ぜにもいらぬ—なれば）（心内）　※一二あ2（きまらぬ—を）

　一四23（かへる—をわすれ）　※一五お5（おもしろひ—）

　一八4（内の—がきにかゝり）

　一八8（なぜきた—ぞ）（心内）

　一八12（なぜこんなきにはなつた—ぞ）（心内）

　二〇3（女郎かいの—）　※二〇あ4（おふみのまいると申—）　※二〇あ6（神代にもない—）

　二一4（いたみにもならぬ—）（心内）

　二一7（…をした—ぞ）（心内）　※二二い3（どんな—が）　※二二い5（かへる—は）

　二六36（ふびんの—におもひたまひ）

　cf.　ことかはる

ことかは・る〔ラ四段（ラ五段）〕

　—り（用）　六14（ほか〱の子どもとは—ければ）

ことかわ・る（…かは…）〔ラ五段〕↓

　ことかはる

ことごと（異事）↓いじ

ことごとく〔副詞〕　三9（—丸く）

　三〇1（—きやうくんして）

ごとし〔助動詞（比況）〕

〔…のごとし〕

ごとく（用）

　四14　玉の—のなんしをまふければ

　五1　白きいとの—いかやうにもそまる

　六17　しやう中の玉の—いとをしみ

　二〇1　もとの—よきたましゐ又はいりける

ごとし（止）

　三7　子どものもてあそぶシヤボンの—

　cf.　かたのごとく

ことば　二二23（—をにごす）

こども（子　）　三6　六13

この（此）〔連体詞〕　一二い1（—御かいてうの玉）　一六17（—とき）　一七あ1（—所）　一八20（—さはぎ）　二〇24（—文の中）　二一25（—ときをゐて）　二六3（—身）　二六32（—所にて）　※二九い1（—ついでに）　※二九い2（—ほん

のさくしや）
cf.　このあひだ　このごろ　このたび
このあいだ（此間　…あひだ）↓このあひだ
このあひだ（　間）　二〇2（—の女郎かいの事）
このごろ（此　）　※九あ1
このたび　一六28
こま・る〔ラ四段（ラ五段）〕
—る（止）　※二あ2（ゐかきも—だろう）　※九あ12（…には—）
こ・む（込）〔マ四段（マ五段）〕
cf.　さしこむ　とびこむ　のみこみ
ごりやうけん（御　…レウ…）
※二三い2（—のないおまへさまでは）
ごりょうけん（御【料簡・了簡】）（…レウ…）↓ごりやうけん
これ（是）　二25（—はこじつけなり）
二26（—を…といひ）二27（—にすぐるもの）　二二14（—より）　三〇8（—より）　三〇26（—より）
cf.　これから　これきり　これは
これ（漢文訓読体カラ）　五13（—おや理兵へが…おさめよきゆへ）　一二29（—わるたましゐ…わけいりしゆへなり）　一三19（—あくたましゐのしよいなり）　三〇14（—みな…の仁徳なり）
これ（コレ）〔感動詞〕　※一八い7（—へをひらつしやるな）
これから（代名詞「これ」＋格助詞「から」ヨリ）　※七う3（おしせうさんが—…をかひてやるといひなさつた）　※二二あ2（—おいらがせかいだ）
これぎり（芝居デノ頭取ノ口上ハ「これぎり」トイッタノデ「ぎ」トスル）
※一六あ4（マヅこんばんは—）
これさ（コレサ）〔感動詞〕　※一二あ1（—そんなきまらぬ事をいひつこなしさ）　※二二い1（—そんなやぼをいふな）
これは（コレは）〔連語〕（驚イタリ感動シタリスル時ニ用イル）　※六い1（—見事だ）
ころ【頃】
cf.　このごろ　ひごろ
ころ・す〔サ四段（サ五段）〕
cf.　きりころす
こんたん【魂胆】　二〇8（—のふみ）　二一1（手をつくしたる—の文）
こんな　※一五お3（—おもしろひ事を）　一八9（なぜ—きにはなつた事ぞ）（心内）
こんぱく（魂魄）　二26（死す時は—といふ）
こんばん【今晩】　※一六あ2（マヅ—はこれぎり）

【さ】

さ〔終助詞〕

※一二あ3　そんなきまらぬ事をいひつこなし―
cf.　これさ

さあさあ（サア〳〵）〔感動詞〕※一二あ6（―はやく）

さい（才【歳】）
cf.　じふろくさい

さいわい（…はひ）→さいわひ

さいわひ（…はひ）　一一7（うたゝねを―…あそびに出しが）

さうし（草紙）
cf.　ゐざうし

さうをう【相応】（…オウ）　八7（―のからだ）

さえ（さへ）〔副助詞〕→さへ

さか・ゆ〔ヤ下二段〕　さか・える〔ア下一段〕
―へ（え）（用）　三〇13（いへとみ―ける）

さくしや【作者】　※二九い3（このほんの―）

さけ　一四あ1（―にあかさぬものぐるひ）（長唄「四季の椀久」ヨリ）
cf.　おほざけ

さざめ・く〔カ四段（カ五段）〕
―き（用）　四21（―ける）

さし〔接頭語〕
cf.　さしかかる

さしかか・る〔ラ四段（ラ五段）〕
―り（用）　一二27（土手八丁へ―ける）

さしこ・む〔マ四段（マ五段）〕
―む（止）　一六16（ぐつと―）

さして〔副詞〕（アトニ打消ノ語ヲ伴ウ）
一二19（―ぜにもいらぬ事なれば）（心内）

さ・す【挿】〔サ四段（サ五段）〕
cf.　さしこむ

さ・す【指】〔サ四段（サ五段）〕
cf.　ゆびさし

さ・す〔サ下二段〕　さ・せる〔サ下一段〕（サ変「す」ノ未然形「せ」ニ助動詞（使役）「さす」ノ付イタ「せさす」ノ音変化カラ）
―せ（用）　一〇4（げんぶくを―けるに）　一〇9（あづけて―ければ）

さずか・る（さづ…）〔ラ四段（ラ五段）〕
→さづかる

さず・ける（授）（さづ…）〔カ下一段〕
→さづく

さたなし【沙汰無】（中世末カラ近世ニカケテ体言化）（内緒、秘密ノ意）
※二あ6（ほかのくにへは―〳〵）
※二あ6（さたなし―）

さつ（冊）〔接尾語〕
cf.　さんさつ

さづか・る〔ラ四段（ラ五段）〕
―る（体）　三1（天より―なり）

さづ・く（授）〔カ下二段〕　さづ・ける〔カ下一段〕
―く（止）　一3（幼童に―）

さつそく〔副詞〕　一八25　二六35　三〇7

さて〔接続詞〕　一〇6
さのみ〔副詞〕（副詞「さ」＋副助詞「のみ」カラ）　二一4（金つかふたとて―いたみにもならぬ）（心内）
さはぎ【騒】（さわ…）　一八20（此―に…目をさまして）
さふだ（さう…）〔助動詞（伝聞）〕
さふ（う）な（止）（終止ニ両形アリ）
※二九い10　だいぶふらちじや―
さへ〔副助詞〕
二四11　みのおきどころ―なきやうになり
さま【様】〔接尾語〕
cf.　おこさま　おまへさま　かかさま　くわうじんさま　さん
ざま（「さま」ノ音変化）　※二一う4（ア、ゐい―だ）
さま・す〔サ四段（サ五段）〕
―し（用）　一八22（目を―て）
さ・む〔マ下二段〕　さ・める〔マ下一段〕
―め（用）　一二2（うたゝね―て）
一八14（ゆめの―たる心ち）
さやう　※二三い1（―に御りやうけんのないおまへさまでは…）
さよう【然様・左様】（…ヤウ）↓さやう
さらに〔副詞〕（アトニ打消ノ語ヲ伴ッテ　一向に、全くノ意）
一四25（―しやうきはなかりけり）
ざらん　↑「ざり」「ん」
ざらん（体）
二一9　なんぞ燭を秉てあそば―と（「文選・古詩」引用）
ざり〔助動詞（打消）〕↓「ず」「ぬ」ヲモ見ヨ
ざる（体）
五23　ぼんぶの目にはすこしもみへ―こそあさましけれ
ざれ（已）
八17　人みなわるき心をもた―ば
cf.　ざらん
さ・る（去）〔ラ四段（ラ五段）〕
―る（止）　一6（袖にして―べし）
されども〔接続詞〕　五19
さわぎ【騒】↓さはぎ
さん（三）
cf.　さんかく　さんさつ　さんにん　さんびやく
さん〔接尾語〕
cf.　おかかさん　おしせうさん　おとつさん　さま
さんかく（三ン　）　三15（―四角になつて）
さんけい・す【参詣】〔サ変〕
―せ（未）　一二5（あさくさくわんをんへ―ん）
さんさつ（三冊）　一2
さんにん（三人）　二一7
ざんねん　※一一い2（ヱ、―な）
※一五お10（しらずにいた　―）
さんびやく（三百）　二一3（―や四百の金）（心内）

【し】

し（四）
　cf.　しかく　しごにち　しひやく
し（詩）
　cf.　こし
し（助動詞（過去）「き」ノ連体形）→「き」ヲ見ヨ
じ〔助動詞（打消ノ意志）〕
　じ（止）
　一八24　かへしてはなら—と
　二〇い2　文をみせ—ときをもむ
しあん【思案】　一九20（—まち〱なり）
しうさい【秀才】　二六27（はくしき—）
しうし（祝詞）（「シウジ」トモ）　四19（—をのべて）（振り仮名アリ）
しか（助動詞（過去）「き」ノ已然形）→「き」ヲ見ヨ
しかく（四角）　三16（三ンかく—になつて）
しかし〔接続詞〕　一三10（—とてもこゝまできたから…見て行かふか）（心内）
しからば（然）〔接続詞〕　一6（—我国の姉子なんども）
しか・り【然】〔ラ変〕
　cf.　しかるべし
しかるに〔接続詞〕　二六26（—又こゝに…）
しかるべし〔連語〕（「しかり」ノ連体形＋「べし」ノ終止形）
　一七あ6　此所…どくぎんのめりやす有つて—
しきり　八13（たうとき道—におこなはれて）　一八4（—に内の事がきにかゝり）　二一16（あくねん—にきざしける）
しごにち（四五日）　二二17（—づゝゐつゞけする）
ししょう【師匠】（…シヤウ）
　cf.　おしせうさん
し・す（死）〔サ変〕
　—す（止）　二26（—時は魂魄といふ）（連体形ノトコロダガ終止形ノ形ヲトル。サ変動詞ノ連体形ガ、四段活用ノヨウナ形デ用イラレタ例）
　cf.　しぬ
した（下）　一六15
したが・う（…ふ）〔ワ五段〕→したがふ
したが・ふ〔ハ四段（ワ五段）〕
　—ひ（用）　六8（せいちやうに—）
し・ぬ（死）〔ナ変、ナ四段（ナ五段）〕
　—ね（仮）　二一5（—ばぜに六文より外はいらぬ）（心内）
　cf.　しす
しばい【芝居】（…ゐ）→しばゐ
しばりお・く〔カ四段（カ五段）〕
　—き（用）　一一28（よきたましゐを—）
しば・る〔ラ四段（ラ五段）〕
　cf.　しばりおく

しばゐ　二7

しひやく（四百）　二一3（三百や—の金）（心内）

じふ（十）

　cf.　じふはち　じふろくさい

じふはち（十八）　一一2（理太郎—のとし）

じふろくさい（十六才）　一〇2（—になりければ）

しま・う（…ふ）〔ワ五段〕↓しまふ

しま・ふ〔補助用言　ハ四段（ワ五段）〕〔…てしまふ〕—ひ（用）　二六4　この身にして—ながら

しめた〔連語〕（動詞「しめる（占）」ノ連用形「しめ」＋助動詞「た」。感動詞的に用いる）

※一三い2（—ぞ〱）※一三い2（しめたぞ—ぞ）

し・める【占】〔マ下一段〕　し・む〔マ下二段〕

　cf.　しめた

しもむら（下村）（化粧品店、下村山城）

※一五え2（い丶にほひだ　—か松本のとなりにいるやうだ）

じや（ぢや）〔助動詞（断定）〕

　じや（ぢや）（止）

※二九あ4　すなはちたましゐ—

※二九い9　ふらち—さふな

じやあ（じやア）（「では」ノ音変化）

※二四あ4　山しなのかくれが—ねへが（犬曰ク）

しやうき【正気】　一四26（さらに—はなかりけり）

しやうぐわつや㊇（正月　）（歌舞伎役者・坂田半五郎ノ屋号）　二三11（まへの古人—が鬼王きどりにて）

しやうちゆう（【掌】中）　六16（—の玉のごとく）

しやうぶ【勝負】（ショウ…）　※二八あ2（おつとのかたき—〱）　※二八あ2（しやうぶ—）

じやうるり　二4（ひめ小松の—）

しやぼん（シヤボン）　三7（—のごとし）

しやる〔助動詞（尊敬）〕（近世語。助動詞（尊敬）「せ」＋助動詞（尊敬）「らる」ノ「せらる」ノ音変化）

しやる（止）

※一八い10　コレへをひらつ—な（上接語トノ間ニ促音ガ加ワッタ例）

じゆ【儒】　八11（—ぶつしんのたうとき道）　二八14（—ぶつしんのたうとき道）

じゅう（十）（ジフ）↓じふ

しゅうさい【秀才】（シウ…）↓しうさい

しゅうし（祝詞）（シウ…）↓しうし

じゅうはち（十八）（ジフ…）↓じふはち

じゅうろくさい（十六才）（ジフ…）↓じふろくさい

とき道）

じん（人）
cf. きやくじん

じんか（人家） 二六18（―はなれし所）

しんかうき（浄瑠璃「祇園祭礼信仰記」ヲサス） ※一七い3（―のゆき姫）

しんがく（心【学】） ※九あ2（―とやらがはやる）

しんこうき【信仰記】（シンカウ…）↓しんかうき

しんざう㊇（新蔵）（富士田新蔵ヲサス） 一七あ1（―か今市十郎）

しんしやう【身上】 二一3（おれが―で…金つかふたとて）（心内）

しんしょう【身上】（…シヤウ）↓しんしやう

しんしん（心神） 二27

しんぞう㊇（新蔵）（…ザウ）↓しんざう

じんとく（仁徳） 二六27（―の世にいちじるき） 三〇15（どうり先生の―なり）

【す】

す【素】〔接頭語〕
cf. すけんぶつ

す〔サ変〕 する〔サ変〕

せ（未） ※六あ6（だれぞにかいてもらひは―ぬか） 九7（すみかに―んと）

〔…んとせし〕（助動詞（過去）「き」ノ連体形「し」ガサ変ニ後接スルトキハ未然形ニ付ク） 八3（はいらんと―しを） 一二10（かへらんと―しが） 一八19（たちかへらんと―しが）

し（未） ※七え11（あないちやほう引は―ねへもんだねへ）

し（用） 一5（懐に―して）（重出＝「ふところにして」） 一6（袖に―て）（重出＝「そでにして」） 一7（…と―給はん） 九2（なきものに―て） 一〇16（けんやくをもとゝ―て） 一一3（うたゝね―ける） 一六24（すみかと―て） 一八15（ゆめのさめたる心ち―て） ※一八あ3（ゐなんすとも―なんしな） 二〇5（帳合ばかり―て） 二一7（むやくのけんやくを―た）（心内） 二四5（かたりを―） 二六3（この身に―てしまひながら） 二六5（みな〳〵ゆびさし―て） 三〇4（わびを―給ひければ） 三〇22（…をすまゐと―て）

する（止、体） ※九あ7（すまゐを―やうなふらちもの） 一三18（行たりもどつたり―） 一九26（けしからぬみぶりを―きやく人）（心内） 二二19（ゐつゞけ―）

〔…んとする〕 五7（わけ入らんと―ところを） 一九10（つれかへらんと―）

せい（命）（口語命令形ハ「しろ」ガ

普通ダガ「せよ」「せい」モアル）

※一五あ2（そつこで―）（重出＝「そつこでせい」）

cf. いかにもして　いけんする　がてんす　きやうくんす　くわんねんする　さんけいす　しす　しゆつさんす　しゆつしやうす　ぞうちやうす　どうした　どうして　どうするもんだ　どうだうす　ぶらぶらす

す〔助動詞（使役）〕

せ（用）

一六11　わるたましゐども…はだとはだをひつたりといだか―

ず〔助動詞（打消）〕→「ざり」「ぬ」ヲモ見ヨ

ず（用、止）

※四あ1　こゝかまは―とはやく行け

一〇21　そろばんをつねニはなさ―内外をまもりければ

一八17　もののいは―たちかへらんと

二八4　力におよば―むねんの月日を

三〇25　おこたら―まもりけり

cf. しらず

ずいぶん〔副詞〕　一〇14（―ばんじに心をくばり）

すいりょう【推量】

cf. ごすいりやう

すえたのも・し（すゑ…）→すへたのもし

すがた　一九22

す・ぐ〔ガ上二段〕　す・ぎる〔ガ上一段〕

―ぐる（体）　二28（是に―ものなし）

すけん【素見】　一二18（―はさしてぜにもいらぬ）（心内）

すけんぶつ　一四5（―にてかへらん）

すこし〔副詞〕　一一5（―くたびれて）

すこしも〔副詞〕（後ニ打消ノ語ヲ伴ウ）

五22（ぼんぶの目には―みへざること）

すし【鮨】　※二二い5（かへる事はいやだの―だ）（重出＝「いやだのすし」）

ずつ（づつ）〔副助詞〕→づつ

すなはち　※二九あ4（その心は―たましゐじや）

すなわち（すなはち）→すなはち

すは・る（すわ…）〔ラ四段（ラ五段）〕

―つ（用　音便）　三〇27（―て）

すへたのも・し（すゑ…）〔形シク〕

―しく（用）　六23（―みへける）

すまい（…ひ）→すまゐ

すまゐ（…ひ）（「すま・ふ（う）」ノ連用形ヨリ。「住居」トモ書ク。コノ場合「すまゐ」トナル）

※九あ6（おゐらが―をするやうな）

三〇22

すみか　九6　一六24

すみな・る【住馴】〔ラ下二段〕　すみな・れる〔ラ下一段〕

―（用）二三10（としひさしく―し）

す・む【住】〔マ四段〕（マ五段）
cf. すみなる
すやすや 一八3（―ねいる）
する〔サ変〕→「す」ヲ見ヨ
すわ・る〔ラ五段〕→すはる

【せ】

せい〔サ変「する」ノ命令形〕→「す」
ヲ見ヨ
せいき（精気）二二26
せいちやう【成長】六7（―にしたが
ひ）
せいちょう【成長】（…チャウ）→せい
ちやう
せうばいむき【商売向】（シャウ…）
一〇7
せがれ ※二三あ4（おいらが―だ）
五3 六1 二八1 三〇18
せかい【世界】一二19（心内）二一5（心
内）
ぜに【銭】一二19（心内）二一5（心
内）

ぜひもねへ【連語】（「ぜひもない」ノ音
変化。「…ねえ（ねー）」ヲ「ねへ」
ト表記。俗語的表現）
※二三い5（てんまの見入か―）
せん（千）
cf. せんねん
ぜんしん【善心】二六38（―にみちび
かん）
せんせい（先生）
cf. どうりせんせい
ぜんだま（玉）一二い6（とび切の
―なるべし）
せんねん（千年）二一4（―万年いき
る身）（心内）
せんび【先非】→「せんぴ」ヲ見ヨ
せんぴ【先非】二八16（―をくひ）
ぜんび【前非】→「せんぴ」ヲ見ヨ
ぜんぴ【前非】→「せんぴ」ヲ見ヨ

【そ】

そ〔助詞〕

【係助詞】
六20 いとをしみそだてけるに―
…すへたのもしくみへける
（に＋ぞ）（係結）
二六7 どつとわらひける―にくら
しき（係結）
二八10 にげうせける―こゝちよき
（係結）
三〇12 大くんしと―なり（と＋
ぞ）（重出＝「とぞ」）

【終助詞】
二2 いかなるもの―といふに
三1 いづくよりきたる―と思へ
ば
※一三い2 しめた―〈
※一三い2 しめたぞ しめた―
※一三い2 しめた―〈
一八8 こゝへはなぜきた事―（心
内）
一八12 なぜこんなきにはなつた事
―と（心内）

二一7　むやくのけんやくをした事—（心内）

〔副助詞〕

※六あ3　だれ—にかいてもらひはせぬか

cf.　ぞや　とぞ　なんぞ

そう（さう）〔副詞〕（「さ（然）」ノ変化シタ語）

※七い6（ちつと—もござるめへ）

そうおう【相応】（サウ…）→さうをう

そうし（草紙）（サウ…）

そうしん（【総】身）→そうみ

cf.　ゑざうし

そうだ（さう…）〔助動詞（伝聞）〕→さふだ

ぞうちやう・す【増長】〔サ変〕

—し（用）二六13（あくたましゐ—て）

ぞうちょう・する【増長】（…チヤウ…）〔サ変〕→ぞうちやうす

そうみ（　身）一六19（理太郎は—がとけるやうにて）

そこ〔代名詞〕※一三い4（ウ、〱〱—だへ〱）※一三い4（そこだへ—だへ（〱））

cf.　そつこ

そこら〔代名詞〕一一8（—へあそびに）

そだ・つ〔タ下二段〕そだ・てる〔タ下一段〕

—て（用）六3（理太郎とよび—しが）六19（いとをしみ—ける）

そつこ（「そこ」ノ促音化）※一五あ1（—でせい）（重出＝「そつこでせい」）

cf.　そこ

そつこでせい〔連語〕（俗謡ノ囃シ詞）

※一五あ1（—　ヨイ〱　アリヤ〱）

そで（袖）一6（天命を—にして）（重出＝「そでにして」）

そでにして〔連語〕一6（天命を—去る）（「方便を懐にして退く」ノ対句）（重出＝「そで」「に」「す」「て」）

その〔連体詞〕一3（—理を得る）二28（—たましゐといふもの）三6（—りかた…シヤボンのごとし）一〇23（—きんべん）一二1（—日）二六39（—つみをゆるし）

※二九あ3（—心）

cf.　そのうへ　そのほか

そのうえ（…うへ）→そのうへ

そのうへ〔接続詞〕六11（—きようにて）

そのひ（　日）→「その」「ひ」

そのほか　二八7（—のわるたましゐ）

そ・ふ〔ハ四段（ワ五段）〕

cf.　つきそふ

そま・る【染】〔ラ四段（ラ五段）〕

—る（体）五2（いかやうにも—ものなり）

そもそも〔接続詞〕三2

ぞや　↑「ぞ」「や」
※一〇い3　人がらがわるひ―
それ　一四あ3（さけにあかさぬものぐるひ　―がこうじたものぐるひ）（長唄「四季の椀久」ヨリ）
そろばん　一〇20
そんな　二9（―ろんはみなわきへのけて）※一二あ1（―きまらぬ事をいひつこなしさ）※二二い2（―やぼをいふな）

【た】

た〔助動詞（過去、完了）〕
た（止、体）
※九い6　じゆずをわすれ―百まんべんのばもある
一三12　こゝまでき―から…見て行かふか（心内）
一四あ4　さけにあかさぬものぐるひ　それがこうじ―ものぐるひ（長唄「四季の椀久」ヨリ）
※一五お9　いま迄しらずにい―
一八8　こゝへはなぜき―事ぞ（心内）
二一7　むやくのけんやくをし―事ぞ（心内）
〔ウ音便＋た〕
二一3　三百や四百の金つかふ―とて（心内）
〔促音便＋た〕
※七う8　おしせうさんが…といひなさつ―よ
一三7　行かふとは思つ―が（心内）
※一三あ2　おひはぎにあつ―やど引
一八11　なぜこんなきにはなつ―事ぞ（心内）
※二八い3　思ひしつ―か
たら（仮）
※一六え3　内をかぶつ―どうするもんだ（促音便＋たら）
cf.　しめた　だ（撥音便＋た）どうしたもんだ
だ〔助動詞（過去、完了）〕（上接語ノ音便ニ伴ウ「た」ノ濁音化）
だ（体）〔撥音便＋た〕
※九い1　かうならん―所はなにかはじまるやうだ
だ〔助動詞（断定）〕
1活用語ノ終止、連体形ニ付ク（「だろう」ノ形デ推量ヲ表ス）
だろ（だら）（未）
※二あ2　ゑかきもこまる―う
一三9　内であんじる―うか（心内）
※二二27　おとつさんおかゝさんがおあんじなんす―うねへ
2体言オヨビ体言ニ準ズルモノニ付ク（イワユル形容動詞ノ語尾ヲ含ム）
だ（止）
※二あ4　けふのなりは…天てい―

ーき（体）　三2（ー神）　八12（じゆぶつしんのー道）　二六29（ー人）　二八15（じゆぶつしんのー道）
だうりせんせい㊇（道理先生）↓「どうりせんせい」ヲ見ヨ
たく・む【巧】〔マ四段（マ五段）〕
ーみ（用）　九8（…とーける）
たけ（竹）　三5（ーのくだ）
cf. われたけ
だ・す（出）↓いだす
たす・く〔カ下二段〕　たす・ける〔カ下一段〕
ーけ（未）　二八14（いのちをーられし）
ただし　一三15（見て行かふかーかへらふか）（心内）
たち〔接頭語〕
cf. たちいる　たちかへる　たちのく
たちい・る（　入）〔ラ四段（ラ五段）〕
ーる（止）　八18（ーべきところなく）

たちかえ・る（…かへる）〔ラ四段〕↓たちかへる
たちかへ・る〔ラ四段〕
ーら（未）　一八17（ーんとせしが）
ーる（止）　二八17（ほんしんにー）
たちの・く〔カ四段（カ五段）〕
ーく（止）　二二11（すみなれしからだをーこそ）
たちまち〔副詞〕　一四19
た・つ【立】〔タ四段（タ五段）〕
ーつ（用　音便）　※二三ぅ2（きり〱ーてうしやアがれヱ、）
た・つ【絶・断】〔タ四段（タ五段）〕
ーち（用）　二一30（日ごろのねんをーける）
たとえ（…へ）↓たとへ
たとへ【譬】　二17（…といふはみなーなり）　二一12（ーに引き）
たの・む〔マ四段（マ五段）〕
ーみ（用）　一四14（…をーて）
たのも・し〔形シク〕

cf. すへたのもし
たひ　↓たい〔助動詞（希望）〕
たび【度】
cf. このたび
たま（玉）　四14（ーのごとくのなんし）　六17（しやぅ中のーのごとく）　一二い2（御かいてぅのーなど）
cf. ぜんだま
たま・ぅ（給）〔補助用言　ワ五段〕↓たまふ
たましい（たましひ）↓たましひ　たましゐ
たましひ　↓「たましゐ」ヲモ見ヨ
七い1（ーぅしろにひげなでゝゐる）
たましゐ（たましひ）↓「たましひ」ヲモ見ヨ
二1　二3　二6　二7　二20　二28　三5　三10（まつたきー）　六21（三ッ子のー百まで）　一一1　一一3　一四20　一五1

一九22　二二あ1　二二う1
二三あ1　※二九あ4　三〇27
〔よきたましゐ〕
五12　六4　九1　一一26
一六27　一九3　二〇1　二〇い
1　二一28　二二4　二八1
三〇17
〔わるきたましゐ〕
一一4　一四2
cf. あくたましゐ　あくたましゐど
も　わるたましゐ　わるたまし
ゐども
たま・ふ〔給〕〔補助用言　ハ四段（ワ
五段）〕
―は（未）
一7　清く浄しとし―ん哉
―ひ（用）
五9　てんていあらはれ出―
五10　手をねぢ上―
二六37　ふびんの事におもひ―（平
仮名）

三〇5　わびをし―ければ
―ふ（止、体）
三6　たましゐをふき出し―
三8　吹出し―とき
五12　よきたましゐを入―
五18　めぐみをたれ―ゆへ
二六42　しゆく所へかへり―（平仮
名）
たまや（玉屋）※三あ3（イヨ―〱
とほめ申ス）※三あ3（玉屋―と）
ため　一七2（あくたましゐが―に）
たも・う（給）（たまふ）→たまふ
たり〔助動詞（完了）〕
たり（用）
八22　ちうにぶら〱してい―け
るが
二〇5　帳合ばかりしてい―しが
たり（止）
二6　かがみにきはまり―
たる（体）
九13　ふしよぞんよりみをはたし

―もの丶
一一1　人のね―時は
一六26　ちうぎをつくし―よきたま
しゐ
一八14　ゆめのさめ―心ち
二一1　手をつくし―こんたんの文
二六29　道理先生ときこへ―たうと
き人
たり〔接続助詞〕（助動詞（完了）「た
り」カラ）
〔促音便＋たり〕
一三17　まよつて土手を行―もどつ
たりする（「もどつたり」
ト考エ合セ促音便トスル）
一三18　行たりもどつ―する
（参考＝一九20「らうかを行つかへ
りつ」ノ例アリ）
たりける〔連語〕→「たり」「けり」
たりし〔連語〕→「たり」「き」
た・る【垂】〔ラ下二段〕　た・れる〔ラ
下一段〕

―れ（用）　五17（めぐみを―給ふ）
たれ【誰】
　cf.　だれ　たれあつて
だれ〔代名詞〕　※六あ3（―ぞにかいてもらひはせぬか）（底本ニ濁点アリ「だれそ」）
たれあつて〔連語〕（アトニ打消ノ表現ヲ伴ウ）（底本ニ濁点ナシ）一七6（―いましめをといてくれるものもなければ）
だろう（だらう）↓「だ」「う」ヲ見ヨ
だんし（男子）↓なんし
だんだん〔副詞〕　二四1（―あくたましゐふへて）
だんな【旦那】　※二四あ6（むかしの―）（犬曰ク）
ちう【宙】（発音ハ「チュウ」）　八20（―にぶら〳〵して）　一五3（―にとんで）

【ち】

ちうう【中有】（チユウ…）　九18（―にまよつてゐる）
ちうぎ【忠義】（チユウ…）　一六25（―をつくし）
ちがいな・し（ちがひ…）↓ちがひなし
ちかづ・く〔カ下二段〕　ちかづ・ける〔カ下一段〕
―け（未）　一一4（…を―まじとまもりゐる）（「まじ」ハ終止形ニ付クガ、中世以降、口語「まい」ノ接続ノ混乱ガ「まじ」ニモ及ビ、未然形ニ付ク例ガミラレルヨウニナル）
ちがひ【違】
　cf.　ちがひなし
ちがひな・し〔連語〕
―し（止）　一一2（…といふ事―）
ちから（力）　二八4（―におよばず）
ちつと〔副詞〕　※七い5（―そうもござるめへ）
ちと〔副詞〕　※一二あ5（―…いきな所をみな）
ちやうあひ（帳合）　一一2（―につかれて）　二〇5（―ばかりして）
ちやや（　屋）　一四13　一九24（―の男）
ちゃやおとこ（茶屋男　…をとこ）↓ちややをとこ
　cf.　ちややをとこ
ちややをとこ（茶　男）　二〇あ1
ちやわん　三3
ちゅう【宙】（チウ）↓ちう
ちゅうう【中有】↓ちうう
ちゅうぎ【忠義】↓ちうぎ
ちょうあい（帳合）（チヤウあひ）↓ちやうあひ
ちよつと〔副詞〕　一三13（―見て行かふか）（心内）
ぢよらう（女郎）　一四17（あやしのといふ―）　一六2　一六5　一六14　一八2　二三20
ぢよらうかい（女郎　…かひ）　二〇2　二四3

ちよん（チヨン）（拍子木ノ音）
　cf.　ちよんちよんちよんちよんちよんちよん
ちょん（チョン）（拍子木ノ音）↓ちよんちよんちよんちよんちよん
ちよんちよんちよんちよん（チヨン〱〱）（拍子木ノ音）　四あ3
　（―とひやうしまくといふところ）

【つ】

つ（ツ）〔接尾語〕
　cf.　ななつ　ひとつ　みつ
つ〔助動詞（完了）〕
　つ（止）
　一九20　らうかを行―かへりつ
　一九20　行つかへり―しあんまち〱なり
　（参考＝一三17「土手を行たりもどつたりする」ノ例モアリ）
ついで　※二九い1（此―に）
ついに（つひ…）〔副詞〕
　一九1（―ゐつゞけときまりし）
　二二2（―…ひにくへわけ入）
　二四7（―かんどうのみとなり）
　二六9（―やどなしとなり）
つか・う【使】（…ふ）〔ワ五段〕↓つかふ
つか・ふ〔ハ四段（ワ五段）〕
　―ふ（う）（用　音便）　二一3（三百や四百の金―たとて）（心内）
つか・る【疲】〔ラ下二段〕　つか・れる〔ラ下一段〕
　―れ（用）　一一3（―て）
つき（月）
　cf.　とつきめ
つき（付）
　cf.　うまれつき
つきそ・う（…ふ）〔ワ五段〕↓つきそふ
つきそ・ふ〔ハ四段（ワ五段）〕
　―ひ（用）　六5（日々―まもりゐければ）
つきひ（月日）　二八5（むねんの―をおくりしが）
つ・く〔カ四段（カ五段）〕
　cf.　とりつく
つ・く〔カ下二段〕
　cf.　ちかづく（ちかづける）
つ・ぐ【継】〔ガ四段（ガ五段）〕
　―ぎ（用）　三〇19（おやのあとめを―）
づくし〔接尾語〕
　cf.　くにづくし
つく・す〔サ四段（サ五段）〕
　―し（用）　一〇18（おやにかうを―）　一六26（ちうぎを―たる）
　二一1（手を―たる）　三〇10（おやにかうを―）
つくづく〔副詞〕　一二10（―思ふやう）
つけねら・う（…ふ）↓つけねらふ
つけねら・ふ〔ハ四段（ワ五段）〕
　―へ（已）　二八3（かたきをうたんと―ども）
つ・ける〔カ下一段〕　つ・く〔カ下二

段〕
—け（未）　八5（てんていにけちを—られて）（重出＝「けちをつける」）
つち（土）　二22（火三ッの山に—一ッ）（縁語＝土／木火土金水）（重出＝和歌「きくからに…」「つちひとつ」）
つちひとつ（土一）〔連語〕　二22（火三ッの山に—七ッは金と）（重出＝和歌「きくからに…」「つち」「ひとつ」）
づつ〔副助詞〕
　二二18　四五日—ゐつゞけする
つゞ・ける〔カ下一段〕
　cf.　ゐつゞけ　ゐつゞける
つねに〔副詞〕三3（—ちやわんのやうなものへ…ひたして）　五14（—一心のおさめよきゆへ）　一〇20（—（二）はなさず）
つま【妻】　四8（—みごもりて）

つみ【罪】　二六40（—をゆるし）
つめた・い〔形〕
　cf.　つめてへ
つめてへ〔形〕（「つめたい」ノ音変化。俗語的表現。発音は「…てー」）
※一六ぅ3（ヲ、—）
つるぎ　二3（男のたましゐは—なるべし）　二14（—とかゞみ）
つれかえ・る（…かへる）〔ラ五段〕→つれかへる
つれかへ・る〔ラ四段（ラ五段）〕
　—ら（未）　一九9（—んと）
つ・れる【連】〔ラ下一段〕　つ・る〔ラ下二段〕
　cf.　つれかへる

【て】

て（手）　五10　一六6　一六13　一九8　二一1（—をつくしたる）　二二8　二六34（—におぼへあればぞ）

て〔接続助詞〕
一3　三冊に述《のべ》—幼童に授く
一5　方便を懐にし—退き（重出＝「ふところにして」）
一6　天命を袖にし—去るべし（重出＝「そでにして」）
二11　わきへのけ—おく
三3　たうとき神おはしまし—
三5　竹のくだをひたし—…ふき出し給ふ
三13　風にふかれ—中にはいびつになり
四9　つまみごもり—…しゆつさんして
四13　しゆつさんし—…なんしをまふけければ
四20　祝詞をのべ—さゞめきける
七い4　ぅしろにひげなで—（ゝ）ゐる
八14　たうとき道しきりにおこなはれ—

八21　ちうにぶら〳〵し—いたりけるが
九2　よきたましゐをなきものにし—
一〇9　あらましあづけ—させければ
一〇14　あさもはやくおき夕部もおそくいね—
一〇16　けんやくをもとゝし—おやにかうをつくし
一一3　帳合につかれ—うたゝねしける
一一5　すこしくたびれ—
一二2　うたゝねさめ—
一三14　ちよつと見—行かふか（心内）
一四14　とあるちや屋をたのみ—
一四17　女郎を上ゲ—あそびけるが
一六13　理太郎が手を取—（前後ニ「とつて」ト表記スル例アリ、校異板本モ「とつて」ナノデ「とつて」ト読ンダカ）
一六24　理太郎がからだをすみかとし—
一八2　おどりくたびれ—…すや〳〵ねいる
一八15　ゆめのさめたる心ちし—
一八22　目をさまし—
二〇5　帳合ばかりし—いたりしが
二一8　なんぞ燭を秉—あそばざらん（「文選・古詩」引用）（「とって」カモ）
二一26　此ときをゑ—…きりころし
二二8　手を引合—…たちのく
二三8　ばんとうむかひにき—
二四2　あくたましゐふへ—
二六3　この身にし—しまひながら
二六5　ゆびさしし—どつとわらひ
二六15　あくたましゐぞうちやうし—
二六20　人家はなれし所へ出—
二六38　きやうくんし—
二六41　同道し—しゆく所へかへりたまふ
二八6　時をゑ—…ほんもうをとげければ
※二九あ2　おのれが心より出—おのれがみをくるしむる
三〇2　こと〴〵きやうくんし—のち
三〇22　理太郎がからだをすまゐとし—

〔イ音便＋て〕
※六あ4　だれぞにかい—もらひはせぬか
※七う5　くにづくしをかひ—やるといひなさつた
一二15　ふりむい—みるきもなかりしが（心内）
一七8　いましめをとい—くれる

〔ウ音便＋て〕（「う」ヲ「ふ」ト表記）
二27　心神ともいふ—…大切なる

は是にすぐるものなし

一九19　はやくかへらふといふ―ら

うかを行つかへりつ

※二八え2　かはいといふ―くれのか

ね

〔促音便＋て〕

三16　三ンかく四角になつ―とび

行く

九19　ちうらにまよつ―ゐる

一三16　いろ〳〵まよつ―…行たり

もどつたりする

一六6　女郎の手をとつ―

一七あ5　新蔵か今市十郎がどくぎ

んのめりやす有つ―しかる

べし

一九8　手をとつ―つれかへらんと

二二22　女郎も…神がつ―ことばを

にごす

※二三う2　きり〳〵たつ―うしやア

がれヱ、

三〇27　たましゐすはつ―ふた〻び

異事なし

〔て＋助詞〕

八5　てんていにけちをつけられ

―よりみのおき所なく

一四9　夕げしきを見―より…気を

うば〻れ

cf.　いかにもして　かくて　かねて

さして　たれあつて　でて

は　ても　どうして　にて　も

つて　もて

で〔接続助詞〕（上接語ノ音便ニ伴ウ

「て」ノ濁音化）

〔撥音便＋て〕

一四22　たましゐてんじやうへとん

―かへる事をわすれ

一五4　たましゐちうにとん―おど

りをおどる

二四4　大酒をのん―あばれ

で〔格助詞、助動詞（断定）〕

一三8　内―あんじるだろうか（心

内）

※一五あ1　そつこ―せいョイ〳〵

（重出＝「そつこでせい」）

二一3　おれがしんしやう―一年に

三百や四百の金つかふたと

て（心内）

〔…でござります〕

※七あ3　御きような御子さま―ござ

ります

※二〇あ6　神代にもない事―ござり

ます

cf.　では　じやあ

ては　↑「て」「は」

一八23　かへし―ならじと

では　↑「で」「は」

二一5　千年万年いきる身―なし

（心内）

※二三い3　御りやうけんのないおま

へさま―なかりしが

cf.　じやあ

てまえがって（手【前勝手】）（てまへ…）

↓てまへがつて

てまへがつて（手　）二一10（―なる
　たとへ）
ても〔接続助詞〕（「て」＋「も」ヨリ）
　一二22　一度は見―くるしかるまじ
　（心内）
　※二二い4　どんな事があつ―かへる
　　事はいやだ（促音便＋て
　　も）
でる（出）〔ダ下一段〕づ〔ダ下二段〕
　↓いづ
てん（天）三1（―よりさづかる）
　cf.　てんじやう　てんてい　てんま
　　てんめい
てんじく（天竺）（…ヂク）↓てんぢく
てんじやう（天上）三2（―に天帝と
　申す…神おはしまして）
　一四21（たましゐ―へとんで）
てんじょう（天上）（…ジヤウ）↓てん
　じやう
てんぢく（天竺）一4（―の親分）（釈
　迦ヲサス）

てんてい（天帝）※二あ4　三2
　五8　五16　八4
てんま【天魔】※二三い4（―の見入
　か）
てんめい（天命）一5（―を袖にして
　去る）

【と】

と（外）
　cf.　うちと
と（十）
　cf.　とつきめ
と〔格助詞〕
　1並列
　2引用、内容説明
1並列
　二14　つるぎ―かゞみ也
　一六8　はだ―はだをひつたりとい
　　だかせ
2引用、内容説明

一1　画草紙は理屈臭きを嫌ふ―
　いへども
一2　りくつ臭きをもて一趣向―
　なし
一7　清く浄し―し給はん哉
二23　七ツは金―五水りやうあれ
　（重出＝和歌「きくからに
　…」「ななつはかねと」）
二24　五水りやうあれ―あれども
　是はこじつけなり
三1　いづくよりきたるぞ―思へ
　ば
三あ3　イヨ玉屋〱―ほめ申ス
四あ3　チヨン〱〱―ひや
　うしまくといふところ
六2　せがれを理太郎―よびそだ
　てしが
六22　三ツ子のたましゐ百まで―
　すへたのもしく
※七ぅ6　くにづくしをかひてやる―
　いひなさつた

八9　はいらん―思へども
九7　すみかにせん―たくみける
一〇6　よい男―なり
一〇16　けんやくをもと―（ゝ）して
一〇26　ひやうばんのむすこ―なりけり
一一4　わるきたましゐをちかづけまじ―まもりゐる
一一18　よきをりから―なかまをかたらひきたり
一二5　あさくさくわんをんへさんけいせん―こゝろざし
一二24　見てもくるしかるまじ―思ひ
一三15　見て行かふかたゞしかへらふか―…まよつて
一四6　すけんぶつにてかへらん―思ひしが
一六24　理太郎がからだをすみか―して

一七4　理太郎が身のうへいかゞ―あんじけれ共
一八12　なぜこんなきにはなつた事ぞ―ゆめのさめたる心ちして
一八24　かへしてはならじ―さつそく…とびこみければ
一九1　ついにゐつゞけ―きまりし所へ
一九11　かへすまじ―引とめる
一九15　いつそゐつゞけやう―いひ
一九18　はやくかへらふ―いふて
一九27　けしからぬ…きやく人だ―思ふ
二〇い2　文をみせじ―きをもむ
二一9　燭を秉てあそばざらん　―…たとへに引き
二二16　大のどらもの―なり
二四8　かんどうのみ―なり
二六10　やどなし―なり
二六17　とうぞく―成

二六29　道理先生―きこへたるたうとき人
二六39　ぜんしんにみちびかん―そのつみをゆるし
二八2　かたきをうたん―つけねらへども
※二八え2　かはい―いふてくれのかね
三〇15　どうり先生の仁徳なり―世にいひもてはやしける
三〇22　理太郎がからだをすまゐ―して
〔中止（結句ヲ略ス）〕
二8　しばゐのたましゐは…かみをはるものなり―
〔…んとす〕
五6　ひにくへわけ入らん―する
八3　理太郎がからだへはいらん―せしを
一二9　くはんおんへまいりかへらん―せしが

一八18　たちかへらん―せしが
一九9　手をとつてつれかへらん―する
〔…といふ〕〔…と申す〕
二1　人間にたましゐ―いふもの有
二2　いかなるものぞ―いふに
二16　つるぎとかがみ也―いふはみなたとへなり
二26　いける時は精気―いひ
二26　死す時は魂魄―いふ
二28　そのたましゐ―いふもの
三2　天上に天帝―申すたうとき神おはしまして
四4　目前や理兵へ―いふうとくなるあき人
四11　あたる十月キめ―いふにしゆつさんして
四あ4　チヨン〱〱〱とひやうしまく―いふところなり
一一1　たましゐがあそびに出る―いふ事
一二13　よしはら―いふところ（心内）
※一三あ2　おひはぎにあつたやど引―いふみだ
一四16　あやしの―いふ女郎
※一七い4　しんかうきのゆき姫―いふもの
※一八い4　井戸がへ―いふみだ
※二〇あ3　しよくわいからおふみのまいる―申事は
cf.　うかうかと　ぐつと　ちつと
ちと　とくと　とぞ　どつと
とは　とも　とやら　ひつたり
と

と〔接続助詞〕
※四あ1　こゝかまはず―はやく行け
五4　しゆつしやうする―ひとしく…わるたましゐ…わけ入らんとする
一八3　すや〱ねいる―ひとしく…内の事がきにかゝり

とある〔連体詞〕　一四13（―ちや屋をたのみて）
どう〔副詞〕
cf.　どうした　どうして　どうするもんだ　どうだ
とうじ【当時】（タウ…）　八10（―は…たうとき道…おこなはれて）
どうした〔連体詞〕（副詞「どう」＋動詞「する」ノ連用形＋助動詞「た」カラ）
cf.　どうしたもんだ
どうしたもんだ〔連語〕　※二三3（けへし申たくねへが―のう）
どうして〔副詞〕　一八6（おれは―こゝへは…きた事ぞ）（心内）
どうするもんだ〔連語〕　※一六え4（内をかぶつたら―）
とうぞく【盗賊】（タウ…）　二六16　二六33
どうだ〔連語〕　※二五あ8（くわうじ

んさまのほへるなは—）

どうだう・す（同道）〔サ変〕

—し（用）二六40（—て）

とうと・い（たふと…）〔形〕↓たうとし

どうどう・す（同道）（…ダウ…）〔サ変〕↓どうだうす

とうと・し（たふと…）〔形ク〕↓たうとし

どうも ※二三1（わっちやア—けへし申たくねへが）

どうり【道理】（ダウ…）※二八え1（—のないはわし一人）※二九あ6

どうりせんせい㊇（道理先生 ダウリ…）〔道理先生〕二六28 二八13 三〇1

〔どうり先生〕三〇14

とき（時）二26（いける—）二26（死す—）三8（吹出し給ふ—）一一1（ねたる—）一六17（この—）一九14（引るゝ—）一九17（引ぱられる—）二一25（此—をゐて）二八6（ほんしんにかへりし—をゐて）

と・く【溶】〔カ四段（カ五段）〕

—き（用）三4（水にて—）

と・く【解】〔カ四段（カ五段）〕

—き（用）一六8（おびを—）

—い（用 音便）一七8（いましめを—て）

と・ぐ〔ガ下二段〕と・げる〔ガ下一段〕

—げ（用）二八7（ほんもうを—ければ）

どくぎん【独吟】一七あ3（新蔵か今市十郎が—のめりやす）

とくと〔副詞〕※二九あ7（—がてんせねばならぬ）

と・ける【溶・解】

—ける（体）一六20（そう身が—やうにて）

とこ【床】一六1（かくて—おさまり）

ところ（所）四あ5（ひやうしまくといふ—なり）五7（わけ入らんとする—を）八19 ※九い2（かうならんだ—は）一二14（よしはらといふ—）（心内）※一二あ6（いきな—）一七あ1（此—新蔵か今市十郎が…）一九2（…ときまりし—へ）二〇7 二六20 二六32

cf. おきどころ

とし【年】一一2（理太郎十八の—）

cf. としひさし

としひさ・し（久）〔形シク〕としひさし・い〔形〕

—しく（用）二二9（—すみなれし）

とぞ ↑「と」「ぞ」

三〇12 大くんし—なりいへとみさかへける（重出＝「ぞ」）

どぞう【土蔵】（…ザウ）二四15

とつきめ（十月キ ）四11（あたる—といふに）

とつさん

cf.　おとつさん

どつと〔副詞〕　二六6（―わらひけるぞ）

とて〔助詞〕

〔格助詞〕

二20　たましゐをしる歌―〽木九からに…

〔接続助詞〕

二一4　三百や四百の金つかふた―さのみいたみにもならぬ（心内）

どて（土手）（日本堤ノ俗称）　一三17（―を行たりもどつたり）

どてはつちやう（土手八丁）　一二26（―へさしか、り）

cf.　どて

どてはっちょう（土手八丁　…チヤウ）

↓どてはつちやう

とても〔副詞〕　一三10（―こゝまできたから…見て行かふか）（心内）

となり　※一五え3（下村か松本の―）

とは　↑「と」「は」

五3　…そまるものなり―むべなるかな

六14　ほか〳〵の子ども―ことかはりければ

一三6　行かふ―思つたが…あんじるだろうか（心内）

とびきり（　切）　一二い5（むるい―のぜん玉）

とびこ・む〔マ四段（マ五段）〕

―み（用）　一八27（―ければ）

とびゆ・く（　行）〔カ四段（カ五段）〕

―く（体）　三17（四角になつて―もあるなり）

と・ぶ〔バ四段（バ五段）〕

―ん（用　音便）　一四22（てんじやうへ―で）　一五4（ちうに―で）

cf.　とびこむ　とびゆく

と・む【富】〔マ四段（マ五段）〕

―み（用）　三〇13（いへ―さかへける）

と・める【止・留】〔マ下二段〕

cf.　ひきとめる

とも　↑「と」「も」

二27　魂魄といふ　又心神―いふて

※一八あ1　おかへりなんす―ゐなんすともしなんしな

※一八あ3　おかへりなんすともゐなんす―しなんしな

ども〔接尾語〕

cf.　あくたましゐども　わるたましゐども

ども〔接続助詞〕

一1　理屈臭きを嫌ふといへ―

二24　…とあれ―是はこじつけなり

三11　丸くまつたきたましゐなれ―

八10　はいらんと思へ―…たち入るべきところなく

一六21　そう身がとけるやうにて有

しか―（中止法）
一七5　身のうへいかゞとあんじけれ―（共）
二八3　かたきをうたんとつけねらへ―
とやら　↑「と」「やら」
※九あ2　此ごろは心がく―がはやるから
とら・ふ〔ハ下二段〕　とら・へる〔ハ下一段（ア下一段）〕
cf.　ひきとらふ
どらもの　二二16（大の―となり）
とりつ・く〔カ四段（カ五段）〕
―く（止）　二〇28（はいりきたり―）
と・る（取、秉）〔ラ四段（ラ五段）〕
―り（用）　一六13（手を―（取）て）（前後ニ仮名表記、音便ノ例アリ、コレモ音便形カ）　二一8（なんぞ燭を―（秉）てあそばざらん）（「文選・古詩」引用）（当時「とって」トヨンダカモ）
―つ（用　音便）　一六6（手を―て）
一九8（手を―て）
どろ（「泥棒」ノ略）　※二四あ7（むかしのだんな　今の―）（犬曰ク）
どん（ドン）（太鼓ノ音）
cf.　どんどんどんどんどん
どんどんどんどん（ドン〱〱〱〱）（打出シ太鼓ノ音）
一六あ6（こんばんはこれぎり―）
どんな　※二二い3（―事があつても）

【な】

な〔終助詞〕
※一八あ5　おかへりなんすともゐなんすともしなんし―
〔禁止〕
※一八い11　コレへをひらつしやる―
※二二い3　そんなやぼをいふ―
※二五あ2　ほへる―〱
※二五あ3　ほへるな　ほへる―
※二五あ7　くわうじんさまのほへる―はどうだ（重出＝「ほへるな」）
な（補助用言「なさる」ノ命令形「なさい」ノ省略形。俗語的表現）
※一二あ6　よしはらのいきな所をみ―　サア〱はやく
※一二あ7　サア〱はやくき―こもち　きなこもち（掛詞＝来な／きなこ餅）（重出＝「きなこもち」）
な〔助動詞（断定）〕「だ」ノ連体形↓「だ」ヲ見ヨ
な・い〔形〕↓「なし」ヲモ見ヨ
―い（体）　※九あ11（ふらちものゝ―にはこまる）　※二〇あ5（神代にも―事）　※二三い3（御りやうけんの―おまへさま）　※二八え1（どうりの―はわし一人）
cf.　ぜひもねへ　ねへ
なおさら（なほ…）↓なをさら
なか（中）　二〇25（此文の―へはいり

きたり）
cf.　なかには
なが・し〔形ク〕　なが・い〔形〕
―く（用）　九3（―…ひにくの内をすみかにせん）　二二21（―ゐるゆへ）　三〇20（―…すまゐとして）
なかには（中　）〔連語〕　三13（―いびつになり　あるひは…）
なかのちやう（中　町）　一四8（―の夕げしき）
なかのちょう（中　町　…チャウ）↓なかのちやう
なかま　一一19（―をかたらひきたり）
ながら〔副助詞〕（接続助詞、接尾語トスル説モアル）
※六い3　おれが子―こうせいおそるべしだ
二六4　この身にしてしまひ―…どつとわらひ
なきもの【亡者・無者】〔連語〕　九2（―にして）

なさ・る〔補助用言　ラ四段（ラ五段）〕
―つ（用　音便）　※七う8　おしせうさんが…といひ―た
cf.　な
なされます〔連語〕（補助用言「なされる」ノ連用形＋助動詞「ます」）
〔お…なされます〕
※一〇あ3　よくおにあひ―
なさ・れる〔ラ下一段〕
cf.　なされます
な・し〔形ク〕↓「ない」ヲモ見ヨ
―く（用）　八6（みのおき所―）　八20（たち入るべきところ―）
―かり（用）　一二17（ふりむいてみるきも―しが）（心内）　一四27（さらにしやうきは―けり）
―し（止）　二28（是にすぐるもの―）
※一二あ3（そんな…事をいひつこ―さ）　三〇28（ふたゝび異事―）
―き（体）　二25（壱つより外は―もの也）　二四11（みのおきどころさへ―やうに）

―けれ（已）　一七11（いましめをといてくれるものも―ば）
〔…ではなし〕〔補助的用法（打消）〕
―かり（用）　※二三い4（御りやうけんのないおまへさまでは―しが）
―し（止）　二一5（千年万年いきる身では―）（心内）
cf.　さたなし　ちがひなし　なきもの　なにごころなし　なんなく　ほどなし　やどなし
な・す〔サ四段（サ五段）〕
―し（用）　一2（一趣向と―…幼童に授く）
なぜ〔副詞〕　一八7（こゝへは―きた事ぞ）（心内）　一八9（―こんなにはなつた事ぞ）（心内）
な・でる〔ダ下一段〕　な・づ〔ダ下二段〕
―で（用）　七い4（ひげ―て（ゝ）ゐる）

など〔副助詞〕（「なんど」ノ音変化）
　一二い2（御かいてうの玉―は）
　cf. なんど
ななつ（七ッ）　二22（火三ッの山に
　土一ッ―は金と）（縁語＝七／
　九三一五）（重出＝和歌「きくから
　に…」「ななつはかねと」）
ななつはかねと（七　金）　二22（火三
　つの山に土一ッ―五水りやうあれ）
　（重出＝和歌「きくからに…」「なな
　つ」「は」「かね」「と」）
なに【何】
　cf. なにか
なにか〔連語〕（「なに」＋副助詞「か」）
　※九い2（―はじまるやうだ）
なにごころな・し（　心　）〔形ク〕
　―く（用）　二〇12（―ひらきければ）
なは【縄】　一九5（いましめの―を…
　引きり）
なら・ぶ〔バ四段（バ五段）〕
　―ん（用　音便）※九い1（から―
　だ所は）

なり【形・態】　※二あ1（おれが―に
　はゐかきもこまるだろう）※二あ
　3（けふの―は…天ていだ）
なり〔助動詞（断定）〕
　に（用）→〔助詞〕「に」ヲ見ヨ
　1活用語ノ連体形ニ付ク
　なり（止）
　　三1　天よりさづかる―
　　三18　四角になつてとび行くもあ
　　　る―
　2体言オヨビ体言ニ準ズルモノニ付
　ク（イワユル形容動詞ノ語尾ヲ含
　ム）
　なり（止）
　　二8　あかきかみをはるもの―と
　　二15　つるぎとかゞみ―（也）と
　　　いふは
　　二18　…といふはみなたとへ―
　　二25　是はこじつけ―
　　二25　壱つより外はなきもの―
　　　（也）
　　四あ5　チョン〳〵〳〵〳〵とひや
　　　うしまくといふところ―
　　五2　いかやうにもそまるもの―
　　五18　めぐみをたれ給ふゆへ―
　　一三4　これ…ひにくへわけいりし
　　　ゆへ―
　　一三21　これあくたましゐのしよい
　　　―
　　一九21　行つかへりつしあんまち
　　　〱―
　　二二13　すみなれしからだをたちの
　　　くこそあはれ―（「こそ」
　　　ガアルガ係結ニハナッテイ
　　　ナイ）
　※二九あ1　大せつなるは一ッ心ン―
　　三〇15　どうり先生の仁徳―と
　なる（体）
　　二27　人間の大切―は是にすぐる
　　　ものなし
　　四6　うとく―あき人

五5　いびつ―わるたましゐ
二一11　手まへがつて―たとへに引
き
※二九あ1　大せつ―は一ッ心ンなり
〔なるべし〕
二3　男のたましゐはつるぎ―べ
し
一二い7　むるいとび切のぜん玉―
べし
なれ（已）
三11　吹出し給ふときは…まつた
きたましゐ―ども
一二21　すけんはさしてぜにもいら
ぬ事―ば（心内）
cf.　いかなる　むべなるかな
な・る【成】〔ラ四段（ラ五段）〕
―ら（未）　一八24（かへしては―じ
と）　二一4（いたみにも―ぬ事）
（心内）
〔…ねばならぬ〕（近世以降ノ用法）
※二九あ10（がてんせねば―ぬ）※
二九い6（さくしやをきめねば―
ぬ）
―り（用）　三14（いびつに―）
一〇2（十六才に―ければ）
一〇6（よい男と―）　一〇27
（ひやうばんのむすこと―けり）
二二17（大のどらものと―）
二四8（かんどうのみと―）
二四12（みのおきどころさへなき
やうに―）　二六10（やどなしと―）
二六17（とうぞくと―（成））
三〇12（大くんしとぞ―）
―つ（用　音便）　三16（四角に―て）
一八11（なぜこんなきには―た事
ぞ）（心内）
な・る【馴・慣】〔ラ下二段〕　な・れる
〔ラ下一段〕
cf.　すみなる
なるべし〔連語〕→「なり」「べし」
なわ【縄】（なは）→なは
なをさら（なほ…）〔副詞〕　二六11（―
…ぞうちやうして）
なんし（男子）
〔平仮名表記〕四15（玉のごとくの―
をまふけ）
〔漢字表記〕二二6（二人の―をおひ
出し）
なん・す〔補助用言　サ特活〕（遊里ノ
女性語）（「お…なんす」ノ形デ尊敬
ヲ表ス）
―す（止）
※一八あ1　おかへり―ともゐなんす
とも
※一八あ2　ゐ―ともしなんしな
※二二26　おとつさんおかゝさんがお
あんじ―だろうねへ
―し（命）
※一六う2　もつとこつちへおよん―
※一八あ4　ゐなんすともし―な
なんぞ〔副詞〕（反語ノ意ヲ表ス）
二一8（―燭を秉てあそばざらん）
（「文選・古詩」引用）

なんど〔副助詞〕（「なにと」ノ音変化）
一7　我国の姉子—も清く浄しとし給はん哉（なんど＋も）
cf.　など
なんなく〔副詞〕　二八6（—ほんもうをとげければ）

【に】

に〔格助詞、助動詞（断定）〕（イワユル形容動詞ノ語尾ヲ含ム）
1体言＋に（イワユル形容動詞ノ語幹、動詞連用形ノ体言化、体言ニ準ズルモノヲ含ム）
2活用語＋に
3助詞＋に

1体言＋に
一3　三冊—述て幼童に授く
一3　幼童—授く
一5　方便を懐—して退き（重出＝「ふところにして」）
一6　天命を袖—して去る（重出＝「そでにして」）
二1　人間—たましゐといふもの有
二6　女のたましゐはかゞみ—きはまりたり
二7　あかがね—あかきかみをはる
二22　火三ッの山—土一つ（重出＝和歌「きくからに…」「ひみつのやまに」）
二27　大切なるは是—すぐるものなし
※二あ3　日本—かぎる天ていだ
三2　天上—…たうとき神おはしまして
三13　風—ふかれて
三14　いびつ—なりあるひは三ンかく四角になつて
三16　三ンかく四角—なつて
四3　日本ばしのほとり—…あき人ありけるが
六7　せいちやう—したがひ
七い2　たましひうしろ—ひげなでゝゐる
八4　てんてい—けちをつけられて
八13　じゆぶつしんのたうとき道しきり—おこなはれて
八20　ちう—ぶら〳〵して
九2　よきたましゐをなきもの—して
九6　ひにくの内をすみか—せんと
九18　ちうう—まよつてゐる
一〇2　十六才—なりければ
一〇15　ばんじ—心をくばり
一〇17　おや—かうをつくし
一〇18　けらい—あはれみをかけ
一〇24　きんべん—ひやうばんのむすこ
一一1　あそび—出る

一一2 帳合―つかれて
一一9 そこらへあそび―出しが
※一三あ1 おひはぎ―あつたやど引
一四2 わるきたましゐ―いざなはれ
一四11 わるたましゐ―きをうばゝれ
一四あ1 さけ―あかさぬものぐるひ（長唄「四季の椀久」ヨリ）
一五3 たましゐちう―とんで
※一五え3 下村か松本のとなり―いるやうだ
一六29 ふりよ―…いましめられ
一七2 あくたましゐがため―いましめられ
一八4 しきり―内の事がきにかゝり
一八5 内の事がき―かゝり
一八20 此さはぎ―…目をさまして
二一3 一年―三百や四百の金つかふたとて（心内）
二一12 手まへがつてなるたとへ―引き
二一18 あくねんしきり―きざしける
二三7 ばんとうむかひ―きて
※二三い1 さやう―御りやうけんのないおまへさまでは
二四3 女郎かいのうへ―大酒をのんで
二四6 おやにもふかう―あたりければ
二四11 みのおきどころさへなきやう―なり
二六3 今この身―してしまひながら
二六28 仁徳の世―いちじるき…たうとき人
二六33 とうぞく―いで合ひ
二六34 手―おぼへあれば
二六36 ふびんの事―おもひたまひ
二六38 ぜんしん―みちびかん
二八4 力―およばず むねんの月日を…
二八5 ほんしん―かへりし時
二八13 道理先生―いのちをたすけられし
二八17 ほんしん―たちかへる
※二九い1 此ついで―…きめねばならぬ
三〇3 両しん―かんどうのわびをし給ひ
三〇10 おや―かうをつくし
三〇16 世―いひもてはやしける

2 活用語＋に

四12 十月キめといふ―しゆつさんして
※一五お8 いま迄しらず―いた

3 助詞＋に

※六あ3 だれぞ―かいてもらひはせぬか

cf. いつさんに いまに おほきに

からに　さらに　ついに　つ
ねに　にて　には　にも　ほん
に

に〔接続助詞〕
二2　いかなるものぞといふ—男
のたましゐはつるぎなるべ
し
二19　年代記のはしをみる—たま
しゐをしる歌とて
一〇4　げんぶくをさせける—…よ
い男となり
〔に+助詞〕
六20　いとをしみそだてける—ぞ
…すへたのもしくみへける
cf.　ここに　しかるに

にあ・う【似合】(…ふ)〔ワ五段〕
cf.　おにあひ

におい(にほひ)↓にほひ

にくら・し〔形シク〕
—しき(体)　二六8　(どつとわらひ
けるぞ—)(係結)

にげう・す〔サ下二段〕　にげう・せる
〔サ下一段〕
—せ(用)　二八9　(みな〳〵—ける
ぞ)

にご・す〔サ四段〕(サ五段)
—す(止)　二二23　(ことばを—)

にぞ　↓「に」「ぞ」

にち(日)〔接尾語〕
cf.　しごにち

につぽん(日本)※二あ3　(けふのなり
は—にかぎる天ていだ)

にて〔格助詞〕(イワユル形容動詞、助
動詞ノ「に」+「て」ヲ含ム)
三4　…のやうなものを水—とき
六9　りはつ—ぎやうぎよく
六12　きよう—ほか〳〵の子ども
とはことかはり
一四5　すけんぶつ—かへらんと
一六20　そう身がとけるやう—有し
かども
二〇3　ゆめのやうな心—思ひ出す

もけがらはしく
二三14　鬼王きどり—いけんする
二三あ3　われ竹—おひ出す
二六2　おのれらがわざ—今この身
にしてしまひながら
二六32　此所—とうぞくにいで合ひ

には　↑「に」「は」
〔体言+には〕
※二あ1　おれがなり—ゐかきもこま
るだろう
五21　ぼんぶの目—すこしもみへ
ざるこそ
一八10　なぜこんなき—なつた事ぞ
(心内)
一九23　ぼんぶの目—いつからみへ
ぬ
〔活用語+には〕
※九あ11　ふらちものゝない—こまる
cf.　なかには

にほひ　※一五え1　(ア、いゝ—だ)

にほん(日本)↓につぽん

にほんばし（日本　）　四2（江戸―のほとり）
にも　↑「に」「も」
※二〇あ5　神代―ない事
二一4　金つかふたとてさのみいたみ―ならぬ（心内）
二四6　おや―ふかうにあたりければ
cf.　いかにも　いかにもして　いかやうにも
にようぼう（女　）（…バウ）（スベテ「女ぼう」トアリ、仮名書キノ例ハナイ）　※一七い2（ひやうごが―）
二二5（よきたましゐの―）
二八1（よきたましゐの―）
にん（人）〔接尾語〕
cf.　さんにん
にんげん（人間）　二1　二27　※一三い6（―のくるまをひくやうだ）
※二九あ1（―万事大切なるは）
にんとく（仁徳）↓じんとく

【ぬ】

ぬ【寝】〔ナ下二段〕　ねる〔ナ下一段〕
ね（用）　一一1（人の―たる時）
cf.　ねいる
ぬ〔助動詞（打消）〕↓「ず」ヲモ見ヨ
ぬ（止、体）
※六あ6　だれぞにかいてもらひはせ―か
※一〇い1　ひたいはぬか―がよい
一二20　さしてぜにもいら―事なればば（心内）
※一二あ2　そんなきまら―事をいひつこなしさ
一四あ2　さけにあかさ―ものぐるひ（長唄「四季の椀久」ヨリ）
一九24　目にはいつかうみへ―ゆへ
二一4　さのみいたみにもなら―事（心内）
二一6　ぜに六文より外はいら―ものを（心内）
〔…ねばならぬ〕（近世以降ノ用法）
※二九あ10　がてんせねばなら―
※二九い6　さくしやをもきめねばなら―
ね（已）
〔…ねばならぬ〕（重出＝「ねば」）
※二九あ9　がてんせ―ばならぬ
※二九い五　さくしやをもきめ―ばならぬ
ね（仮）
※二四あ8　ほへ―ばわたしがやくめがかける（犬曰ク）（重出＝「ねば」）
cf.　けしからぬ　ねば
ぬ・く〔カ四段（カ五段）〕
―か（未）　※一〇い1（ひたいは―ぬがよい）

【ね】

ねい・る【寝入】〔ラ四段（ラ五段）〕

—る（止） 一八3（すや〳〵—と）

ねえ〔形容詞、助動詞（打消）〕（「ない」ノ口語、俗語的表現）↓ねへ

ねえ〔終助詞〕↓ねへ

ねじあ・げる【捩上】（ねぢ…）〔ガ下一段〕↓ねぢあぐ

ねぢあ・ぐ（ 上）〔ガ下二段〕 ねぢあ・げる〔ガ下一段〕

—げ（用） 五10（手を—給ひ）

ねぢ・る【捩】〔ラ四段（ラ五段）〕

cf. ねぢあぐ

ねば〔連語〕（助動詞（打消）「ず」ノ已然形・仮定形「ね」＋接続助詞「ば」）（重出＝「ぬ」「ば」）

※二四あ8 ほへ—わたしがやくめがかける（犬曰ク）

〔…ねばならぬ〕

※二九あ9 とくとがてんせ—ならぬ

※二九い5 さくしやをもきめ—ならぬ

ねへ（ねえ）（江戸ノ話シ言葉デハ「ない」ガ「ねえ」ノ形でアラワレルコトガ多イ。「ねへ」ト表記シ、発音ハ「ねー」）

ねへ（体）

1形容詞〔補助用言〕（打消）

※二三2 けへし申たく—がどうしたもんだのう

※二四あ4 山しなのかくれがじやア—が…（犬曰ク）

2助動詞（打消）

※七え11 あないちやほう引はし—もんだねへ

cf. ぜひもねへ ない

ねへ（ねえ）〔終助詞〕

※七え13 あないちやほう引はしねへもんだ—

※二二27 おとつさんおかゝさんがおあんじなんすだろう—

ねら・う（…ふ）〔ワ五段〕

cf. つけねらふ

ねる【寝】〔ナ下一段〕 ぬ〔ナ下二段〕↓ぬ

cf. いぬ うたたね ねいる

ねん【念】 二一30（日ごろの—をたちける）

ねん【念】〔語素〕

cf. あくねん くわんねん ざんねん まふねん むねん

ねん（年）〔接尾語〕

cf. いちねん せんねん まんねん

ねんだいき（年代記） 二19

【の】

の〔格助詞〕

1主格

2連体格（体言マタハ体言ニ準ズルモノヲ受ケテ下ニカカル）

1主格

三6 子ども—もてあそぶシヤボン

※九あ10 ふらちもの—（ゝ）ないに

だ
一四8　中の町—夕げしき
一四15　三うらや—あやしのといふ
女郎
※一五え2　下村か松本—となりにい
るやうだ
一六5　女郎—手をとつて
一六14　女郎—ゑりの下へ
一六14　ゑり—下へぐつとさしこむ
一七あ3　新蔵か今市十郎がどくぎ
ん—めりやす
※一七い1　やぐち—ひやうごが女ぼ
う
※一七い3　しんかうき—ゆき姫
一八2　女郎—ふところへはいり
一八4　内—事がきにかゝり
一九4　いましめ—なはを…引きり
一九22　たましゐ—すがた
一九23　ぼんぶ—目にはいつかうみ
へぬ
一九25　ちや屋—男

二〇2　この間—女郎かいの事
二〇2　女郎かい—事はゆめのやう
な心にて
二〇8　こんたん—文
二〇24　此文—中へはいりきたり
二一1　手をつくしたるこんたん—
文
二一3　三百や四百—金つかふたと
て（心内）
二一7　むやく—けんやくをした
（心内）
二一29　日ごろ—ねんをたちける
二二5　よきたましゐ—女ぼう
二二5　二人—男子をおひ出し
※二二い5　かへる事はいやだ—すし
だ（重出＝「いやだのす
し」）
二三9　まへ—古人正月や
※二三い4　てんま—見入かぜひもね
へ
二四3　女郎かい—うへに大酒をの

んで
二四8　ついにかんどう—みとなり
二四9　み—おきどころさへなきや
うに
二四14　おや—内のどぞう
二四14　おやの内—どぞう
二四15　どぞう—やじりをきる
※二四あ2　山しな—かくれが（犬曰
ク）
※二四あ5　むかし—だんな　今のど
ろ（犬曰ク）
※二四あ7　今—どろ（犬曰ク）
※二五あ5　くわうじんさま—ほへる
なはどうだ
二六36　ふびん—事におもひたまひ
二八1　よきたましゐ—女ぼう
二八1　二人—せがれ
二八2　おや—かたき
二八5　むねん—月日をおくりしが
二八7　そのほか—わるたましゐ
二八15　じゆぶつしん—たうとき道

※二八あ1　おつと―かたき
※二八う1　おや―かたき
※二八え2　かはいといふてくれ―かね
※二八え3　ものまへ―かね
※二九あ5　こゝ―どうりを
※二九い2　このほん―さくしや
三〇3　目前や―両しん
三〇4　かんどう―わびをし給ひ
三〇15　どうり先生―仁徳なり
三〇17　よきたましゐ―せがれ
三〇18　おや―あとめをつぎ
〔…のごとし〕
三7　子どものもてあそぶシヤボン―ごとし
四14　玉―ごとくのなんし
五1　白きいと―ごとく
六17　しやう中の玉―ごとくいとをしみ
二〇1　もと―ごとくよきたましゐ又はいりける

〔…のやうだ〕
三3　ちやわん―やうなもの
三4　むくのみのうはかは―やうなもの
二〇3　ゆめ―やうな心にて
cf.　かたのごとく　だいの　みのうへ　ものの　れいの
の〔終助詞〕
※六あ2　あまりふしぎだ―　だれぞにかいてもらひはせぬか
のう〔終助詞〕
※二三4　どうしたもんだ―
の・く【退】〔カ四段（カ五段）〕
cf.　たちのく
の・く【退・除】〔カ下二段〕　の・ける〔カ下一段〕
―け（用）　二11（わきへ―ておく）
のち　三〇2（きやうくんして―）
の・ぶ（述）〔バ下二段〕　の・べる〔バ下一段〕
―べ（用）　一3（三冊に―て）　四20
（祝詞を―て）
cf.　じゆつ
のみ〔副助詞〕
cf.　さのみ
のみこみ　※一二あ4（しよじ―だ）
のみこ・む〔マ四段（マ五段）〕
cf.　のみこみ
の・む〔マ四段（マ五段）〕
―ん（用　音便）　二四4（大酒を―で）
cf.　のみこみ

【は】

は〔係助詞〕
1体言＋は（体言ニ準ズルモノヲ含ム）
2活用語＋は
3助詞＋は
1体言＋は
一1　画草紙―理屈臭きを嫌ふ

二3　男のたましゐ—つるぎなるべし
二6　女のたましゐ—かがみにきはまりたり
二7　しばゐのたましゐ—あかがねにあかきかみをはるものなり
二9　そんなろん—…のけておく
二22　七ツ—金と五水りやうあれ（重出＝和歌「きくからに…」「ななつはかねと」）
二25　是—こじつけなり
二25　壱つより外—なきもの也
二26　いける時—精気といひ
二26　死す時—魂魄といふ
※二あ3　けふのなり—…天ていだ
三8　吹出し給ふとき—こと〲く丸く
六1　理兵へ—せがれを理太郎とよび
六15　りやうしん—しやう中の玉のごとくいとをしみ
※七え2　ぼう—おとつさんやおかゝさんが大事だよ
※七え10　あないちやほう引—しねへもんだねへ
八1　わるたましゐ—理太郎がからだへはいらんと
八10　とうじ—じゆぶつしんのたうとき道…おこなはれて
※九あ1　此ごろ—心がくとやらがはやる
※九い2　かうならんだ所—なにかはじまるやうだ
一〇1　今—はや理太郎も十六才になり
※一〇い1　ひたい—ぬかぬがよい
一一1　人のねたる時—たましゐがあそびに出る
一一14　あくたましゐ—…なかまをかたらひきたり
一二1　理太郎—その日うたゝねさめて
一二3　けふ—あさくさくわんをんへさんけいせん
一二12　今まで—よしはらといふところふりむいてみるきもなかりし（心内）
一二18　すけん—さしてぜにもいらぬ事なれば（心内）
一二21　一度—見てもくるしかるまじ（心内）
※一三あ1　おれ—おひはぎにあつたやど引といふみだ
※一三い5　おいらがみ—人間のくるまをひくやうだ
一四1　理太郎—わるきたましゐにいざなはれ
一四26　さらにしやうき—なかりけり
一六5　わるたましゐども—女郎の手をとつて
一六18　理太郎—そう身がとけるや

うにて
※一六あ3　マヅこんばん―これぎり
※一七い1　おれ―やぐちのひやうごが女ぼう
一八1　わるたましゐ―…おどりくたびれて
一八4　理太郎―…内の事がきにかゝり
一八5　おれ―どうしてこゝへはなぜきた事ぞ（心内）
一九10　あくたましゐ―かへすまじと引とめる
一九14　左リへ引るゝ時―ア、いつそ…といひ
一九17　右へ引ぱられるとき―いや〳〵…といふて
一九25　ちや屋の男―けしからぬみぶりを…と思ふ
二〇1　理太郎―もとのごとくよきたましゐ又はいりける
二〇3　女郎かいの事―ゆめのやう

な心にて
※二〇あ4　おふみのまいると申事―神代にもない事
二一1　理太郎―あやしのが…文をみしより
二一6　ぜに六文より外―いらぬ（心内）
二一6　今まで―むやくのけんやくをした事ぞ（心内）
二三15　理太郎―大のどらものとなり
※二三い5　かへる事―いやだのすしだ
二四1　理太郎―だん〳〵あくたましゐふへて
二四9　今―みのおきどころさへなきやうになり
※二五あ7　くわうじんさまのほへるな―どうだ
二六16　今―とうぞくと成
二八1　二人のせがれ―…かたきを

うたんと
二八3　わるたましゐ―おほくかたふどあるゆへ
二八8　わるたましゐ―みな〳〵にげうせけるぞ
二八13　理太郎―…いのちをたすけられしうへ
二八16　今―せんぴをくひほんしんにたちかへる
※二八え4　今―もうけがらはしや
※二九あ4　その心―すなはちたましゐじや
三〇18　せがれ両人―おやのあとめをつぎ

2活用語＋は

二16　つるぎとかゞみ也といふ―みなたとへなり
二27　人間の大切なる―是にすぐるものなし
五1　おさなき―白きいとのごとく

※六あ5　だれぞにかいてもらひ―せぬか
※二八え1　どうりのない―わし一人
※二九あ1　大せつなる―一ッ心ンなり
3助詞＋は
※二あ5　ほかのくにへ―さたなし
一二い2　御かいてうの玉など―…ぜん玉なるべし
一八7　こゝへ―なぜきた事ぞ（心内）
cf.　あるひは　これは　じやあ（では）　ては　では　とは　には　わつちやあ（わつちは）
は（わ）〔終助詞〕
※二五あ2　ぶちよ　おれだ―　ほへるなく〳〵
ば【場】　※九い8（百まんべんの―もある）
ば〔接続助詞〕
1未然形＋ば

一4　その理を得ることあら―天竺の親分も…退き
八8　さうをうのからだもあら―はいらん
八25　おりもあら―…よきたましゐをなきものにして
2已然形＋ば
二5　しゆんくわんがいひぶんをきけ―…かゞみにきはまりたり
三1　いづくよりきたるぞと思へ―天よりさづかるなり
四17　なんしをまふけけれ―かない祝詞をのべて
六6　つきそひまもりゐけれ―…りはつにて
六14　ほか〳〵の子どもとはことかはりけれ―りやうしんは
八17　わるき心をもたざれ―たち入るべきところなく
一〇3　十六才になりけれ―げんぶくをさせけるに

一〇9　あらましあづけてさせけれ―
一〇23　内外をまもりけれ―…ひやうばんのむすことなりけり
一二21　ぜにもいらぬ事なれ―一度は見てもくるしかるまじ（心内）
一六3　ほどなく女郎きたりけれ―
一七11　いましめをといてくれるものもなけれ―…きをあせる
一八27　さつそく…とびこみけれ―又心かはり
二〇20　なに心なくひらきけれ―
二一5　死ね―ぜに六文より外はいらぬ（心内）
二一24　あくねんきざしけれ―此ときをゐて…きりころし
二三7　二人の男子をおひ出しけれ―三人手を引合て
二四7　ふかうにあたりけれ―…か

　　んどうのみとなり
　二六35　かねて手におぼへあれ―…
　　引とらへ
　二八7　ほんもうをとげけれ―…に
　　げうせけるぞ
　※二九あ9　がてんせね―ならぬ（重
　　出＝「ねば」）
　※二九い5　さくしやをもきめね―な
　　らぬ（重出＝「ねば」）
　三〇5　わびをし給ひけれ―両しん
　　も…よろこび
　三〇8　さつそくよびかへしけれ―
　3仮定形＋ば
　※二四あ8　ほへね―わたしがやくめ
　　がかける（犬曰ク）（重出
　　＝「ねば」）
　cf.　しからば
はあ（ハア）〔感動詞〕※四あ2（はや
　く行け　―）
はい〔感動詞〕
　cf.　はいはい

はいはい（ハイ〳〵）〔感動詞〕※一〇
　う1（人がらがわるひぞや　―）
はいりきた・る（はひり…）〔ラ四段
　（ラ五段）〕
　―り（用）　二〇26（中へ―とりつく）
はい・る（はひ…）〔ラ四段（ラ五段）〕
　―ら（未）　八3（からだへ―んと）
　八9（―んと）
　―り（用）　一一32（―ける）　一八3
　（ふところへ―）　二〇2（―けるゆ
　へ）
　cf.　はいりきたる
はうべん（方便）　一4（―を懐にして）
ばからし・い〔形〕
　―い（止）※一八あ6（―よ）
ばかり〔副助詞〕
　二〇5　帳合―していたりしが
は・ぐ【剥】〔カ四段（ガ五段）〕
　cf.　おひはぎ
はくしき【博識】　二六26（―しうさい）
ばくち　二四4（―をうち）

はごく・む【育】〔マ四段〕
　―み（用）　三〇24（はゝをも―）
はし（橋）
　cf.　にほんばし
はし【端】　二19（年代記の―をみるに）
はじま・る〔ラ四段（ラ五段）〕
　―る（体）※九い3（なにか―やう
　だ）
はだ【肌】　一六8（―とはだを）
　一六9（はだと―を…いだかせ）
はた・す〔サ四段（サ五段）〕
　―し（用）　九12（みを―たる）
はつちょう（八丁）
　cf.　どてはつちやう
はな・す〔サ四段（サ五段）〕
　―さ（未）　一〇21（そろばんをつね
　に―ず）
はな・る〔ラ下二段〕　はな・れる〔ラ
　下一段〕
　―れ（用）　二六19（人家―し所）
はは【母】　三〇23

はや〔副詞〕(形容詞「はやし」ノ語幹カラ)
一〇1(今は—理太郎も十六才になり)
はや・い〔形〕 はや・し〔形ク〕
—く(用) ※四あ2(こゝかまはずと—行け) 一〇12(あさも—おき夕部もおそくいねて) ※一二あ6(サア〱—きなこもち) 一九18(—かへらふ)(心内)
cf. おそし
はや・す〔サ四段(サ五段)〕
cf. いひもてはやす
はや・る【流行】〔ラ四段(ラ五段)〕
—る(止) ※九あ4(心がくとやらが—から)
は・る【張・貼】〔ラ四段(ラ五段)〕
—る(体) 二8(かみを—ものなり)
ばんじ(万事) 一〇15(—に心をくばり) ※二九あ1(人間—大切なるは)
ばんとう【番頭】 二三6(—むかひにきて)

【ひ】

ひ(日) 一一2(ある—) 一二1(その—)
cf. つきひ ひび
ひ(火) 二21(—三ツの山に)(掛詞=火/秘密)(縁語=火/木火土金水)(重出=和歌「きくからに…」「ひみつ」「ひみつのやまに」)
ひき(引)〔接頭語〕(音便デ「ひっ」「ひん」トモナル)
cf. ひきとらふ
ひきあ・ぅ(…あふ)〔ワ五段〕↓ひきあふ
ひきあ・ふ(引合)〔ハ四段(ワ五段)〕
—ひ(用) 二三8(手を—て)
ひきき・る(引　)〔ラ四段(ラ五段)〕
—り(用) 一九6(なはを…—)
ひきと・める(引　)〔マ下一段〕 ひきと・む〔マ下二段〕
—める(止) 一九12(かへすまじと—)
ひきとら・える(…へる)〔ア下一段〕
↓ひきとらふ
ひきとら・ふ(引　)〔ハ下二段〕(「ひつとらふ」トモ) ひきとら・へる〔ハ下一段(ア下一段)〕
—へ(用) 二六35(さつそく—)
ひきは・る(引　)〔ラ四段(ラ五段)〕
↓ひつぱる
ひ・く(引)〔カ四段(カ五段)〕
—か(未) 一九14(左リへ—るゝ時は)
—き(用) 二一13(たとへに—)
—く(体) ※一三い8(くるまを—やうだ)
cf. ひきあふ ひききる ひきとめる ひつぱる やどひき
ひげ 七い3(—なでてゐる)
ひごろ(日　) 二一29(—のねんをた

cf.　さんびやく　しひやく
ひやくまんべん（百　）※九い7（じゆずをわすれた—のばもある）
ひょうご【兵庫】（ヒヤウ…）入⃝↓ひやうご
ひょうしまく【拍子幕】（ヒヤウ…）↓ひやうしまく
ひょうばん【評判】（ヒヤウ…）↓ひやうばん
ひら・く〔カ四段（カ五段）〕
—き（用）二〇16（なに心なく—ければ）
ひ・る【放】〔ラ四段（ラ五段）〕
—ら（未）※一八い9（へを—つしやるな）（下接スル「しやる」トノ間ニ促音ガ加ワッタ例）
ひろ・ぐ【広・拡】〔ガ四段〕（する、行なうノ意。相手ヲノノシッテ言ウ）
—げ（命）※二一あ2（かくご—）

【ふ】

ふ（う）〔助動詞（推量、意志）〕↓「う」ヲ見ヨ
ふ・える〔ア下一段〕↓ふへる
ふかう【不孝】二四6
cf.　かう
ふきいだ・す（吹出）〔サ四段〕
—し（用）三6（—給ふ）三8（—給ふとき）
ふきだ・す（吹出）〔サ四段（サ五段）〕↓ふきいだす
ふ・く【吹】〔カ四段（カ五段）〕
—か（未）三13（風に—れて）
ふこう【不孝】（…カウ）↓ふかう
ふしぎ　※六あ2（—だ）
ふしよぞん【不所存】九10（おのれ〳〵が—よりみをはたしたる）
ふた（二）
cf.　ふたり
ふたたび　三〇28（—異事なし）
ふたり（二人）二三5　二八1
ぶち（犬ノ名）※二五あ1（—よ）
ぶつ【仏】八11（じゆ—しんのたうとき道）二八14（じゆ—しんのたうとき道）
ふところ（懐）一5（方便を—にして）（重出＝「ふところにして」）一八2（女郎の—へはいり）
ふところにして〔連語〕一5（方便を—退き）（「天命を袖にして去る」ノ対句）（重出＝「ふところ」「に」「す」「て」）
ふびん　二六36（—の事におもひたまひ）
ふ・へる（…える）〔ヤ下一段（ア下一段）〕　ふ・ゆ〔ヤ下二段〕【増】
—へ（え）（用）二四2（—て）
ふみ（文）二〇9（こんたんの—）
　二〇24（此—の中）　二〇い2（—をみせじ）二一2（こんたんの—）
cf.　おふみ

ふらち　※二九い8（だいぶ―じやさふな）
cf. ふらちもの
ふらちもの【不埒者】　※九あ9
ぶらぶら・す〔サ変〕
―し（用）　八21（ちらに―て）
ふりむ・く〔カ四段（カ五段）〕
―い（用　音便）　一二15（―てみる）（心内）
ふりよ【不慮】　一六29（―に…いましめられ）

【へ】

へ【屁】　※一八い8（コレ―をひらつしやるな）
へ〔格助詞〕
二10　わき―のけておく
三3　ちやわんのやうなもの―むくのみの…を水にてとき竹のくだをひたして
五6　ひにく―わけ入らんとする
八2　からだ―はいらんとせしを
一一8　そこら―あそびに出しが
一一31　あとのからだ―はいりける
一二4　あさくさくわんをん―さんけいせん
一二7　くはんおん―まいり
一二26　土手八丁―さしかゝりける
一三1　ひにく―わけいりしゆへ
一四4　よしはら―来り
一四21　てんじやう―とんで
一六15　ゑりの下―ぐつとさしこむ
※一六う1　こつち―およんなんし
一八2　ふところ―はいり
一八26　からだ―とびこみければ
一九2　ゐつゞけときまりし所―…かけきたり
一九13　左リ―引るゝ時は
一九16　右―引ぱられるとき
二〇25　此文の中―はいりきたり
二二3　ひにく―わけ入
二六20　人家はなれし所―出て
二六41　しゆく所―かへりたまふ
〔へ＋助詞〕
※二あ5　ほかのくに―はさたなし
一八7　こゝ―はなぜきた事ぞ（心内）
へ（え）〔間投助詞〕（近世以降ノ用法）
※一三い4　ゥ、〱〱そこだ―〱
※一三い4　そこだへそこだ―（〱）
べし〔助動詞（推量、当然）〕
べし（止）
一6　天命を袖にして去る―
※六い6　こうせいおそる―（「論語・子罕」引用）
〔なるべし〕
二3　男のたましゐはつるぎなる―
一二い8　むるいとび切のぜん玉なる―
べき（体）　八19　たち入る―ところなく

cf. しかるべし

【ほ】

ぼう【坊】 ※七え1（—はおとつさんやおか丶さんが大事だよ）
ほうびき（【宝】引）※七え10（あないちや—はしねへもんだねへ）
ほうべん（方便 ハウ…）↓はうべん
ほ・える〔ヤ下一段（ア下一段）〕 ほ・ゆ〔ヤ下二段〕
—へ（え）（未） ※二四あ8（—ねばわたしがやくめがかける）（犬曰ク）
—へる（える）（止） ※二五あ2（ぶちよ…—な〱）
へるな—な（〱）） ※二五あ6（くわうじんさまの—なはどうだ）（重出＝「ほへるな」）
ほか（外） 二25（壱つより—はなきもの也） ※二あ5（—のくに）
二一6（ぜに六文より—はいらぬ）（心内）
cf. そのほか ほかほか
ほかほか【外々】 六13（—（ほか〱）の子ども）
ほしん ↓ほんしん
ほどなく〔副詞〕（形容詞「ほどなし」ヨリ） 一六2（—女郎きたり）
ほとり 四3（江戸日本ばしの—）
ほ・へる【吠】（…える）〔ア下一段〕↓ほえる
ほへるな（荒神松売ノ呼声「おえんま（御絵馬）」ヲキカセタモノ）
※二五あ6（くわんじんさまの—はどうだ）（重出＝「ほえる」「な」）
ほめもう・す（【褒】申）（…まうす）〔サ五段〕↓「ほめる」「まうす」
ほ・める〔マ下一段〕 ほ・む〔マ下二段〕
—め（用） 三あ4（玉屋〱と—申ス）
ほん【本】 ※二九い2（この—のさくしや）
ほんしん 二八5（—にかへりし） 二八17（—にたちかへる）（底本「ほしん」ヲ訂正）
ほんに〔副詞〕 ※七あ1（—（ホンニ）御きような御子さまで） ※二二24（—おとつさんおか丶さんがおあんじなんすだろうねへ）
ぼんぶ【凡夫】（両例トモ「ぼんぶ」ト濁点アリ） 五20（—の目には…みへざるこそ） 一九23（—の目には）
ほんもう【本望】（…マウ） 二八6（—をとげければ）

【ま】

まい・る（まゐ…）〔ラ四段（ラ五段）〕
—り（用） 一二8（くはんおんへ—と申事）
まい・る（まゐ…）〔ラ四段（ラ五段）〕（「来る」ノ丁寧語）
—る（止） ※二〇あ3（おふみの—）
まうざう【妄想】 三12（まふねん—の

風にふかれて）
まう・す（申）〔サ四段（サ五段）〕
—す（体）
〔…と申す〕
三2（天帝と—たうとき神）※二〇あ4（…と—事は神代にもない事）
まう・す（申）〔補助用言　サ四段〕
—し（用）※二三2　わつちやア…けへし—たくねへが
—す（止）三あ4　玉屋〳〵とほめ—（申ス）
まえ【前】（まへ）→まへ
まく【幕】
cf.　ひやうしまく
まけいしゆら（魔醯首羅）三あ1（—イヨ玉屋〳〵とほめ申ス）
まじ〔助動詞（打消推量、打消意志）〕
まじ（止）
一一4　わるきたましゐをちかづけ—とまもりゐる（未然形ニ付イタ例）
一二24　一度は見てもくるしかる—と思ひ（心内）
一九11　あくたましゐはかへす—と引とめる
ます〔助動詞（丁寧）〕
cf.　なされます
まず（まづ）→まづ
また（又）〔接続詞〕　二3　二7　二18　二27　一六11　一八28　二〇2　二〇20　二六26　二八1
またまた　二一2（文をみしより—心まよひ）
cf.　またまた
まちまち　一九21（しあん—なり）
まづ（マヅ）〔副詞〕※一六あ1（—こんばはこれぎり）
まつた・し【全】〔形ク〕
—く（用）五11（—丸きよきたましゐ）
—き（体）三10（こと〴〵く丸く—たましゐなれども）
まつもと（松本）（歌舞伎役者松本幸四郎が始メタ鬢付油・岩戸香ガ評判ノ店）※一五え2（下村か—のとなりにいるやうだ）
まで〔副助詞〕
六22　三ツ子のたましゐ百—とすへたのもしく
一三11　こゝ—きたからちよつと見て行かふか（心内）
cf.　いままで
まふ・く【儲】（まう…）〔カ下二段〕
まう・ける〔カ下一段〕
—（まう）け（用）四16（玉のごとくのなんしを—ければ）
まふねん【妄念】（マウ…）三11（—まうざうの風にふかれて）
まへ【前】一三9（—の古人正月や）
cf.　ものまへ
まもり・いる（…ゐる）〔ア上一段〕→まもりゐる

まもり・ゐる〔ワ上一段〕
—ゐ（用） 六6（日々つきそひ—ければ）
—ゐる（体） 一一4（—事ゆへ）
まも・る〔ラ四段（ラ五段）〕
—り（用） 一〇22（—ければ）
三〇25（—けり）
cf. まもりゐる
まよ・う（…ふ）〔ワ五段〕→まよふ
まよ・ふ〔ハ四段（ワ五段）〕
—ひ（用） 二一2（心—）
—つ（用 音便） 九19（—てゐる）
一三16（—て）
まる・し（丸）〔形ク〕
—く（用） 三9（こと〴〵く—まつたきたましゐ）
—き（体） 五11（まつたく—よきたましゐ）
まん（万）
cf. まんねん
まんねん（万年） 二一5（千年—いきる身ではなし）（心内）

【み】

み（身） 九12（—をはたしたる）※一三あ3 ※一三い5 ※一八い6 二一5（心内） 二四8 二六3 ※二九あ3
〔みのおきどころなし〕 八6 二四9
cf. そうみ みのうへ みぶり
み【実】 三4（むくの—のうはかは）
み（三）
cf. みつ
みいれ（見入） ※二三い5（てんまの—か）
みうらや（三 ） 一四15（—のあやしのといふ女郎）
み・える〔ア下一段〕 み・ゆ〔ヤ下二段〕→みゆ
みぎ（右） 一九16（—へ引ぱられる）
cf. ひだり
みごと（見事） ※六い1（コレは—だ）
みごも・る〔ラ四段（ラ五段）〕
—り（用） 四8（つま—て）
みせ（見世） 一〇7（—のせうばいむき）
み・す【見】〔サ下二段〕 み・せる〔サ下一段〕
—せ（未） 二〇い2（文を—じときをもむ）
みず（水 みづ）→みづ
みたり（三人）→さんにん
みち（道） 八12（じゆぶつしんのたうとき—） 二八15（じゆぶつしんのたうとき—） 三〇9（—をあきらめ）
みちび・く〔カ四段（カ五段）〕
—か（未） 二六39（ぜんしんに—んと）
みつ（三ツ） 二21（火—の山に土一ツ（掛詞＝火三／秘密）（縁語＝三／九一七五）（重出＝和歌「きくから

に…」「ひみつ」「ひみつのやまに」
　cf.　ひみつ　みつご
みづ（水）　三4（—にてとき）
みつご（三ッ子）　六20（—のたましゐ百まで）
みな　二10（—わきへのけておく）　二17（…といふは—たとへなり）　八15（人—わるき心をもたざれば）（漢文訓読体カラ）　※二九あ2（—おのれが心より出て）　三〇14（これ—どうり先生の仁徳なり）（漢文訓読体カラ）
　cf.　みなみな
みなみな　二六4（—ゆびさしして）　二八9（—にげうせ）
みのうえ（身　…うへ）→みのうへ
みのうへ（身　）　一七4
みぶり　一九26（心内）
み・へる【見】（…える）〔ヤ下一段（ア下一段）〕→みゆ
み・ゆ〔ヤ下二段〕　み・える〔ヤ下一段（ア下一段）〕
—へ（え）（未）　五23（すこしも—ざるこそ）　一九24（いつかう—ぬゆへ）
—へ（え）（用）　六25（すへたのもしく—ける）
みる（見）〔マ上一段〕
み（用）　一二22（—てもくるしかるまじ）（心内）　※一二あ6（…を—な）　一三14（—て行かふか）（心内）　一四9（…を—て）　二一2（文を—しより…心まよひ）
みる（体）　二19（…を—に）
みる〔補助用言　マ上一段〕〔…てみる〕
みる（体）　一二16　ふりむいて—きもなかりしが（心内）

【む】

むかい【迎】（むかひ）→むかひ
むか・える（…へる）〔ア下一段〕　むか・ふ〔ハ下二段〕
　cf.　むかひ
むかし　※二四あ5（—のだんな）（犬曰ク）
むかひ【迎】（「むかえ（むかへ）」ニ同ジ）　一三7（ばんとう—にきて）
むき【向】
　cf.　せうばいむき
むく【椋】　三4（—のみ）
む・く〔カ四段（カ五段）〕
　cf.　ふりむく
むすこ　一〇26（ひやうばんの—）
むねん【無念】　※二一い1（かくごひろげ　—〳〵）　※二一い2（むねん—（〳〵））　二八5（—の月日をおくり）
むべ〔副詞〕
　cf.　むべなるかな
むべなり
　cf.　むべなるかな
むべなるかな〔連語〕　五3（いかやう

にもそまるものなりとは―）
むやく【無益】　二一7（―のけんやくをした事ぞ）（心内）
むるい【無類】　一二い4（大極上々吉―とび切のぜん玉）

【め】

め（目）　五21（ぼんぶの―には）
一八22（―をさまして）　一九23（ぼんぶの―には）
め〔接尾語〕
cf.　とつきめ
めえ（助動詞「まい」ノ音変化）↓めへ
め・く〔接尾語〕
cf.　さざめく
めぐみ　五17（てんてい―をたれ給ふ）
めへ（めえ）〔助動詞（打消推量）〕（「まい」ノ音変化、俗語的表現。発音ハ「めー」）
めへ（止）
※七い7　ちつとそうもござる―

めりやす（歌舞伎ノ下座音楽）　一七あ4（新蔵か今市十郎がどくぎんの―）

【も】

も〔係助詞〕
1体言＋も（体言ニ準ズルモノヲ含ム）
2活用語＋も
3助詞＋も

1体言＋も
一4　天竺の親分―方便を懐にして退き
一5　魯国の伯父《おぢい》―天命を袖にして去る
※二あ2　ゐかき―こまるだろう
※七い6　ちつとそう―ござるめへ
八8　さうをうのからだ―あらば
八24　おり―あらば
※九い8　百まんべんのば―ある

一〇1　理太郎―十六才になりければ
一〇5　生れ付―よくよい男となり
一〇12　あさ―はやくおき
一〇13　夕部―おそくいねて
一二16　ふりむいてみるき―なかりしが（心内）
一二19　ぜに―いらぬ事なれば（心内）
一七10　いましめをといてくれるもの―なければ
一八16　もの―いはずたちかへらんと
二二20　女郎―…ことばをにごす
※二八え3　くれのかね―ものまへのかねも
※二八え3　ものまへのかね―
三〇5　両しん―大きによろこび

2活用語＋も
三17　四角になつてとび行く―あるなり

二〇4　思ひ出す—けがらはしく

3助詞＋も（「とも」「にも」「をも」ハ該当箇所ヲ見ヨ）

一7　我国の姉子なんど—清く浄しとし給はん哉

cf.　いかにも　すこしも　ぜひもねへ　ても　どうも　とも　にも　をも

もう　※二八え4（今は—けがらはしや）

もう・ける（まう…）〔カ下一段〕　まう・く〔カ下二段〕↓まふく

もう・す（申）（まう…）〔サ四段（サ五段）〕↓まうす

もうぞう【妄想】（マウザウ）↓まうざう

もうねん【妄念】（マウ…）↓まふねん

もくぜんや（目前　）　三〇3（—の両しん）

cf.　もくぜんやりへへ

もくぜんやりひょうえ㊇（　）（…リヒヤウヱ）↓もくぜんやりへへ

もくぜんやりへえ㊇（目前屋理兵【衛】）（…リヘヱ）↓もくぜんやりへへ

もくぜんやりへへ㊇（目前　理兵へ　…リヘヱ）　四4（—といふ…あき人）

cf.　もくぜんや　りへへ

もし〔副詞〕（アトニ仮定ノ表現ヲ伴ッテ、仮ニ想定スルサマヲ表ス）

一3（—その理を得ることあらば）

もち【餅】

cf.　きなこもち

も・つ〔タ四段（タ五段）〕

—た（未）　八17（わるき心を—ざれば）

もつて【以】〔連語〕（「持ちて」ノ音変化）

二一10（古詩を—…たとへに引き）

cf.　もて

もつと　※一六う1（—こつちへおよんなんし）

もて【以】〔連語〕（「持ちて（以て）」ノ音変化）　一2（りくつ臭きを—一趣向となし）

cf.　もつて

もてあそ・ぶ〔バ四段（バ五段）〕

—ぶ（体）　三7（子どもの—シヤボン）

もてはや・す〔サ四段（サ五段）〕

cf.　いひもてはやす

もと【元・本】　二〇1（—のごとく）

もと【基】　一〇16（けんやくを—と（ゝ）して）

もど・る〔ラ四段（ラ五段）〕

—つ（用　音便）　一三18（行たり—たりする）

もの【物】　二1（たましゐといふ—）

二2（いかなる—ぞ）　二8（あかきかみをはる—なり）　二25（壱つより外はなき—也）　二28（是にすぐる—なし）　二28（たましゐといふ—）　三3（ちやわんのやうな—）　三4（うはかはのやうな—）

五2（いかやうにもそまる—）
一八16（—もいはず）
cf. ものだ　ものの　ものを　もんだ

もの【者】一七10（いましめをといてくれる—）
cf. どらもの　なきもの　ふらちもの　りちぎもの

ものぐるい（…ぐるひ）→ものぐるひ

ものぐるひ（長唄「四季の椀久」ヨリ）
一四あ2（さけにあかさぬ—）
一四あ4（それがこうじた—）

ものだ〔連語〕※八あ5（かぶをかひたひ—）※一七い5（おれは…しんからきのゆき姫といふ—）
cf. もんだ

ものの〔接続助詞〕（「もの」＋格助詞「の」カラ）（逆接ノ確定条件ヲ表ス）
九14　ふしよぞんよりみをはたしたる—…まよつてゐる

ものまへ　※二八え3（—のかね）

ものを〔接続助詞〕
二一6　死ねばぜに六文より外はいらぬ—（心内）

も・む〔マ四段（マ五段）〕
—む（止）二〇い3（きを—）

もら・う（…ふ）〔ワ五段〕→もらふ

もら・ふ〔補助用言　ハ四段（ワ五段）〕
〔…てもらふ〕
—ひ（用）※六あ5　だれぞにかいて—はせぬか

もん（文）
cf. ろくもん

もんだ〔連語〕（「ものだ」ノ音変化）
※七え12（あないちやほう引はしねへ—ねへ）
cf. どうしたもんだ　どうするもんだ　ものだ

【や】

や（屋）
cf. しやうぐわつや　たまや　ちやや　みうらや　もくぜんや

や〔助詞〕
〔文中〕（イワユル並立助詞）
※七え4　おとつさん—おかゝさんが
※七え9　あないち—ほう引はしねへ
二一3　三百—四百の金（心内）
〔文末〕（間投助詞）
※二三え1　かなし—〱
※二三え2　かなしや　かなし—（〱）
※二八え5　けがらはし—〱
※二八え6　けがらはしや　けがらはし—（〱）
cf. ぞや

やあがる〔助動詞〕（補助用言「上がる」ノ変化シタ「やがる」ノ音変化）
やあがれ（命）
※二三う3　きり〱たつてうし—（やアがれ）ヱ、（「うす」ノ連用形「せ」ト「や」ガ融合シテ拗長

音「しゃ」トナル）（重出＝「うしやあがれ」）
やう【様】（「思ぅ」「言ぅ」ナドニ付イテ会話ヤ思考ノ内容ヲ表ス）
一二11（つく〴〵思ふ―　われ今までは…）
やう【様】（推量サレル様子ヲ表ス）
一六20（そう身がとける―にて有しかども）二四11（みのおきどころさへなき―になり）
cf.　いかやう　やうだ
やう（よう）〔助動詞（意志）〕
やう（よう）（止）
一九15　いつそゐつゞけ―と（心内）
やうだ〔助動詞（比況）〕
やうだ（止）
※九い4　なにかはじまる―
※一三い9　人間のくるまをひく―
※一五え5　下村か松本のとなりにいる―
やうな（体）
三3　ちやわんの―もの
三4　むくのみのうはかはの―もの
※九あ8　おゐらがすまゐをする―ふらちもの
二〇3　ゆめの―心にて
やうやう〔副詞〕一九5（なはを―（やう〳〵）引きり）
やがる〔助動詞〕（補助用言「上がる」カラ）
cf.　うしやあがれ　やあがる
やぐち【矢口】※一七い1（―のひやうごが女ぼう）
やくめ　※二四あ9（わたしが―）（犬曰ク）
やじり【家尻】
cf.　やじりをきる
やじりをきる〔連語〕二四16（どぞうの―）（重出＝「を」「きる」）
やど【宿】
cf.　やどなし　やどひき
やどなし　二六10
やどひき（　引）※一三あ2（おひはぎにあつた―といふみだ）
やぼ　※二二い2（そんな―をいふな）
やま（山）二22（火三つの―に土一ッ）（重出＝和歌「きくからに…」「ひみつのやまに」）
やましな（山　）※二四あ2（―のかくれが）（犬曰ク）
やら〔副助詞〕（「やらん」ノ変化）
cf.　とやら
や・る〔補助用言　ラ四段（ラ五段）〕
〔…てやる〕
―る（止）※七う6　くにづくしをかひて―といひなさつた

【ゆ】

ゆうげしき（夕【景色】）（ゆふ…）→ゆふげしき
ゆうべ（夕　ゆふ…）→ゆふべ

ゆえ【故】（ゆゑ）→ゆへ
ゆきつかへりつ→「ゆく」「つ」「かへる」
ゆきひめ（　姫）(人)　※一七い4（しんかうきの—）
ゆ・く（行）〔カ四段（カ五段）〕→「いく」ヲモ見ヨ
—か（未）一三6（イヤ〳〵—ふとは思つたが）（心内）
—き（用）一九20（らうかを—つかへりつしあんまち〳〵なり）
（参考＝一三17「土手を行たりもどつたり」ノ例モアリ）
—け（命）※四あ2（はやく—）
cf.　とびゆく
ゆ・く（行）〔補助用言　カ四段（カ五段）〕
〔…てゆく〕
—か（未）一三14　ちよつと見て—ふか（心内）
ゆび【指】
cf.　ゆびさし
ゆびさし　二六5（みな〳〵—して）
ゆふげしき（夕　）一四8（中の町の—）
ゆふべ（夕部）一〇13（あさもはやくおき—もおそくいねて）
cf.　あさ
ゆへ【故】（ゆゑ）五16（おさめよき—）五18（めぐみをたれ給ふ—なり）一〇11（りちぎもの—）一一5（まもりゐる事—）一三4（わけいりし—なり）一九24（みへぬ—）二〇2（又はいりける—）二二22（ながくゐる—）二八4（かたふどある—）
ゆめ　一八13（—のさめたる心ち）二〇3（—のやうな心）
ゆる・す〔サ四段（サ五段）〕
—し（用）二六40（つみを—）

【よ】

よ（世）二六28（—にいちじるき）
（副詞「よに」トスル説モアリ）
三〇16（—にいひもてはやしける）
cf.　かみよ
よ【夜】二四13（ある—）二六31（ある—）
よ〔終助詞〕
※七ら9　おしせうさんが…といひなさつた—
※七え8　おとつさんやおかゝさんが大事だ—
※一八あ9　ばからしい—
※二五あ1　ぶち—　おれだは
よい【宵】（よひ）一八1（—からおどりくたびれて）
よ・い〔形〕→「よし」ヲモ見ヨ
—く（用）（「よし」ヲ見ヨ）
—い（止）※一〇い2（ひたいはぬかぬが—）

―い（体）　一〇5（―男）
　cf.　いい　よく　よひきび　わるい
　　ゑい
よい（ヨイ）〔感動詞〕
　cf.　よいさあ　よいよい
よいきび　→よひきび
よいさあ（ヨイサア）〔感動詞〕（掛声、囃シ詞）（「ヨイサア」ノ反復ヲ「〳〵（ヨイ）〳〵（サア）」ト示シタト考エルコトモデキルガ、トリアエズ「〳〵」ハ「ヨイサア」ノ反復ヲ示ストスル）
　※一八う1（―〳〵〳〵〳〵）
　※一八う2（ヨイサア―〳〵〳〵〳〵）
　※一八う2（ヨイサア〳〵―〳〵〳〵）
　※一八う3（ヨイサア〳〵―〳〵―〳〵）
　※一八う3（ヨイサア〳〵〳〵〳〵―）
よいよい（ヨイ〳〵）〔感動詞〕（俗謡ノ囃シ詞）※一五い1（そつこでせい―）

よう【様】→やう
よう〔助動詞（意志）〕→やう
ようだ〔助動詞（比況）〕→やうだ
ようどう（幼童　エウ…）一3（―に授く）
ようよう【漸】（やうやう）→やうやう
よく〔副詞〕（形容詞「よし」ノ連用形カラ）※一〇あ1（―おにあひなされます）
よ・し〔形ク〕→「よい」ヲモ見ヨ
　―く（用）六11（ぎやうぎ―）
　一〇5（生れ付も―）
　―し（止）二13（わきへのけておくが―）
　―き（体）五15（一心のおさめ―ゆへ）一一15（―をりからと）
　〔よきたましゐ〕五12　六4　九1
　一一25　一六27　一九3　二〇1
　二〇い1　二一27　二二4
　二八1　三〇17
　cf.　ここちよし　よく　わるし

よしはら　一二13（心内）※一二あ5
　一四4
よしわら（…はら）→よしはら
よに（世　）→「よ」「に」
よびかえ・す（…かへ…）→よびかへす
よびかへ・す〔サ四段（サ五段）〕
　―し（用）三〇7（さつそく―ければ）
よひきび（よい…）（「きび」ハ「気味（きみ）」ノ音変化）
　※一一あ1（ざんねんな　―〳〵）
　※一一あ3（よひきび―（〳〵））
よ・ぶ〔バ四段（バ五段）〕
　―び（用）六2（せがれを理太郎と―そだてしが）
より〔格助詞〕
　1体言＋より
　二25　壱つ―外はなきもの也
　二28　いづく―きたるぞ
　三1　天―さづかるなり
　九11　ふしよぞん―みをはたした

るもの、
二一6　死ねばぜに六文―外はいら
ぬ（心内）
二三14　これ―理太郎は…どらもの
となり
二六31　かうしやく―かへりがけ
※二九あ2　おのれが心―出て
三〇9　これ―道をあきらめ
三〇26　これ―たましゐすはつて
2活用語＋より
二一2　文をみし―…心まよひ
3助詞＋より
八5　けちをつけられて―みのお
き所なく
一四9　夕げしきを見て―いよ〳〵
…きをうばゝれ
よ・る【寄】〔ラ四段（ラ五段）〕
cf.　およん（なんし）
よろこ・ぶ〔バ四段（バ五段）〕
―び（用）　三〇6（大きに―）
よんひやく（四百）↓しひやく

【ら】

ら〔接尾語〕
cf.　おのれら　われら
らうか【廊下】　一九19
らし・い〔接尾語〕（形容詞型）
cf.　ばからしい
らる〔助動詞（受身）〕　られる
られ（用）
八5　てんていにけちをつけ―て
一七3　あくたましゐがためにいま
しめ―
二八14　いのちをたすけ―しうへ
（「られ」＋助動詞（過去）
「し」）

【り】

り（理）　一3（その―を得ることあら
ば）
り（人）〔接尾語〕
cf.　ひとり　ふたり

り〔助動詞（完了）〕
cf.　いける
りかた【理方】　三6（その―…シヤボ
ンのごとし）
りくつ（理屈）
cf.　りくつくさし
りくつくさ・し（理屈臭）〔形ク〕
―き（体）　一1（―を嫌ふ）　一2
（―をもて）
りたらう(人)（理太郎）　六2　八2　八26
九4　一〇1　一一2　一一5
一二1　一四1　一六7
一六12　一六18　一六22　一七3
一八4　一八26　一九13
二〇1　二一1　二一21　二二2
二二15　二二20　二三5
二四1　二六9　二八13　三〇8
三〇20
cf.　りへへ
りたろう（理太郎　…ラウ）(人)↓りた
らう

へ）　二二3（ひにくへ―）
わ・ける【分】〔カ下一段〕　わ・く〔カ下二段〕
cf.　わけいる
わざ　二六2（おのれらが―）
わし〔代名詞〕※二八え1（どうりのないは―一人）
わす・れる〔ラ下一段〕　わす・る〔ラ下二段〕
―れ（用）※九い6（じゆずを―た）
一四24（かへる事を―）
わたし〔代名詞〕※二四あ8（―がやくめ）（犬曰ク）
わっち〔代名詞〕
cf.　わっちやあ
わっちやあ（…ア）〔連語〕（「わっち」＋係助詞「は」ノ拗長音化）
※二二28（―どうもけへし申たくねへが）
わび【詫】　三〇4（かんどうの―）
わ・びる【詫】〔バ上一段〕
cf.　わび
わら・う（…ふ）〔ワ五段〕↓わらふ
わら・ふ〔ハ四段（ワ五段）〕
―ひ（用）　二六6（どつと―ける）
わる・い〔形〕↓「わるし」ヲモ見ヨ
―ひ（い）（止）※一〇い3（人がらが―ぞや）
cf.　よい
わる・し〔形ク〕↓「わるい」ヲモ見ヨ
―き（体）　八16（―心）
〔わるきたましゐ〕　一一4　一四1
cf.　よし　わるたましゐ　わるたましゐども
わるたましい（…たましひ）↓わるたましゐ
わるたましいども（…たましひ…）↓わるたましゐども
わるたましゐ（…たましひ）　五5
五9　八1　一二29　一四10
一八1　二〇21　二八3　二八8
cf.　あくたましゐ　わるたましゐども
わるたましゐども（…たましひ…）
九15　一六4
cf.　あくたましゐども
われ【我】　一二11（心内）
cf.　われわれ
われだけ（竹）（「われたけ」トモ）
二三あ2（―にておひ出す）
われら　※一二あ3（―しよじのみこみだ）
わ・れる【割・破】〔ラ下一段〕　わ・る〔ラ下二段〕
cf.　われだけ
われわれ　九3
わん（犬ノ鳴声）
cf.　わんわんわんわん
わんわんわんわん（わん〱〱〱）（犬ノ鳴声）※二四あ10（犬曰ク）

【ゐ】

↓「い」ヲモ見ヨ
ゐつづけ【居続】　一九1（ついに―と

きまり所）　二二18（四五日づゝ―する）
cf.　ゐつづける
ゐつづ・ける〔カ下一段〕
―け（未）　一九15（いつそ―やうといい）（心内）
cf.　ゐつづけ
ゐどがへ（井戸　）　※一八い1（―といふみだ）
ゐる〔ワ上一段〕→「いる」〔ア上一段〕ヲモ見ヨ
ゐ（用）　※一八あ2（おかへりなんすとも―なんすとも）
ゐる（体）　二二22（ながく―ゆへ）
cf.　まもりゐる　ゐつづける
ゐる〔補助用言　ワ上一段（ア上一段）〕
→「いる」ヲモ見ヨ
〔…てゐる〕
ゐる（止）
七い4　ひげなでゝ―
九20　ちうらにまよつて―

【ゑ】

→「え」ヲモ見ヨ
ゑ（絵・画）（「ヱ」ハ「絵」ノ呉音）
cf.　ゑかき　ゑざうし
ゑ・い（え…）〔形〕（「よい」ノ音変化）
―い（体）　※二二う3（ア、―ざまだ）
cf.　いい　よい
ゑかき【絵書・画描】　※二あ1
ゑざうし（画草紙）　一1
ゑり【衿】（えり）　一六14
ゑる（え…）〔ア下一段〕　う〔ア下二段〕→「う」ヲ見ヨ
ゑゑ（ヱ、　ええ）〔感動詞〕　※一一い1（―ざんねんな）　※二三う3（うしやアがれ―）

【を】

を〔格助詞〕
1体言＋を（体言ニ準ズルモノヲ含ム）

2活用語＋を
1体言＋を
一3　もしその理―得ることあらば
一4　方便―懐にして退き
一5　天命―袖にして去る
二5　しゆんくわんがいひぶん―きけば
二8　あかきかみ―はる
二19　年代記のはし―みるに
二20　たましゐ―しる歌とて
二26　これ―いける時は精気といひ
三4　…のやうなもの―水にてとき
三5　竹のくだ―ひたして
三5　たましゐ―ふき出し給ふ
四15　玉のごとくのなんし―まふけければ
四20　祝詞―のべて

五7 ひにくへわけ入らんとするところ―てんていあらはれ出給ひ（接続助詞的用法）

五10 手―ねぢ上給ひ

五12 よきたましゐ―入給ふ

五17 めぐみ―たれ給ふ

六1 せがれ―理太郎とよび

※七う4 くにづくし―かひてやる

八4 てんていにけち―つけられて（重出＝「けちをつける」）

八16 人みなわるき心―もたざれば

※八あ3 かぶ―かひたひものだ

九1 よきたましゐ―なきものにして

九6 ひにくの内―すみかにせん

九12 み―はたしたるもの丶

※九あ6 おゐらがすまゐ―するやうなふらちもの

※九い5 じゆず―わすれた

一〇3 げんぶく―させけるに

一〇15 ばんじに心―くばり

一〇16 けんやく―もと丶して

一〇17 おやにかう―つくし

一〇19 あはれみ―かけ

一〇20 そろばん―つねにはなさず

一〇22 内外―まもりければ

一一4 わるきたましゐ―ちかづけまじと

一一6 うた丶ね―さいわひ…あそびに出しが

一一20 なかま―かたらひきたり

一一27 よきたましゐ―しばりおき

※一二あ2 そんなきまらぬ事―いひつこなしさ

※一二あ6 よしはらのいきな所―みな

一三17 土手―行たりもどつたり

※一三い7 人間のくるま―ひくやうだ

一四9 夕げしき―見てより

一四12 き―うば丶れ

一四13 とあるちや屋―たのみて

一四17 女郎―上ゲて

一四23 かへる事―わすれ

一五5 おどり―おどる

※一五お5 こんなおもしろひ事―いま迄しらずに

一六6 女郎の手―とつて

一六7 おび―とき

一六9 はだとはだ―ひつたりといだかせ

一六13 手―取て

一六23 理太郎がからだ―すみかとして

一六25 ちうぎ―つくしたるよきたましゐ

※一六え1 内―かぶつたらどうするもんだ（重出＝「うちをかぶる」）

一七7 いましめ―といてくれるもの

一七13　ひとりき—あせる
一八22　目—さまして
※一八い8　コレへ—ひらつしやるな
一九5　なは—やう〱引きり
一九8　手—とつてつれかへらんと
一九19　らうか—行つかへりつ
一九26　けしからぬみぶり—するきやく人（心内）
二〇い2　文—みせじと
二〇い3　き—もむ
二一1　手—つくしたる…文
二一2　こんたんの文—みしより
二一7　むやくのけんやく—した（心内）
二一8　なんぞ燭—秉てあそばざらん（「文選・古詩」引用）
二一9　古詩—もつて…たとへに引き
二一25　此とき—ゐて…よきたましゐをきりころし
二一28　よきたましゐ—きりころし

二一30　日ごろのねん—たちける
二二6　二人の男子—おひ出しければ
二二8　三人手—引合て
二二11　すみなれしからだ—たちのく
二三23　ことば—にごす
※二三い2　そんなやぼ—いふな
二四3　大酒—のんであばれ
二四4　ばくち—うち
二四5　かたり—し
二四16　どぞうのやじり—きる（重出＝「やじりをきる」）
二六21　おひはぎ—いたしけるこそ
二六40　そのつみ—ゆるし
二八2　おやのかたき—うたん
二八5　むねんの月日—おくりしが
二八6　ほんしんにかへりし時—ゐて
二八6　ほんもう—とげければ
二八13　いのち—たすけられし

二八15　たうとき道—きゝ
二八16　せんぴ—くひほんしんにたちかへる
※二九あ3　おのれがみ—くるしむる
※二九あ6　こゝのどうり—…がてんせねばならぬ
三〇4　かんどうのわび—し給ひければ
三〇9　道—あきらめ
三〇10　おやにかう—つくし
三〇11　けんぞく—あはれみ
三〇19　おやのあとめ—つぎ
三〇21　理太郎がからだ—すまゐとして

2活用語＋を
一1　画草紙は理屈臭き—嫌ふ
一2　りくつ臭き—もて一趣向となし
二〇11　ふみきたりし—なに心なくひらきければ

cf.　をも

【ん】

主な参考資料

［『大極上請合売心学早染草』の翻刻書］

『黄表紙・洒落本集』日本古典文学大系59　水野稔校注　一九五八（昭和三十三）岩波書店

『江戸の戯作絵本㈢』現代教養文庫1039　小池正胤・宇田敏彦・中山右尚・棚橋正博編　一九八二（昭和五十七）社会思想社（現代仮名遣いに直してある）

『山東京伝全集　第二巻』棚橋正博校訂　一九九三（平成五）ぺりかん社

『黄表紙　川柳　狂歌』日本古典文学全集79　棚橋正博校注（黄表紙）一九九九（平成十一）小学館

［『善玉悪玉心学早染草』に関する論文］

「加賀文庫蔵『善玉悪玉心学早染草写本』考―成立期と京山追記について―」中山右尚「江戸時代文学誌」一　一九八〇・一二（昭和五十五）柳門舎

［山東京伝と黄表紙に関する著作］

『山東京伝―滑稽洒落第一の作者―』佐藤至子　二〇〇九・四（平成二十一）ミネルヴァ書房

『山東京伝　黄表紙の世界（京伝に遊ぶ―）』細窪孝　二〇一〇・九（平成二十二）アーバンプロ出版センター

『山東京伝の黄表紙を読む　江戸の経済と社会風俗』棚橋正博　二〇一二・五（平成二十四）ぺりかん社

［内容理解のために参考としたもの］

（山東京伝の黄表紙作品）

『山東京伝全集』一―四巻　ぺりかん社

（心学関係）

『校訂道二翁道話』石川謙校訂　一九三五（昭和十）（一九九一・五刷による）岩波文庫

（年代記）

『文政改正年代重宝記』（金沢市立図書館・村松文庫）

『太平武将年代重宝記』（同右）

『掌中年代重宝記』（同右）

（めりやす、荻江節、長唄など）

『日本歌謡集成・巻九・近世編』高野辰之編　昭和三十五改訂（一九六〇）東京堂出版（平成元　改訂三版による）

［注釈のために参考とした昭和初期の稀覯本］

『歌舞伎脚本集』日本名著全集　昭和三（一九二八）日本名著全集刊行会……「天満宮菜種御供」（一一1　人のねたる時魂があそびに）など

『忠臣蔵浄瑠璃集』帝国文庫十一　昭和四（一九二九）博文館……「太平記忠臣講釈」（二四あ2　山科のかくれが）など

『日本戯曲全集廿六　続義太夫狂言時代物篇』昭和六（一九三一）春陽堂……「姫小松子日遊」（二4　しゅんくわん）など

『洒落本集成・一』昭和四（一九二九）春陽堂……「三人酩酊」（二二い5　いやだのすし）の例など

『洒落本大系・九』昭和六（一九三一）六合館……（同右）

その他、芸能・演劇関係については

『芸能辞典』坪内博士記念演劇博物館編著　一九五三（昭和二十八）初版　東京堂出版（昭和四十八、一七版による）

『演劇百科大事典』早稲田大学坪内博士記念演劇博物館編著　一九六〇（昭和三十五）平凡社

『歌舞伎人名事典』野島寿三郎編　二〇〇二（平成十四）日本アソシエーツ（株）

『最新歌舞伎大事典』富沢凡子　二〇一二（平成二十四）柏書房

また江戸時代の言語の研究書、辞典については従来通り、これまでの著書にも記したが、

『徳川時代言語の研究』湯沢幸吉郎（一九五五）風間書房

『増訂　江戸言葉の研究』湯沢幸吉郎（一九五七）明治書院（一九五四『江戸言葉の研究』の増補改訂版）

『江戸時代語の研究』佐藤亨（一九九〇）桜楓社

『増補　江戸語東京語の研究』松村明（一九九八）東京堂出版

『江戸語辞典』大久保忠国、木下和子（二〇〇一）東京堂出版

『江戸語大辞典』新装版　前田勇（二〇〇三）講談社

『江戸時代語辞典』潁原退蔵、尾形仂（二〇〇八）角川学芸出版

他に古川柳や落語等を通して江戸の生活、食文化等を考察したものとか、江戸に関する著書は、（煩雑になるので省略するが）非常に多い。

注釈引用文献一覧

凡例

1　徒然草などの古典、論語・文選などの漢籍は除く。

2　書名・題名を『　』に入れて示す。（巻数・冊数・段数等は略す）難読のものには現代仮名遣いによる読みを付した。

3　その作品のジャンル名を記し、その次に成立年・刊年・初演の年等を記し、西暦を（　）に入れて示す。

4　著作者名又は編者名を記す。

5　特別な場合を除き、どの資料の翻刻文によるかは示さない。

6　現代仮名遣いによる五十音順に配列した。

［あ行］

『妹背山婦女庭訓《いもせやまおんなていきん》』浄瑠璃　明和八（一七七一）近松半二・松田ばく・栄善平・近松東南・三好松洛合作

『浮世床』滑稽本　文化一〇～一一（一八一三～一四）式亭三馬

『浮世風呂』滑稽本　文化六～一〇（一八〇九～一三）式亭三馬

『雨月物語』読本　安永五（一七七六）上田秋成

『駅舎三友《えきしやさんゆう》』洒落本　安永八（一七七九）頃　秩都紀南子《ちつときなんし》

江戸長唄→『七福神』『一人椀久』『紅葉《もみじ》寄雪盞』を見よ（『日本歌謡集成・九・近世編』による）

荻江節→『恋文字道中雙六』を見よ（『日本歌謡集成・九・近世編』による）

『お染久松色売販《うきなのよみうり》』歌舞伎　文化一〇（一八一三）　四世鶴屋南北

『男伊達初買曽我』歌舞伎　宝暦三（一七五三）藤本斗文

［か行］

『照子浄頗梨《かがみのじょうはり》』（角書「地獄一面」）黄表紙　寛政二（一七九〇）山東京伝

『仮名手本忠臣蔵』浄瑠璃　寛延元（一七四八）竹田出雲・並木千柳（並木宗輔、宗助）・三好松洛合作

『鹿の子餅』小咄本　明和九（一七七二）木室卯雲

『堪忍袋緒〆善玉《おじめのぜんだま》』黄表紙　寛政五（一七九三）山東京伝

『祇園祭礼信仰記』浄瑠璃　宝暦七（一七五七）中邑阿契・豊竹応律・黒蔵主《こくぞうす》・三津飲子《みついんし》・浅田一鳥合作

『聞上手』咄本　安永二（一七七三）小松百亀

『京鹿子娘道成寺』めりやす（『女里弥寿《めりやす》豊年蔵』より）

『京伝憂世之酔醒《えいざめ》』黄表紙　寛政二（一七九〇）山東京伝
『京伝《きようでん》主《す》十六利鑑』黄表紙　寛政一一（一七九九）山東京伝
『郭の大帳』（角書「閏中狂言」）洒落本　寛政元（一七八九）山東京伝
『桑名屋徳蔵入舟物語』歌舞伎　明和七（一七七〇）並木正三
『傾城阿波の鳴門』浄瑠璃　明和五（一七六八）近松半二・八民平七・寺田兵蔵・竹田文吉・竹本三郎兵衛合作
『傾城買四十八手』洒落本　寛政二（一七九〇）山東京伝
『恋《こいの》文字《もじ》道中雙六』荻江節
『五体和合 談《ものがたり》』黄表紙　寛政一一（一七九九）山東京伝

［さ行］
『三人《さんにん》酩酊《なまえい》』洒落本　寛政一一頃　三多楼主人（式亭三馬との説あり）
『四季の椀久』→『一人椀久』を見よ
『七福神』江戸長唄　年代未詳
『躾方武士鑑』浄瑠璃　安永元（一七七二）近松半二・松田ばく・寺田兵蔵・栄善平・竹本三郎兵衛合作
『実語教幼稚《おさな》講釈』黄表紙　寛政四（一七九二）山東京伝
『儒医評林』評判記　安永元（一七七二）元輪内記
『春色恋《こい》廼《の》染《そめ》分解《わけ》』人情本　万延元～慶応元（一八六〇～六五）山々亭有人《さんさんていありんど》
『正月故叓談』黄表紙　寛政九（一七九七）山東京伝
『心中重井筒』浄瑠璃　宝永四（一七〇七）近松門左衛門
『神霊矢口渡』浄瑠璃　明和七（一七七〇）福内鬼外（平賀源内）
『隅田川 続佛《ごにちのおもかげ》』（通称『法界坊』）歌舞伎　天明四（一七八四）奈河《ながわ》七五三《しめ》助《すけ》
『世《せ》説《せつ》新《しん》語《ご》茶《ざ》』洒落本　安永五（一七七六）山の手の馬鹿人（大田南畝）
『銭湯新話』談義本　宝暦四（一七五四）伊藤単朴
『曽我会稽山』浄瑠璃　享保三（一七一八）近松門左衛門
『続飛鳥川』随筆　筆者不詳（文化七・序『飛鳥川』と合冊して翻刻）

［た行］
『太平記忠臣講釈』浄瑠璃　明和三（一七六六）近松半二・三好松洛・竹田文吾・竹田小出雲・筑田平七・竹本三郎兵衛合作
『辰巳之園』洒落本　明和七（一七七〇）夢中散人寝言先生
『譬喩《たとえ》尽《づくし》』辞書（諺）天明六（一七八六）序　松葉軒東井
『忠臣伊呂波実記』浄瑠璃　安永四（一七七五）福内鬼外（平

賀源内）
『忠臣金《こがねの》短冊』浄瑠璃　享保一七（一七三二）　並木宗助（並木千柳）・小川丈助・安田蛙文《あぶん》合作
『忠臣後日噺《ごにちのはなし》』浄瑠璃　安永元（一七七二）　北脇素人
『塵塚談』随筆　文化一一（一八一四）　小川顕道
『通気智之銭光記《つきじのぜんこうき》』黄表紙　享和二（一八〇二）　山東京伝
『天満宮菜種御供《なたねのごくう》』歌舞伎　安永六（一七七七）　並木五瓶
『東海道中膝栗毛』滑稽本　享和二〜文化六（一八〇二〜〇九）　十返舎一九
『道二翁道話』心学書　寛政七〜文政七（一七九五〜一八二四）　中沢道二述
『富岡八幡鐘』洒落本　寛政二（一七九〇）　かはきち

［な行］

長唄→『七福神』『一人椀久』『紅葉寄雪盞』（江戸長唄）を見よ
『難波丸金鶏《なにわまるこがねのにわとり》』浄瑠璃　宝暦九（一七五九）　若竹笛躬・豊竹応律・中邑阿契合作
『日葡辞書』辞書　慶長八〜九（一六〇三〜〇四）　イエズス会宣教師共編　（例文は岩波書店『邦訳日葡辞書』による）
『人間一生胸算用』黄表紙　寛政三（一七九一）　山東京伝
『根無草後編（根南志具佐後篇）』談義本　明和六（一七六九）　風来山人（平賀源内）
『根無草笔芿《ふでのわかばえ》』黄表紙　寛政六（一七九四）　山東京伝
『呑込多霊宝縁起《のみこんだれいほうえんぎ》』黄表紙　享和二（一八〇二）　山東京伝

［は行］

『誹風柳多留』→『柳多留』を見よ
『化物和本草《やまとほんぞう》』黄表紙　寛政一〇（一七九八）　山東京伝
『花之笑七福参詣《はなのえみしちふくもうで》』黄表紙　寛政五（一七九三）　山東京伝
『花の宴』めりやす（『女里弥寿豊年蔵』より）
『花芳野犬斑《はなはみよしのいぬはぶち》』黄表紙　寛政二（一七九〇）　山東京伝
『早道節用守《せつようのまもり》』黄表紙　寛政元（一七八九）　山東京伝
『一人椀久』（『四季の椀久』）江戸長唄　安永元（一七七二）頃
『姫小松子日遊《ねのひのあそび》』浄瑠璃　宝暦七（一七五七）吉田冠子・近松景鯉・竹田小出雲・近松半二・三好松洛合作
『平仮名銭神問答』黄表紙　寛政一二（一八〇〇）　山東京伝
『貧福両道中之記』黄表紙　寛政五（一七九三）　山東京伝

［ま行］

『先開梅赤本《まずひらくむめのあかほん》』黄表紙　寛政五　山東京伝

めりやす→『京鹿子娘道成寺』『花の宴』を見よ（『女里弥寿豊年蔵』より）
『女里弥寿《めりやす》豊年蔵』 宝暦七（一七五七） 伊勢屋吉重郎刊（「日本歌謡集成・九・近世編」による）
『紅葉寄雪盞《もみじによるゆきのさかずき》』江戸長唄 天明七（一七八七） 瀬川如皐作、杵屋三郎助・片桐五郎作曲
『守貞謾稿』風俗誌 天保八～嘉永六（一八三七～五三） 喜多川守貞

［や行］
『柳多留』川柳 明和二～天保一一（一七六五～一八四〇） 呉陵軒可有《ごりょうけんあるべし》ほか編
『遊子方言』洒落本 明和七（一七七〇）頃 田舎老人多田爺
『世継曽我』古浄瑠璃 天和三（一六八三） 近松門左衛門
『四人詰南片傀儡《なんぺんあやつり》』黄表紙 寛政五（一七九三） 山東京伝

［ら行］
『俚言集覧』辞書 寛政九（一七九七）以降か 太田全斎（村田了阿補）

［わ行］
『和英語林集成』日本最初の和英辞書 慶応三（一八六七）初版刊 明治五（一八七二）再版 ヘボン（昭和四九（一九七四）復刻版・講談社による）

あとがき

二〇一四年（平成二十六）八月下旬、連日の酷暑の中、『心学早染草』の原稿をまとめ上げ、一応完成させることが出来た。二〇一二年六月に『当世阿多福仮面《おたふくめん》』を「港の人」から出版することとなり、その原稿を見直す一方で、やりはじめた仕事なので、約二年かかったわけである。黄表紙という短い作品ではあったが、前著までは村上もとさんがＰＣ作業をひきうけて下さり、又いろいろ調べものなどお手伝い下さったのだが、事情あって村上さんが手を引かれ、今回は私一人の作業となった。私も現在八十七歳。東大の大先輩・室木弥太郎氏にならい、八十六歳になっても本を出したい（『鹿の子餅　本文と総索引』あとがき）とがんばってきたが、何とかその目標も達せられそうである。多分これが「私」の最後の著作になると思うので、私にとっては記念すべき作品となるのである。

　はじめは大人のマンガのようなものだし、注を入れるほどのことはないと思っていたのだが、現代の読者に分かりやすいようにと上野さんに言われ、改めてあらすじを付けたり注を入れたりし始めたら、分かるはずだと思って素通りしていた言葉も、調べてみるといろいろと歴史があって面白く、つい深入りしてくわしくなりすぎたかと反省もしているが、現代とは大違いの江戸の生活の実体を想像できるような手助けが、少しは出来たのではないだろうか。まだ未完の状態かもしれないが、とにかくここで一区切りつけることとする。

思えば、九十年近く生きてきたが、そのうち十代の頃は戦争のさなかにあって、今の人々には想像も出来ないだろうが、勉強はとりやめとなり、空襲警報下、学校工場で働く毎日。生き延びられたのは運がよかったとしか言いようがない。

敗戦後、女子にも大学進学の門が開かれるようになったのだが、こんな経緯を知る人ももう少ないことだろう。昭和二十三年（一九四八）に入学した東大の国語研究室では時枝誠記《もとき》先生はじめ助手の山田俊雄さん、特別研究生の大野晋さん、先輩の松村明さん、宇野義方さん、築島裕さん、水谷静夫さん、ほか優秀な方々のもとで「学ぶ」ということを教えられたのは有難いことであった。一生勉強を続けるつもりだったのに、結婚して家事・育児にふりまわされ、これをなおざりにしてしまったのはひとえに私の怠惰ゆえである。今の人達がこれを上手にこなして仕事を続けておられるのは本当に偉いと思う。子育てを終えてやっと勉強を再開し、一人になっておそまきながら自分の時間を確保できたのだが、それこそ「阿多福仮面」時代の古い価値観をまだ引きずる人達がまわりに見え隠れしていた世代ゆえというのは言い訳にしかならないだろう。とても大きな顔は出来ないのだが、今は本を読んだり調べたりしていると心楽しく、室木氏も言っておられたように、老後に本を読む楽しみを与えられた事を感謝する日々である。しかし今回のこの仕事を大先輩方はどう評価して下さるのか、先輩方のお名前をけがしてしまったのではないかと、一寸こわい思いもする。いずれ彼の地でお目にかかって伺うしかなかろう。

まだ沢山勉強しなければならないことがあるのだと改めて思い、あと何年あるか分からないが、この先も毎日を大切に、気をつけて生きてゆこうと思っている。

いろいろな面で多くの方々から助けられてここまで来られたことを心から感謝して筆を擱くこととする。有難うございました。

二〇一五年十一月二十三日

鈴木雅子

著者略歴

鈴木雅子◎すずき・まさこ

一九二八年、東京生まれ。東京大学文学部（旧制）卒業。同大学院国語学専攻。

著書に『「咄随筆」本文とその研究』『金沢のふしぎな話「咄随筆」の世界』『金沢のふしぎな話Ⅱ「続咄随筆」の世界』『金沢の昔話と暮し、ならわし『冬夜物語』の世界』。共編著書に『たまきはる（健御前の記）総索引』『無名抄総索引』『江戸小咄鹿の子餅　本文と総索引』『宝暦二年　当世下手談義　本文と総索引』『安永九年　当世阿多福仮面　本文と総索引』。論文に「解説―歴史的変遷とその広がり」『日本語オノマトペ辞典』所収ほか。

山東京伝《さんとうきょうでん》　善玉悪玉心学早染草《しんがくはやそめぐさ》　本文《ほんもん》と総索引《そうさくいん》

二〇一六年二月二十四日　初版発行

著　者　鈴木雅子

発行者　上野勇治

発　行　有限会社　港の人
〒二四八−〇〇一四
神奈川県鎌倉市由比ガ浜三−一一−四九
電話　〇四六七−六〇−一三七四
ファックス　〇四六七−六〇−一三七五
ホームページ　http://www.minatonohito.jp
印刷製本　創栄図書印刷株式会社

© Suzuki Masako, 2016 Printed in Japan
ISBN978-4-89629-311-1